O. R. Melling • Im Schatten des Elfenmonds

cbt

© privat

DIE AUTORIN

O. R. Melling wurde in Irland geboren und wuchs mit ihren sieben Schwestern und zwei Brüdern in Kanada auf. Sie versteht sich auf irische Volkstänze genauso wie auf irische und keltische Kulturgeschichte oder Philosophie und ist eine leidenschaftliche Reisende in die unterschicdlichsten Länder dieser Welt. Heute lebt sie wieder in ihrer Heimatstadt Bray in Irland – zusammen mit ihrer Tochter Findabhair.

O. R. Melling

Im Schatten des Elfenmonds

Deutsch von
Anne Brauner

cbt – C. Bertelsmann Taschenbuch
Der Taschenbuchverlag für Jugendliche
in der Verlagsgruppe Random House

Im Gedenken an Bernie Morris, »me oul flower«.
Ich wünschte, du könntest es noch erleben.

FSC

Mix
Produktgruppe aus vorbildlich
bewirtschafteten Wäldern und
anderen kontrollierten Herkünften

Zert.-Nr. SGS-COC-1940
www.fsc.org
© 1996 Forest Stewardship Council

Verlagsgruppe Random House FSC-DEU-0100
Das für dieses Buch verwendete
FSC-zertifizierte Papier *München Super*
liefert Mochenwangen.

1. Auflage
Erstmals als cbt Taschenbuch Februar 2008
Gesetzt nach den Regeln der Rechtschreibreform
© 2006 by O. R. Melling
Die Originalausgabe erschien 2005 unter dem Titel »The Hunter's
Moon« bei Amulet Books, New York, USA
© 2008 der deutschsprachigen Ausgabe bei cbt/cbj Verlag, München
in der Verlagsgruppe Random House GmbH
Zitate:
Das Zitat auf S. 34 stammt aus dem Buch *Lady Wilde's Ancient Legends
of Ireland,* erschienen 1888, 1971 neu aufgelegt bei O'Gorman Ltd.
Galway, Ireland – mit der freundlichen Genehmigung des Verlages.
S. 54: »The Rocky Road to Dublin«, irisches Volkslied
S. 57: »Molly Malone«, irisches Volkslied
S. 25 und S. 138/139 »The Gypsy Rover«, irisches Volkslied (mit Varia-
tionen der Autorin)
S. 282 und S. 283: »Éist, A Stór« von Máire Breatnach von der CD
Coinnle na nAingeal/ Angels' Candles, zitiert mit der freundlichen
Erlaubnis des Sängers/Texters.
Übersetzung: Anne Brauner
Umschlagillustration: Cliff Nielsen
Umschlaggestaltung: init.büro für gestaltung, Bielefeld
IM · Herstellung: CZ
Satz: Buch-Werkstatt GmbH, Bad Aibling
Druck und Bindung: GGP Media GmbH, Pößneck
ISBN 978-3-570-30445-7
Printed in Germany

www.cbj-verlag.de

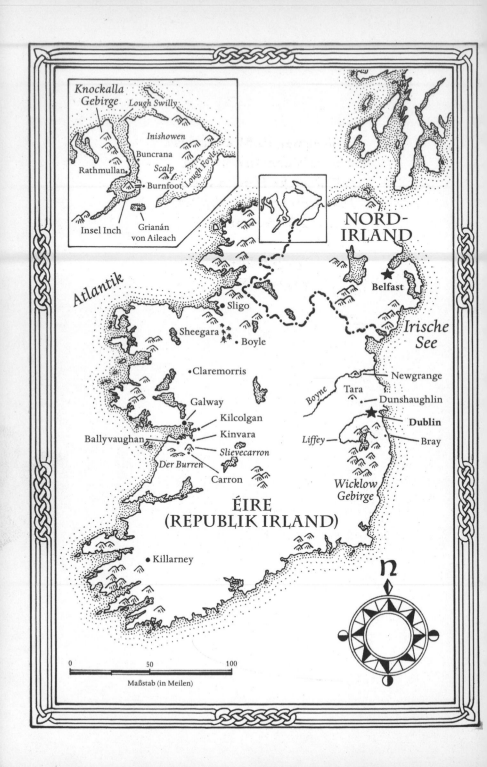

Komm hinweg, du Menschenkind,
In die Wälder, in den Wind,
Mit den Elfen Hand in Hand,
Denn mehr Leid ist in der Welt,
Als zu fassen du imstand.

Aus »Das gestohlene Kind«
von W.B. Yeats

PROLOG

Träge floss das trübe Wasser der Liffey an den Stein-
wänden der Kais entlang. Der Fluss schleppte sich
wie ein erschöpfter alter Mann in einem schmutzig braunen Mantel durch den Lärm und Dreck der Innenstadt
Dublins.

»Kannst du nicht mehr singen?«, flüsterte der junge
Mann mit den dunklen Augen, der sich über das Geländer
der Ha'penny Bridge beugte. Seine schwarzblauen Augen
wurden noch dunkler, als er den uralten Fluss betrachtete.
»Als wir dich noch *Rurthach* nannten, sprudeltest du wie
ein junger Bach. Was haben sie dir angetan?«

Er erschauerte beim Anblick seiner Umgebung. Beton-
mauern und spiegelnde Glasscheiben überragten bedrohlich die verkehrsreichen Straßen, auf denen Kinder mit
schmutzigen Gesichtern und lumpige Obdachlose um Al-
mosen bettelten.

Wie konnten sie nur so leben?

Er wandte sich zum Gehen, begierig, seine Mission zu
erfüllen und von hier zu verschwinden, als das Mitleid mit
dem Fluss ihn wieder überfiel. Ein goldener Blitz fuhr wie
ein Lichtstrahl von seinen Fingern auf die trüben Fluten.

Es dauerte nur eine Sekunde, einen Augenblick, aber in diesem kurzen Moment floss der Fluss klar und ungedämmt dahin. Der junge Mann verließ bereits die Brücke, als das klare, rauschende Wasser sein kurzes Lied sang:

Der König war hier. Lang lebe der König.

Der junge Mann stand vor einem Antiquariat, in dem auch ein Café untergebracht war. Die »Buchhandlung zur Wendeltreppe« residierte in einem viktorianischen Ziegelbau, dessen Holzfassade in Grün und Senfgelb gehalten war. Hohe Bogenfenster öffneten den Blick auf den Fluss. Er zögerte einzutreten, denn er fühlte sich nie wohl an diesen Menschenorten.

Drinnen tröstete ihn der Geruch von alten Büchern, die moderige Stille erinnerte an eine Waldlichtung. Eine enge Wendeltreppe führte durch Zimmer voller Bücher in die oberen Geschosse, wo in kleinen Nischen mit Tischchen Tee und Kuchen serviert wurden.

Er fand sie im dritten Stock. Sie saß am Fenster und las einen Brief. In der Sonne leuchteten ihre Haare goldbraun, sie fielen ihr wie ein Schleier übers Gesicht. Das junge Mädchen, beinahe eine junge Frau, war im Stil städtischer Jugendlicher gekleidet. Sie trug einen schwarzen Pullover, einen schwarzen Rock, eine schwarze Strumpfhose und Stiefel. Silberne Ohrringe baumelten auf ihre Schultern hinunter.

Da er sie im Traum gefunden hatte, traf ihn die Wirklichkeit unvorbereitet – sterbliche Schönheit überraschte ihn immer wieder. Obwohl es keinen Einfluss auf seine Pläne hatte, grübelte er einen Augenblick darüber nach.

Die junge Frau fühlte sich unbeobachtet und lächelte beim Lesen in sich hinein.

Liebe Findabhair,

oh Mann, ist dein Name schwer zu schreiben! Ich muss jedes Mal zweimal hingucken, ob ich ihn richtig geschrieben habe. Du bist echt eine Hexe, weil du mir verbietest, dich weiter Finn zu nennen. Aber egal, Schluss mit dem Gejammer, ich komme endlich rüber! JUHU! Mom und Dad machen die Kohle für den Flug locker (danke, nehme ich gerne), und ich habe jeden Dollar gespart, den ich kriegen konnte.

Wir machen wie geplant eine Rundreise durch Irland, oder? Du hast doch nicht etwa deine Meinung geändert? Verlieb' dich bloß nicht oder so was, bevor ich komme! Ich habe keine Lust drauf, dass noch ein Dritter bei uns mitmischt.

Streich den letzten Satz. Mein mangelndes Selbstvertrauen plagt mich mal wieder. Ich kann es gar nicht abwarten, dich endlich wiederzusehen. Ich bin schon am Packen. Kannst du Tante Pat bitten, mir fettarme Milch zu besorgen? Ich bin auf Diät (absolut sinnlos, wart's nur ab, bis wir uns treffen, ich bin richtig dick geworden). Und bitte keinen faserigen Speck! Bis bald!

Alles Liebe undsoweiter
Dein Cousinchen
Gwen xxx

»Darf ich mich dazusetzen?«

Findabhair wollte schon spitz anmerken, dass noch jede Menge Plätze frei waren. Aber als sie aufsah, blieben ihr die Worte in der Kehle stecken. Er entsprach bis in die Haarspitzen genau ihrer Vorstellung von einem umwerfenden jungen Mann. Seine pechschwarzen Haare waren zu einem Pferdeschwanz gebunden, wodurch seine scharfen, eleganten Gesichtszüge betont wurden. Er wirkte wie ein Adler, sein Blick war dunkel und durchdringend. Wie sie war er ganz in Schwarz gekleidet und sie bewunderte den gezielten Stilbruch zwischen dem Seidenjackett und der Jeans. Er kam ihr irgendwie bekannt vor, aber sie konnte sich nicht vorstellen, wo sie ihn schon einmal getroffen haben könnte.

»Kennen wir uns?«

»Vielleicht. Möglicherweise erinnerst du dich auch an die Zukunft. Das gibt es, weißt du? Déjà-vu.«

Eine faszinierende Idee und ein guter Spruch. Sie strahlte ihn an, als er sich setzte.

»Ich habe dir etwas mitgebracht.«

Der schmale Gedichtband war in grünes Leder gebunden und der Titel schimmerte in Goldprägung.

Das Fatum der Weißen Dame.

Findabhair riss die Augen auf.

»Das ist mein Name! Übersetzt, meine ich. Fionnabhair heißt ›heller Geist‹ und ›weiße Dame‹. Was für ein wunderbarer Zufall!«

»Es gibt keine Zufälle.«

Sie blätterte bereits in dem Buch. Auf jeder spröden, verblichenen Seite stand ein Gedicht. Als das Mädchen zu den Versen mit der Überschrift »Fionavar« vorgeblättert hatte, schrie es auf. »Da, schon wieder! Ich find die alte irische Schreibweise schöner und spreche es ›Finn-ah-wirr‹ aus, aber der Name ist derselbe. Wo hast du —«

»Die Zeit drängt.«

Es klang so dringlich, dass sie sich umschaute. Waren sie in Gefahr?

Er zeigte auf das Gedicht. »Lies.«

Da sie diese seltsame Begegnung genoss, stellte sie keine Fragen, sondern las laut vor:

Eile flinken Fußes voran geschwind
O holdes gejagtes Menschenkind!
Verlasse der Schatten Nachtgesicht
Und strebe hinaus in der Sonne Licht.

Wie der Wind durch der Ebene Weiten
Sollst wie ein Fisch durchs Wasser gleiten.
Sollst dem Fluch des Lebens entflieh'n
Und in das Land der Träume einzieh'n.

Komm zum Grab im Sídhe-Hügel!
Komm ins Land der Elfenflügel!

Die Worte nahmen sie so gefangen, dass sie nicht merkte, wie sehr sich der junge Mann für den Brief ihrer Cousine interessierte. Auch der erstaunte Blick, der beim Lesen in seine Augen trat, fiel ihr nicht auf.

»Noch eine?«, murmelte er.

»Sehr hübsch«, sagte Findabhair, nachdem sie das Gedicht zu Ende vorgelesen hatte. »Hat ein bisschen Ähnlichkeit mit Yeats' Gedicht ›Das gestohlene Kind‹.

»Weißt du, was ein *Sídhe*-Grab ist?«

»Selbstverständlich, ich spreche Irisch. Ein Elfengrab.«

»Können wir uns da treffen?« Er wandte sich zum Gehen.

»Wie bitte? Wo sollen wir uns treffen?«

Ihr ärgerlicher Ton überraschte ihn. Sie wollte nicht, dass er ging.

Er beugte sich vor. Sie dachte, er wollte sie auf den Mund

küssen, aber seine Lippen streiften ihr Ohr. »Tara«, flüsterte er. »Komm nach Tara.«

Dann war er verschwunden.

Eine düstere Stimmung überkam Findabhair. Sie rieb sich die Stirn und sah sich um. Was tat sie hier? Sie sah durchs Fenster auf den Fluss hinaus. Eine dunkle Gestalt stand auf der Ha'penny Bridge. Plötzlich schaute er zu ihr hoch und sein Blick traf sie wie ein Pfeil. Sie erschauerte. Wer war das? Warum starrte er sie an? Als er in der Menge verschwand, wandte sie sich wieder dem Brief ihrer Cousine zu, nur um festzustellen, dass sie ihn bereits gelesen hatte.

»Ein Tagtraum«, murmelte sie vor sich hin.

Sie erblickte das schmale Buch auf dem Tisch. Der Titel klang interessant und sie schlug es auf. Die Gedichte über Magie, Fantasie und die »keltische Dämmerung« waren ganz nach ihrem Geschmack. Eines war sogar mit einer Version ihres Namens betitelt! Obwohl sie eigentlich nicht vorgehabt hatte, etwas zu kaufen, nahm sie das Buch mit zur Kasse.

»Was kostet das?«

Der junge Kassierer hatte hellrote Haare, die er an beiden Seiten kurz rasiert trug. Kleine silberne Piercings zierten seine Ohren, Nase und Augenbrauen.

»Das gehört uns nicht. Hast du es nicht mitgebracht? Ein hübsches altes Buch.«

Findabhair war verwirrt, als sie sich vage daran erinnerte, dass jemand ihr das Buch geschenkt hatte. Sie lachte verlegen. »Ach, ja, stimmt, es gehört mir. Sorry, ich fühle mich heute irgendwie komisch.«

»Du auch?« Der Rotschopf grinste. »Weißt du was, eben

wollten mir gleich zwei Leute erzählen, sie hätten die Liffey heute wie einen klaren Wildbach rauschen sehen. Was sagst du dazu?«

»Zu lange in der Sonne gewesen?«

»Aber hallo! So wie es aussieht, bekommen wir dieses Jahr einen fantastischen Sommer.«

»Ja, das glaube ich auch«, sagte sie leise.

Findabhair verstaute das Buch in ihrer Handtasche und verließ den Buchladen.

EINS

Schüchtern stand Gwen Woods in der Tür zum Zimmer ihrer Cousine. Es fühlte sich ein wenig so an, als werfe sie einen Blick in Aladins Höhle. Die Fenster und Wände waren mit zarten Schleiern verhüllt, die das Zimmer bunt tüpfelten. *Herr-der-Ringe*-Poster hingen neben Traumlandschaften anderer Welten. Die Regale bogen sich unter Büchern, Drachenfiguren, Muscheln, Kristallen und bunt gerahmten Fotografien von Freunden und Verwandten. Gwen musste lächeln. Diese Mischung aus Exzentrik und Fantasy entsprach genau ihrem eigenen Zimmer zu Hause.

»Finn? Ich meine, Findabhair?«, rief sie. »Ich bin's, Gwen. Ich bin da.«

Zunächst gab die Gestalt unter der Bettdecke keine Antwort. Dann knurrte und stöhnte sie, bis schließlich die Bettdecke durch die Luft flog.

»Was ist hier los?«, rief Findabhair. »Was mache ich hier eigentlich? Ich wollte doch mit zum Flughafen, um dich abzuholen!«

Sie kreischten und umarmten sich, sie lachten und sprachen zur gleichen Zeit. Jede kommentierte lautstark die äußere Erscheinung der anderen. Drei Jahre hatten sie sich nicht gesehen und mittlerweile waren sie sechzehn.

»Dein Dad hat gesagt, er hätte es aufgegeben, dich zu rufen. Ich habe schon ausgepackt und alles.«

Findabhair sah eine Sekunde lang so aus, als schäme sie sich, aber dann zog sie sich schnell an.

Obwohl sie miteinander verwandt waren, sahen sich die beiden Mädchen nicht besonders ähnlich. Beide hatten goldbraunes Haar, aber während Findabhair groß und schlank war und eine lange Mähne um ihre Schultern wehte, war Gwen klein und rundlich mit kurzen Locken.

»Du siehst toll aus«, sagte Gwen neidisch. Sie warf sich aufs Bett. »Schau mich an. So breit wie hoch.«

Findabhair runzelte die Stirn, während sie schwarze Jeans, ein schwarzes T-Shirt und schwere schwarze Stiefel anzog. »In Amerika wollen immer alle dünn sein, ist doch so? Bescheuert. Mach dir keinen Stress. Du siehst toll aus.«

»Danke.« Gwen grinste über die Anziehsachen ihrer Cousine. »Arbeitest du in einem Beerdigungsinstitut?«

Findabhair ließ ihren Blick über die grellpinke Bluse schweifen, die Gwen zu Hose und Turnschuhen trug. »Und, wird die Batterie bei deinem Teil gleich mitgeliefert?«

»Ich habe meiner Mom versprochen, dass wir uns nicht streiten.«

»Ich auch.«

Sie kicherten.

Mühelos verfielen sie wieder in ihr altes Geplänkel. Obwohl sie auf verschiedenen Seiten des Atlantiks wohnten, waren sie schon immer die besten Freundinnen gewesen –

seit sie laufen und sprechen gelernt hatten. Sie machten nicht nur zusammen Urlaub, sondern taten auch ihr Bestes, über Briefe und E-Mails miteinander in Kontakt zu bleiben.

»*Die Rückkehr des Königs* ist einfach toll, findest du nicht auch?«, fragte Gwen. »Ich kann gar nicht genug davon kriegen.« Sie stöberte in den Büchern, CDs und DVDs ihrer Cousine. Die meisten hatte sie auch.

»Wahnsinn!« Findabhair war ganz ihrer Meinung. Sie setzte sich an ihre Frisierkommode und trug Make-up auf. »Ich fasse es nicht, dass ich in einen Typen verliebt bin, der über vierzig ist. Als er am Ende gesungen hat, wäre ich beinahe in Ohnmacht gefallen. Mein König, mein König.«

»Ich dachte, du stehst mehr auf Legolas?«

»Das war früher. Die Elfen sind klasse, genau wie ich sie mir vorgestellt habe. Aber findest du Legolas nicht auch irgendwie geschlechtslos?«

Gwen gab keine Antwort. In mancher Hinsicht waren die Cousinen doch sehr verschieden. »Ich habe dir ein Album der Dropkick Murphys mitgebracht«, sagte sie stattdessen. »Ich kann mir vorstellen, dass du sie gut findest, vor allem ihre Coverversion von ›The Rocky Road to Dublin‹.«

»Toller Name, schreckliche Musik. Du weißt doch, ich *hasse* Folk.«

»Ist es aber nicht, sondern traditioneller irisch-amerikanischer Grunge-Punk.«

Gwen ging zum Fenster, um auf die Irische See hinauszublicken. Sie liebte dieses alte Haus in Bray, das sich an die Wicklow Mountains schmiegte. Unter dem Fenster mit Aussicht auf den Strand lag der von einer Steinmauer begrenzte Garten, in dem Flieder und Apfelbäume blühten.

Hinter der Mauer verlief die Straße und auf der anderen Seite erstreckte sich grüner Rasen bis zur Promenade und zum Strand. Seit ihrem letzten Besuch hatte sich einiges verändert. Die altmodischen Laternenpfähle waren durch Holzstangen ersetzt worden, die an die Masten großer Segelschiffe erinnerten. Das schmiedeeiserne Geländer war dunkelblau gestrichen worden. Hinter der Promenade lag der Strand aus graublauen Steinen, einigen Flecken nassen Sandes und wirrem Seetang, der aussah wie verfilzte Haare. Das Meer leuchtete in der Sonne und die glitzernden Wellen strömten an den Strand wie weiße Pferde. Mit diesem Ort verband Gwen so viele Kindheitserinnerungen, so viele verborgene Hoffnungen und Träume.

»Gut, ich sehe wieder einigermaßen menschlich aus«, erklärte Findabhair. Zufrieden mit dem Kontrast von schwarzem Kajal und hellem Puder bewunderte sie sich im Spiegel.

Gwen sah sie nervös an. »Hast du dich total verändert?«, platzte sie heraus.

»Was meinst du denn damit?«

»Stehst du auf Jungs, Shopping, Make-up?«

Findabhair nickte. »Ja, auf all das.«

Gwen rutschte das Herz in die Hose, jedenfalls bis sie den Schalk in den Augen ihrer Cousine sah und dann ihr freches Grinsen.

»Keine Panik, ich bin nicht abtrünnig geworden, falls du das meinst. Ich suche immer noch das *Ferne Land*.«

Findabhair unterstrich den letzten Satz mit einer besonderen Betonung. Dies war ihre geheime Losung, die sich auf ihre Liebe zu Fantasy in jeder Form bezog: Bücher, Musik, Filme, Kunst. Auch als sie sich das letzte Mal mit dreizehn getroffen hatten, hatten sie gemeinsam nach einer verborgenen Tür oder einem Durchgang in andere Welten gesucht.

Schweigend sahen die Freundinnen sich an. Gwen stand vor dem Fenster. Das hereinfallende Sonnenlicht umgab sie wie ein Heiligenschein. Findabhair erschien als Doppel, wie eine schattenhafte Alice im Spiegel.

»Bist du nicht genau deshalb gekommen?«, fragte Findabhair. »Gehen wir nicht auf eine magische, geheimnisvolle Reise?«

Gwen hatte das Gefühl, vor Glück zu zerspringen. Offenbar hatte sich nichts Wesentliches verändert. Sie war in ihren Briefen und E-Mails an Findabhair so zurückhaltend gewesen, weil sie befürchtet hatte, ihre Cousine fände sie kindisch. Sie hatten über die Reise und verschiedene Orte gesprochen, die sie besichtigen wollten, aber nie den wahren Grund ihrer Fahrt erwähnt. Und doch war ihre Cousine die ganze Zeit von denselben Voraussetzungen ausgegangen – von demselben geheimen Traum wie Gwen.

Findabhair breitete eine Irland-Karte auf dem Boden aus. »So, wir müssen unsere Geschichte gut verkaufen. Ich habe meinen Eltern versprochen, dass wir immer mit Reisebussen fahren und nur in *An-Óige*-Jugendherbergen übernachten. Aber das kommt natürlich nicht infrage. Wir werden kaum ein Abenteuer erleben, wenn wir auf den ausgelatschten Pfaden bleiben. Wir müssen die weniger befahrenen Straßen nehmen.«

Gwen gab sich alle Mühe, ihre Sorgen zu verbergen. Sie fand es schrecklich, Tante und Onkel zu belügen, und fragte sich, wie weit sie wohl vom richtigen Weg abkommen würden. Die Landkarte der zweiunddreißig Grafschaften glänzte vor ihr wie die grüngoldene Flagge eines Zauberlandes. Ein Schauer durchfuhr sie. Ihre Cousine hatte ja recht. Wenn sie auf Nummer sicher gingen, würden sie nie finden, was sie suchten.

»Als Erstes fahren wir nach Tara«, verkündete Findabhair. »Da fahren massenhaft Busse hin. Dad ist zufrieden, wenn er uns einen davon buchen kann. Danach können wir allein an unserer Route weiterbasteln.«

Gwen war platt. »Ich dachte, wir wollten in Newgrange anfangen! Hatten wir uns nicht darauf geeinigt, dass wir Tara ans Ende setzen? Also, das Beste für den Schluss aufsparen?«

»Ich weiß, was das Beste ist. Wer wohnt hier, du oder ich?«, trumpfte ihre Cousine auf. »Alle Straßen führen nach Tara, in das königliche Zentrum Irlands. Je eher wir dahin kommen, umso besser.«

»Wie kannst du nur? Ich fasse es nicht!«, stieß Gwen hervor. »Das ist so unfair! Wir fahren zusammen, haben alles gemeinsam geplant, und jetzt plötzlich spielst du hier den Boss!«

Ein schlimmer Streit schien kaum noch zu vermeiden zu sein, der die Reise beenden konnte, bevor sie überhaupt begonnen hatte. Gwen ließ ihre eigensinnige Cousine meist gewähren, aber wenn es ihr zu viel wurde, konnte sie auch dagegenhalten.

Findabhair war auf einmal verwirrt und unsicher, sie ruderte zurück. Da war etwas, woran ihr Verstand nicht herankam, etwas, das sie Gwen erzählen musste, wenn sie sich bloß daran hätte erinnern können. Ihre Cousine hatte recht. Es war unfair, einfach im Alleingang die Pläne zu ändern und auf dem eigenen Standpunkt zu beharren. Und doch ...

Sie rieb sich die Stirn.

»Entschuldige«, sagte sie schließlich und gab klein bei. »Ich hab die Chefin raushängen lassen. Ehrlich, wir müssen uns nicht streiten. Wir heben Tara für den Schluss auf, aber wir machen keine typische Touristen-Rundreise. Einverstanden?«

»Einverstanden«, sagte Gwen erleichtert.

Sie beugten sich wieder über die Karte.

»Also erst nach Newgrange«, sagte Findabhair und tippte auf das uralte Gräberfeld am Ufer des Boyne. »Das *Brugh na Bóinne*.«

»Der Elfenpalast von Aengus Óg«, ergänzte Gwen verträumt.

»Dem jungen Gott der Liebe«, seufzte ihre Cousine.

Die beiden Mädchen kicherten.

»Wir sind hoffnungslos romantisch«, sagte Findabhair.

»Hoffnungs*voll*«, verbesserte Gwen.

ZWEI

Die Sommersonne wärmte die graue Autobahn, die mitten durch die Ebene der Grafschaft Meath führte. Gwen drückte ihr Gesicht an die Fensterscheibe des Busses, während die Landschaft an ihr vorbeiflog, als hätte sie Flügel. Noch waren einige Turmspitzen von Städtchen und Dörfern auszumachen, aber bald war nur noch die freie Natur zu sehen. Dies war das Irland, von dem sie geträumt hatte: Stille legte sich über salbeigrüne Felder, Nebel streifte über Hecken und hinter den Hügeln stiegen Wolken auf wie bleiche Berge.

Findabhair neben ihr spürte den Zauber dieser Reise ungleich weniger. Sie waren die jüngsten Passagiere in einem Bus mit Touristen aus Amerika, Japan, Deutschland und Frankreich.

»Um Jahrzehnte, wenn nicht gar Jahrhunderte jünger«, hatte sie beim Einsteigen vor sich hin gemurmelt. »Wir sollten uns die Haare lila tönen.«

Ihre Mitreisenden waren vorwiegend Rentner, die unter ihren Picknickpaketen, Kameras, Landkarten, Geldgürteln und Reiseführern beinahe zusammenbrachen. Die meisten trugen dicke Wollpullover gegen die feuchte irische Luft.

»Die sind doch sehr nett«, hatte Gwen entgegnet, die sich über die Unmengen von Süßigkeiten und Knabbereien freute, die die Runde machten. »Wir sind in einem richtigen Rentnerbus!«

Im Gegensatz zu ihrer Cousine hatte sie auch Spaß an dem Gesang, den der Fahrer mit Hilfe seines Mikrofons anstimmte.

A gypsy rover came o'er the hill,
And down to the valley so shady,
He whistled and he sang,
Till the green woods rang,
And he won the heart of the la-a-a-dy.

»Ich hasse Volkslieder!«, stöhnte Findabhair. Sie schnaubte entnervt, als Gwen eine weitere Bonbonschachtel beäugte, die die Reisenden vom Vordersitz weitergereicht hatten.

Dann schwenkte der Bus unvermittelt zur Seite.

Die Bewegung war so heftig, dass die Bonbons durch die Luft flogen.

»Hey!« Gwen kroch umher, um sie aufzusammeln, aber die meisten rollten den Gang hinunter.

Als der Bus einen weiteren Schlenker machte, schrien einige Reisende erschrocken auf. Das Mikrofon war noch eingeschaltet, und sie hörten den Fahrer fluchen.

Findabhair kletterte über Gwen und sah aus dem Fenster. »Da will uns einer rammen!«, schrie sie aufgeregt.

Sie konnte es zwar nicht genau sehen, aber ein Auto schien sich auf ihre Spur zu drängen und den Bus beiseitezuschieben.

Wieder wich der Bus aus.

Gwen schluckte ihre Angst hinunter. Es gab keine Sicherheitsgurte. Und wenn sie zusammenstießen? *Ich bin zu jung zum Sterben.* Warum fuhr der Fahrer denn nicht langsamer? Wollte er sie umbringen? Mühsam widerstand sie der Versuchung, sich an Findabhair zu klammern. Ihre Cousine wirkte nicht besonders ängstlich, im Gegenteil, die ganze Sache schien sie vielmehr aufzumuntern.

Jetzt neigte sich der Bus auf die Seite, kam von der Straße ab und fuhr in ein Feld. Alles schrie. Heftig ruckelnd raste der Bus über den Acker. Taschen und Koffer schossen aus den Gepäcknetzen über den Köpfen der Busreisenden, die sich duckten, um nicht getroffen zu werden. Gwen klammerte sich an die Armlehnen, bis ihre Knöchel weiß hervortraten. Würde der Bus sich überschlagen? Sie war ganz krank vor Angst.

Schließlich kam der Bus in der Mitte des Feldes zum Stehen.

Stille.

Aber dann folgte ein Stimmengewirr wie in Babel, als alle Passagiere begannen, aufgeregt in ihrer Muttersprache zu reden. Einige weinten still vor sich hin.

»Ruhe, ich bitte um Ruhe«, rief der Fahrer nach hinten. Er stand blass und zitternd im Gang. »Geht es Ihnen allen gut? Irgendwer verletzt? Hilfe ist bereits unterwegs. Ich habe angerufen. Würden Sie bitte Ruhe bewahren?«

»Komm, bloß raus hier«, sagte Findabhair zu Gwen.

Sie hatte ihre Rucksäcke und Schlafsäcke vom Boden aufgesammelt. Mit gerötetem Gesicht und leuchtenden Augen zog sie Gwen hinter sich her.

»Wäre es nicht besser, auf die Polizei zu warten?«

»Bist du verrückt geworden? Dann sitzen wir hier den

ganzen Tag fest. Das ist die Chance, abzuhauen! Wir müssen weiter, wir haben schließlich was vor.«

Gwen wehrte sich nicht, zumal auch die anderen Mitreisenden ausstiegen. Jeder wollte festen Boden unter den Füßen spüren. Niemand war ernstlich verletzt, aber alle standen unter Schock und rückten zu kleinen Grüppchen zusammen, um sich gegenseitig zu trösten.

So allein auf der Wiese wirkte der Bus wie ein riesiges schwerfälliges Tier, das sich verlaufen hatte. Dahinter führte die Autobahn in die Ferne. Autos und LKWs sausten vorbei, die Fahrer ahnten nichts von ihrer Not. Sie waren zwischen zwei Städten gestrandet, mitten im Niemandsland.

Ohne auf Gwens Einwände zu achten, lief Findabhair entschlossen zum Straßenrand und hielt den Daumen raus. »Mach nicht so ein Gesicht, es ist heller Tag. Wir steigen einfach nicht ein, wenn irgendwer aussieht wie ein Axtmörder.«

»Als ob man das sehen könnte!« Gwen wollte noch etwas hinzufügen, als sie beide gleichzeitig das ramponierte kleine Auto sahen, das auf sie zufuhr. Der Fahrer ging offenbar bereits vom Gas.

»So ein Glück!«, rief Findabhair.

Der Triumph Herald hatte zwar schon bessere Tage gesehen, wahrte jedoch eine gewisse Würde. Das rundliche Auto mit dem Buckeldach wirkte gemütlich und freundlich. Den verrosteten Chrom über den Scheinwerfern hätte man auch für buschige Augenbrauen halten können und der waldgrüne Lack war fleckig gesprenkelt wie ein Sommersprossengesicht.

Als das Auto neben ihnen hielt, lugten sie hinein, um den Fahrer in Augenschein zu nehmen.

Er passte zu seinem Auto – ein verhutzeltes Männchen mit einem Gesicht wie ein schrumpeliger Apfel und zwei hellen Perlen als Augen. Es trug einen abgetragenen Anzug aus grünem Tweed, der mit braunem Faden vernäht war. Eine Sicherheitsnadel hielt das Jackett zusammen und die Schirmmütze leuchtete in dem gleichen gesunden Rot wie die Wangen des kleinen Mannes.

Der Mann beugte sich vor, um die Beifahrertür zu öffnen. Ohne zu zögern, stieg Findabhair ein und öffnete die hintere Tür für ihre Cousine. Gwen blieb nicht anderes übrig, als ihr zu folgen, wenn sie nicht zurückbleiben wollte. Wütend stieg sie ein.

»Und wo darf ich die verehrten Damen nun hinfahren?«, fragte das Männchen und verdrehte den Hals, um erst Gwen und dann Findabhair anzusehen, die knallend die Tür zuschlug.

»Wir sind auf dem Weg nach Newgrange«, antwortete Findabhair lässig, »um Aengus Óg unsere Aufwartung zu machen.«

Das Wageninnere war genauso rumpelig wie sein Besitzer. Verschlissene Decken verbargen Risse in der Polsterung und das Armaturenbrett aus Teak trug die Spuren des Holzwurms wie Pockennarben. Alte Schuhe und Stiefel lagen auf dem Boden und dem Rücksitz und Findabhair bemerkte Moos auf dem Teppichstück im Fußraum. Als sie im Aschenbecher die rosa Glöckchen eines Fingerhuts entdeckte, drehte sie sich zu Gwen um und grinste sie an. *Total witzig, oder?*

Gwen bedachte sie nur mit einem bösen Blick.

»Seid Ihr sicher, dass Ihr zum *Brugh na Bóinne* wollt?«, wandte der alte Mann ein. »Da gibt's außer Ausländern nix zu sehen. Wie wär's stattdessen mit *Teamhair na Ríogh*? Wenn's Gnome und Töpfe mit Gold sein sollen, dann ist Tara genau das Richtige für euch.«

Seine einschmeichelnde Stimme gefiel Gwen nicht, aber Findabhair war begeistert von seinem exzentrisches Wesen.

»Wieso, sehen wir etwa aus wie zwei Eso-Tanten?«, gab sie zurück. »Wir glauben doch nicht an Gnome.«

»Dann habt Ihr kein Vertrauen zum *Guten Volk*?« In seiner Beharrlichkeit wurde das Männchen schriller. Gwen hörte eine Warnung aus seinem Tremolo, aber Findabhair entrüstete sich weiter.

»Wenn Sie kleine Dinger mit Flügeln und Schuster mit spitzen Ohren meinen – nein. Reiner Blödsinn, um den Leuten das Geld aus der Tasche zu ziehen! Das hat nichts mit dem wahren Kern der Legenden zu tun.«

Während Findabhair sich weiter für ihr Thema erwärmte und über den Missbrauch der irischen Mythologie herzog, betrachtete Gwen die vielen Schuhe, die herumlagen: Schnallenschuhe und Damenslipper, Pumps und Arbeitsstiefel, einige mit platt getretenen Sohlen und Löchern an den Zehen und solche mit heraushängender Zunge und ohne Schnürsenkel. Zu keinem gab es ein passendes zweites Exemplar. Allmählich machte sie sich Gedanken über die Form der Ohren, die das Männchen unter seinem Hut versteckte. Ohne nachzudenken, beugte sie sich vor und unterbrach ihre Cousine.

»Wir glauben doch an etwas, nämlich an das, was in den alten Sagen und Gedichten steht. Darum sind wir auch unterwegs, es ist eine Art Suche. Wir wollen herausfinden, ob es dieses Etwas noch gibt.«

Es wurde still im Auto. Gwens Worte hingen bedeutungsschwer in der Luft, als seien sie wichtiger, als sie sie gemeint hatte, und sie wurde auf einmal nervös.

»Ah, gut.« Das Kichern des alten Mannes lockerte die Spannung. »Bei eurem überspannten Geplapper komme ich nicht mehr mit.«

Er hielt an.

»Jetzt aber hopp, ihr zwei Hübschen.«

Der Rauswurf war so klar und deutlich, dass sie einen Augenblick wie angewurzelt sitzen blieben. Dann entdeckten sie das Hinweisschild vor ihnen auf der Straße.

TEAMHAIR. TARA.

»Was?«, rief Findabhair.

»W-w-wie?«, stotterte Gwen.

Sie waren so sehr in die Unterhaltung mit dem alten Mann vertieft gewesen, dass sie gar nicht darauf geachtet hatten, wo er hingefahren war.

»Das Sträßchen da, da geht's lang, da findet ihr, was ihr sucht.«

»Danke fürs Mitnehmen«, sagte Findabhair verwirrt.

»Einen schönen Tag noch«, fügte Gwen automatisch hinzu.

Als das kleine Auto weiterfuhr, standen sie immer noch starr vor Staunen an Ort und Stelle.

Findabhair hob die Schultern. »Dann fangen wir eben doch hier an, was soll's?«

Sie setzten die Rucksäcke auf und nahmen den Weg nach Tara. Am Wegrand standen hohe Weißdornbäume, die ihren reichen weißen Blütenschmuck trugen wie Bräute. In dem üppigen Grün summten Bienen, und über den Köpfen der Mädchen wölbten sich die dicht belaubten Äste zu einem Dach. Der Weg wirkte wie ein Blättergang, der zu einem Thronsaal führte.

»War er dir auch unheimlich?«, fragte Gwen ihre Cousine.

Sie gingen auf den Seitenstreifen, um einen Ausflüglerbus vorbeizulassen.

»Was? Nein, kein bisschen. Er war so komisch wie zwei linke Füße. Ich kann nur dieses Gequatsche über Kleeblätter und Gnome nicht mehr hören. Er hat uns wie Touristen behandelt.«

»Fand ich nicht«, sagte Gwen beunruhigt. »Es war mehr so eine Art Test, irgendwas wollte er herausfinden. Und das hat er auch, glaube ich. Ich hätte mein großes Maul halten sollen.«

»Wetten, dass er keinen Schimmer hatte, worüber du geredet hast? Der war doch doof wie Brot.«

Das überzeugte Gwen nicht, im Gegenteil. Obwohl sie nicht erklären konnte, wieso und warum, hatte sie das Gefühl, dass der kleine Mann ihre Worte sogar besser verstanden hatte als sie selbst. Diese beunruhigende Ahnung hätte wohl weiter an ihr genagt, wäre nicht plötzlich Tara vor ihren Augen aufgetaucht.

DREI

»Na endlich, ein Restaurant!«, sagte Gwen. »Ich bin am Verhungern!«

Die Straße hatte sie schließlich zu einem Souvenirladen mit angeschlossenem Teesalon geführt. Es duftete nach knusprigen Backwaren und durch die mit Spitzengardinen geschmückten Fenster hörten sie Besteckgeklapper und angeregte Unterhaltung. In einem kleinen Garten mit Rosenbüschen und gepflegten Hecken standen Tische und Stühle. Auf der rechten Seite lag ein Parkplatz und dahinter gaben Eisentore den Zugang zum Hügel von Tara frei.

»Du hast gesagt, ich soll dich daran hindern, dich vollzustopfen«, erinnerte Findabhair ihre Cousine.

»Damit meinte ich Würstchen und Chips und ähnlich fette Sachen. Eine Kleinigkeit würde mir ja schon reichen. Ich kriege eben Hunger, wenn das Leben so aufregend ist.«

»Erst Tara, dann Essen.«

»Zu Befehl, Frau Feldwebel«, knurrte Gwen.

Wer es nicht besser wusste, sah in Tara sicher nur ein weitläufiges Gelände um eine windumtoste Hügelspitze. Der Name bedeutete einfach ›ein Ort mit weitem Ausblick‹. Den meisten Besuchern eröffnete sich tatsächlich kein anderer Zauber als eine herrliche Sicht auf die ländliche Umgebung. Die fruchtbaren Äcker der Grafschaft Meath erstreckten sich in einer Ebene bis zu den fernen Grenzen nebliger Berge und dem blauem Küstenband.

Gwen und Findabhair aber bedeutete all das viel mehr. Tara, der Königspalast, das Zentrum der Macht, war über zweitausend Jahre lang der pulsierende Mittelpunkt Irlands gewesen. *Strahlend erschienenes Teamhair,* so nannten es die Dichter. Das Tara der Könige. Die Herrlichkeit des Ortes war unaufdringlich, eher unterschwellig. Sie hing in den Schatten des hohen Grases, das auf den Wällen und Schanzen im Wind flüsterte. *Cnoc na mBan-Laoch:* Der Hügel der Heldinnen. Auf dieser grünen Kuppe hatten sich die Kriegerinnen versammelt – sie trugen goldene Halsringe und schlanke Speere. Erst seit dem siebten Jahrhundert durften Frauen im Zuge des christlichen Rechts von *Cáin Adamnáin* nicht mehr in den Krieg ziehen. *Teach Míodchuarta:* Der Bankettsaal. Ein langer abgesenkter Graben zwischen zwei parallelen Wällen war alles, was von dem ehemals herrschaftlichen Haus übrig geblieben war. Vierzehn Türen hatten die hohen Mauern geziert, deren sieben zur goldenen Sonne ausgerichtet waren, die anderen sieben zum silbernen Mond. *Ráth na Ríogh:* Die Königliche Einfriedung. In der damaligen Zeit beherbergte dieser breite Kreis ein königliches Fort mit einer Eichenpalisade. Hier wurde das große *Feis* von Tara abgehalten, das Krönungsritual, in dem der Hochkönig symbolisch die Göttin des Landes heiratete.

Die Mädchen ließen ihre Rucksäcke am Tor zurück, um ungehindert über Gräben und Grate klettern zu können. Verzückt und selbstvergessen genossen sie es, in die Fußstapfen von Königen und Königinnen, Druiden und Kriegern zu treten. Sie stellte sich die Menschenansammlungen zu Spielen und Festen vor, die Rechtsprechung und das Bewirten ganzer Armeen. Bei der Vorstellung von Mondfesten mit geheimnisvollen Bräuchen und rituellen Opfern erschauerten sie.

Gwen kletterte auf den *Grabhügel der Geiseln,* eine kleine grasbewachsene Erhebung in der Landschaft, die aussah wie eine umgedrehte Schale. Sie fühlte sich auf einmal seltsam matt und legte sich in das sonnenwarme Gras. Hoch oben schwebten die Wolken über die blaue Himmelsweide. Der Wind trieb sie rasch davon wie eine Schafsherde. Aus dem Augenwinkel entdeckte sie einen schwarzen Käfer, der über die Erde krabbelte. In der Nähe klebte eine Schlange an einem Strunk. Sie schlief tief und fest, ihre Haut eine Spirale aus Beige und Braun. Gwen war vollkommen in sich versunken, wie für alle Ewigkeit.

Findabhair dagegen, die nie still sitzen konnte, untersuchte die Anlage wie ein Jagdhund. Sie näherte sich dem Hügel aus einer anderen Richtung und entdeckte eine Höhle, die in das Innere führte. Der Eingang war mit einem Gitter versehen, das mit einem Vorhängeschloss gesichert war.

»Ein Steinhügel!«, rief sie zu Gwen hinauf, die keine Antwort gab.

Findabhair drückte ihr Gesicht an das Gitter und lugte in die Dunkelheit. Genau wie sie es sich gedacht hatte. Der Hügel mochte zwar wie eine natürliche Graskuppe erscheinen und doch hatten ihn Menschen aus schweren Steinplatten errichtet. Drinnen war er hohl und dunkel wie eine Höhle oder wie ein Grab. Auf dem großen Stein zu ihrer Linken war etwas eingemeißelt, und mit Mühe erkannte sie Kreismuster, spiralenförmige Augen und Schlangen, die ihre Schwänze verschlangen. Wenn sie nur wüsste, was das zu bedeuten hatte! Sie verspürte eine große Sehnsucht – sie wollte da hinein.

Oben auf dem Hügel war Gwen in einen Tagtraum versunken. Die Wolken fielen vom Himmel auf sie nieder. Der Hügelkamm war eine grüne Insel in einem nebelverhangenen See und in ihren Ohren erklang ein leises Summen. Als Antwort spürte sie ihr Blut kribbeln und rauschen wie Füße, die es juckt zu tanzen. Das Summen oder etwas dahinter brachte einen Hauch Musik mit, die aus großer Tiefe oder weiter Ferne zu kommen schien, wie das Seufzen einer Muschel. Sie vernahm ein Grollen wie von fernem Trommeln oder Donnern, doch ebenso hohe, durchdringende Klänge wie von einer Flöte oder einer Lerche. Gwen lauschte inbrünstig, aber das Summen hing wie ein Störgeräusch in ihren Ohren, als wären sie für solche Klänge nicht empfänglich.

Unter ihr lehnte Findabhair mit halb geschlossenen Augen am Gitter. Auch sie war in eine milchige Ruhe versunken und lauschte der überirdischen Musik, bis ein neues Geräusch auf sie eindrang: Wilder Pferdegalopp. Die Hufe donnerten näher heran und im Nebel rief eine Stimme:

Komm zum Grab im Sídhe-Hügel!

Auf der Kuppe erwachte Gwen mit einem Ruck. Sturmwolken wirbelten um die Sonne wie ein dunkel schwingendes Cape. Das Gras, auf dem sie lag, war kalt und feucht geworden. Sie raffte sich mühsam auf. »Wo bist du?«, rief sie.

Findabhair löste sich mit einem Sprung von dem Gitter,

als hätte sie sich daran verbrannt. Verwirrt schaute sie zu Gwen hoch, die sie mit aufgerissenen Augen anstarrte.

Wortlos rannten sie von dem Grabhügel fort. Sie schnappten sich ihre Rucksäcke und liefen wie von Höllenhunden gejagt in den Teesalon. Erst als sie sich drinnen unter anderen Menschen in Sicherheit wähnten, wagten sie, einander anzusehen. Als der dampfende Tee und die gebutterten Brötchen vor ihnen auf dem Tisch standen, konnten sie sich die Wahrheit eingestehen.

»Es ist hier«, flüsterte Gwen.

Findabhair nickte. »Es ist noch lebendig.«

Atemlos strahlten sie einander an.

»Ich würde mich am liebsten auf den Tisch stellen und es laut herausschreien.«

Findabhair hatte die Stimme gesenkt, damit sie gar nicht erst in Versuchung kam. »Ich weiß genau, was du meinst. Ich fühle mich, als könnte ich Bäume ausreißen oder von einer Klippe springen!«

Als Gwen lautstark ihren Tee schlürfte, bekamen sie einen Lachanfall. Sie waren benommen, ihnen war schwindelig.

»Kannst du dich erinnern, was genau passiert ist?«

Findabhair runzelte vor Anstrengung die Stirn, aber das Ganze fühlte sich zu sehr wie einer jener Träume an, bei denen man vage Bilder im Kopf hat, an die man sich aber nicht richtig erinnern kann. Sie schüttelte den Kopf.

»Ich auch nicht«, seufzte Gwen. »Es ist wie weggeblasen, aber da war was ... so was wie ... eine Einladung?«

»Stimmt! Genau! Aber wie nehmen wir sie an?«

Gwen hatte auf einmal schwere Bedenken. »Sollen wir wirklich? Hattest du denn keine Angst?«

»Doch, klar! Vor dem Unbekannten hat wohl jeder Schiss. Aber davon lässt du dich doch nicht etwa abhalten, oder?«

»Ich glaube nicht.« Gwen ging auf Nummer sicher. Sie war nicht so mutig wie ihre Cousine, aber zurückbleiben wollte sie auch nicht.

»Wir übernachten in dem Grabhügel«, beschloss Findabhair.

»Oh nein!«, stöhnte Gwen laut.

Das Paar am Nebentisch sah zu ihnen hinüber, aber Findabhair war nicht aufzuhalten.

»Ich wollte immer schon in einem Grabhügel oder auf einer Bergfestung schlafen. Bekanntlich ist das die beste Methode, um ins Elfenland zu kommen. So steht es in den alten Sagen und in den *aislings,* den Visionsgedichten.«

Sie schloss für einen Augenblick die Augen, weil ihr ein Gedanke kam. Es hatte mit einem *Sídhe*-Hügel zu tun, und mit Tara. War es aus einem Buch? Die Erinnerung nagte an ihr, blieb aber schwammig. Ihre Entscheidung stand fest. Doch würde ihre Cousine mitspielen?

Obwohl sie zugegebenermaßen zur Feigheit neigte, dachte Gwen ernsthaft über den Vorschlag nach. Es war kein Zufall, dass dieses Problem auf sie zukam. War sie nicht in der Absicht nach Irland gefahren, hier ein Abenteuer zu erleben? Obwohl sie von unzähligen Zweifeln und Ängsten heimgesucht wurde, stimmte sie innerlich bereits zu.

»Dir ist doch klar, dass wir gegen die Gesetze verstoßen«, stellte sie nur fest. »Unbefugtes Betreten und wer weiß was noch alles.«

»Einbruch. Am Gitter hängt ein Vorhängeschloss.«

Findabhair war begeistert. Wenn Gwen schon ins Detail ging, konnte sie davon ausgehen, dass sie mitmachte.

»Wenn wir in den Knast müssen, redest du. Die sind nicht so streng, wenn sie deinen amerikanischen Akzent hören.«

»Mit oder ohne Akzent«, sagte Gwen und schluckte ihre Angst herunter. »Die erwischen uns schon nicht.«

VIER

Es war schon fast Mitternacht, als sie nach Tara zurückkehrten. Sie hatten den Tag in dem Dörfchen Dunshaughlin mit Schaufensterbummeln und Spazierengehen verbracht und den Abend im Dorflokal über »Fish and Chips« vertrödelt. Aus Sicherheits- und Geheimhaltungsgründen liefen sie den langen Weg lieber zu Fuß zurück.

Während sie durch die dunkle Landschaft stapften, prüfte Gwen jedes Auto, das ihnen begegnete. Sie erwischte sich dabei, wie sie an den seltsamen kleinen Mann dachte.

»Glaubst du wirklich nicht an Gnome und ›kleine Dinger mit Flügeln‹?«, fragte sie ihre Cousine.

»Du meinst Elfen aus dem Garten?«, schnaubte Findabhair. »Du machst wohl Witze. Nach denen bin ich wirklich nicht auf der Suche.«

Wehmütig antwortete Gwen: »Ich habe diese kleinen Blütenelfen so geliebt, als ich klein war. Tue ich immer noch.«

»Du bist echt kindisch.«

Als sie in Tara ankamen, war es dunkel und menschenleer. Der Teesalon hatte längst zugemacht, die Fensterläden waren geschlossen, Tische und Stühle hereingebracht. Verstohlen schlichen die Mädchen über den Parkplatz und kletterten über die Steinmauer und den Hügel hinauf. In der nächtlichen Stille war Tara ein gottverlassener Ort. Die schemenhaften Wälle sahen aus wie Gräber, die aus dem Gras emporwuchsen. Die buckligen Formen wirkten, als könnten sie jeden Moment zuschlagen. Fortwährend sahen die Mädchen sich nervös um, schließlich waren sie unbefugt eingedrungen. Von der kühlen Brise bekamen sie eine Gänsehaut, außerdem fühlten sie sich beobachtet.

»Halt die Taschenlampe gerade!«, zischte Findabhair.

Sie hockten vor dem Grabhügel der Geiseln, der bedrohlich über ihnen aufragte. Gwen richtete den Lichtstrahl auf das Torgitter, das ihnen den Weg versperrte. Sie kämpfte immer noch gegen ihre grundsätzlichen Bedenken. Aber es gab kein Zurück mehr. Wer A sagt, muss auch B sagen. Vorsichtig stocherte Findabhair mit ihrem Taschenmesser in dem Vorhängeschloss. Eine Zeit lang hörte man nur ihren schnellen Atem und das kratzende Messer. Dann gab das Schloss mit einem triumphierenden Klicken nach.

»Wir sind drin!«

Sie waren viel zu aufgeregt, um sich jetzt noch irgendwelchen Zweifeln hinzugeben, und zu sehr damit beschäftigt, es sich in dem engen Raum gemütlich zu machen. Die Höhle war kalt und unangenehm feucht. Sie mussten den Kopf einziehen, um sich überhaupt bewegen zu können, und breiteten gebückt ihre Isomatten und Schlafsäcke aus. Die Wände und das Dach schienen näher zu kommen; die schweren Kragsteine ächzten unter der Last der Erdschollen.

Findabhair ließ das Licht ihrer Taschenlampe über den

größten Stein auf der linken Seite schweifen. Kreismuster wirbelten über den Felsen.

»Die Spiralen sehen aus wie Galaxien«, sagte Gwen bewundernd.

»Wir sollten mit dem Kopf in ihre Richtung schlafen«, schlug ihre Cousine vor.

»Die Druiden haben es so gemacht«, stimmte Gwen zu. *»In den dunkelschwangeren Gemächern.«* Dann fügte sie beklommen hinzu: »Ich glaube, wir sollten angezogen schlafen.«

»Damit wir schnell abhauen können?«

»Für alle Fälle.«

Die Taschenlampe erleuchtete die Höhle wie ein kleines Lagerfeuer und warf Schatten auf die Wände ringsum. Nachdem sie in ihre Schlafsäcke geschlüpft waren, schalteten sie die Lampe aus. Dunkelheit umschloss sie. Zunächst waren sie sprachlos, überwältigt von dem, was sie getan hatten. Der muffige Geruch modernder Erde machte ihnen unmissverständlich klar, dass sie in einem Grab lagen. Allmählich gewöhnten sich ihre Augen an die Dunkelheit und sie atmeten freier.

»Was glaubst du, was passiert?«, flüsterte Gwen.

»Alles. Oder nichts.« Findabhair meinte es ernst. »Ich weiß gar nicht, ob das wirklich wichtig ist. Es lohnt sich schon allein wegen dieses Abenteuers.«

»Ich weiß genau, was du meinst. Allein hätte ich so was nie im Leben gemacht, aber ich finde es toll. Ich bin echt froh, dass wir hier sind.«

»Ich auch.« Findabhair lachte leise. »Jeder andere würde uns für verrückt halten.«

»Weißt du was? Ich wollte es dir schon eher erzählen. Als

du auf der Toilette warst, habe ich in dem Führer über Tara gelesen, dass es in der Nähe einen Ort namens Tobar Finn gibt. Was hältst du davon?«

Findabhair war begeistert.

»*Tobar* ist das irische Wort für ›Quelle‹. Was für ein schöner Zufall, dass sie nach mir benannt ist. Ich wusste doch, dass es mein Schicksal ist, hierherzukommen.«

»Und meins auch. Mein Name ist genau wie deiner. Findabhair und Gwenhyvar. Meins ist die walisische Form und deins die irische, aber beide bedeuten dasselbe.«

»Ja«, murmelte ihre Cousine.

Auf einmal schreckte Findabhair auf, knipste die Taschenlampe an und kramte in ihrem Rucksack.

»Was ist los?«, fragte Gwen.

»Ich fasse es nicht, dass ich vergessen habe, dir das hier zu zeigen! Ich trage es ständig mit mir herum. Wahrscheinlich habe ich es über dem Durcheinander unserer Reise vergessen. Sieh es dir an.«

Gwen drehte sich in ihrem Schlafsack auf die Seite und bewunderte das kleine Buch mit dem grünen Einband und den Goldbuchstaben.

»*Das Fatum der Weißen Dame*«, sagte sie leise. Die Worte hallten wie ein Echo von den Steinen zurück. »*Fatum* bedeutet ›Schicksal‹ auf Latein, oder? Was für ein schöner Titel! Wir sind wirklich weiße Damen, alle beide.«

Sie schlug das Buch in der Mitte auf und las laut vor:

Eile flinken Fußes voran geschwind
O holdes gejagtes Menschenkind!
Verlasse der Schatten Nachtgesicht …

»Stopp!«, unterbrach Findabhair sie plötzlich. Eine Vorahnung überwältigte sie. »Wieso hast du ausgerechnet das genommen?«

Gwen hörte die Panik in ihrer Stimme und erschauerte ebenfalls vor Angst. »Stimmt was nicht?«

»Ich ... ich weiß nicht.«

Findabhair nahm das Buch und stopfte es in den Rucksack zurück. »Gwen, wollte nur ich nach Tara? Warst du dagegen?«

»Blödsinn. Es stand von Anfang an auf dem Plan und ich wollte unbedingt hierhin. Aber lieber später.«

»Dann könnte es um mich gehen oder um dich oder um uns beide.«

»Lässt du mich an deinen erlauchten Gedanken teilhaben oder muss ich erst auf die Knie fallen?«

Findabhair lächelte verlegen. »Tut mir leid, ich sage dir Bescheid, wenn ich's selbst rausgefunden habe. Ich glaube, ich habe von diesem Buch geträumt, und jetzt fühlt es sich an wie eine Warnung.«

»Aber bitte nicht hier und jetzt! Mir wird angst und bange. Können wir morgen früh weiter darüber reden?«

»Ja, klar.« Findabhair lachte. »Wie sind wir denn drauf? Ich glaube, wir haben sie nicht mehr alle!«

Sie knipste die Taschenlampe aus und sie unterhielten sich leise im Dunkeln weiter. Die Mädchen redeten über die Schule, ihre Hobbys, Freunde und Lehrer, einfach über alles, nur nicht über ihre Reise. Keine sagte etwas, aber beide wurden von einer unbeschreiblichen Angst heimgesucht. Bald aber mussten sie immer häufiger gähnen und schliefen schließlich ein.

Die Veränderungen außerhalb der Höhle spürten sie

nicht. Die Stille, die über Tara hing, erbebte, als im Morgengrauen Dunkelheit und Licht aufeinandertrafen. Leben erfüllte sie. Bevor die Nacht in den Tag überging, schickte die eine Welt sich an, die andere in den Schatten zu stellen. Die einsam daliegenden Erdwälle begannen zu leuchten, als wäre eine Sternschnuppe gelandet. Aus dem leeren Graben des Bankettsaals erhob sich der glänzende Umriss eines prächtigen Palastes. Edelsteine funkelten auf goldenen und silbernen Mauern und drinnen flackerten Tausende von Kerzen. Aus den anmutigen Bögen der hohen Fenster drangen süße Klänge: überirdische Musik, Flüstern und Gelächter.

Gedämpfte Schritte kamen aus den Schatten.

»Menschen sind in der Höhle.«

Das Geflüster raschelte im Wind.

»Weiß der König Bescheid?«

Wildes Lachen tirilierte wie eine Panflöte.

»Hast du es noch nicht gehört? Bevor die Nacht vergeht, nimmt er sie als Geiseln!«

In diesem Augenblick wälzte Gwen sich im Schlaf herum, als hätte der Hauch einer Warnung sie gestreift. Findabhair neben ihr tat dasselbe. Ihre Köpfe lagen an dem großen Stein hinter ihnen, und als Licht in die Rillen der Spiralmuster sickerte, beleuchtete es sie wie Heiligenscheine.

Eine Stimme rief in das Grab: »Gwenhyvar, du Schöne, schöne Gwenhyvar!«

Im Schlaf runzelte Gwen die Stirn. Hinter ihren Lidern sammelten sich Lichtpünktchen zu einem Bild am Fuß ihres Schlafsacks. Es war ein Junge in ihrem Alter. Er war schlank und nackt und trug ein Halsband aus Bernstein und Perlen.

»Verlasse diesen Ort! Flinken Fußes!«

Obwohl Gwen träumte, spürte sie, dass die Gefahr echt war. Sie kämpfte gegen die Bande des Schlafes an, aber durch die Anstrengung taumelte sie nur benommen durch Raum und Farben.

»Hilf mir!«, rief sie dem Jungen zu.

»Das kann ich nicht«, sagte er traurig, während er bereits verblasste. »Ich bin nur ein Hügelgrabwicht, ein Schatten meines längst verblichenen Selbst. Ich bin vor Jahrhunderten hier gestorben. Mir ist nur die Macht geblieben, dich zu warnen, denn auch ich war eine Geisel. Auch ich war der Gejagte und der Geopferte.«

Bei seinen Worten gefror ihr das Blut in den Adern. Welche Schrecken hatten diesen Geist an das Grab gebunden? Welche Schrecken könnten sich wiederholen?

Während Gwen sich noch bemühte, wach zu werden, tanzte Findabhair bereits durch eine verführerische Fantasiewelt. Sie war auf einem Kostümball, wo alle Gäste herrliche Kleider aus Seide und Satin, funkelnde Masken und Pfauenfedern trugen. Sie selbst war in ein glänzendes nachtblaues Gewand mit einem Cape aus schwarzen Federn gekleidet. Ihr hochgestecktes Haar schmückte ein Perlennetz. In atemberaubend schnellen Schritten und Drehungen wirbelte sie zu einem Walzer über die Tanzfläche. Ein wunderschöner junger Mann hielt sie im Arm, und wie es in Träumen so ist, kam er ihr vage vertraut vor, obwohl sie ihn nicht kannte. Seine Züge erinnerten an einen Raubvogel, sein Blick war dunkel und durchdringend, die rabenschwarzen Haare schulterlang. Es sah nicht so aus, als spräche er mit ihr, aber in ihrem Kopf wirbelten Worte im Takt zur Musik.

O Lady, so du mir folgest zu meinem stolzen Volke,
Soll eine goldene Krone deinen Kopf umkränzen,
Sollst du verweilen an den süßen Flüssen meines Reiches,
Sollst Met du trinken in den Armen deines Liebsten.

Er schlang den Arm enger um ihre Taille.

»Komm mit.«

Das war keine Bitte, sondern ein Befehl.

Da der Traum keinen Anfang hatte, erwartete Findabhair auch nicht, dass er aufhörte. In diesem Augenblick zählten nur die Musik, der Tanz und die dunklen Augen ihres Verehrers.

Ja.

Seufzend kam ihr dieses Wort im Schlaf über die Lippen. Gwen neben ihr wälzte sich wieder herum – sie spürte, wie das Verhängnis sie beide ereilte.

Pferdegetrappel, ein wilder Angriff mitten in der Nacht, lauter und immer lauter, immer näher ritten die Pferde. Das Tor zum Grab sprang auf und das Innere wurde weit und hoch wie eine Kathedrale aus Stein. Ein Hengst galoppierte herein, schwärzer als die Schatten der Nacht, mit blähenden Nüstern, Feuer schnaubend. Der Reiter trug einen schwarzen Umhang, seine Züge waren scharf geschnitten wie die eines Falken.

Entschlossen griff er nach seiner Beute.

»*Nein!*«, schrie Gwen.

Das Pferd bäumte sich auf. Der Reiter sah wütend auf sie hinunter. Die dunklen Augen zeigten weder Reue noch Mitleid.

»Nein‹ ist deine Antwort, doch sie hat ›Ja‹ gesagt. Ich hole mir meine Braut vom Grabhügel der Geiseln!« Er riss

Findabhair mitsamt Schlafsack und allem anderen vom Boden hoch und legte sie quer über den Sattel.

Dann ritt er fort.

»Nein!«, kreischte Gwen noch einmal so laut, dass sie davon erwachte.

Schwach und zitternd streckte sie nach diesem Alptraum Trost suchend die Hand nach ihrer Cousine aus. Ein neuer Schreck schnürte ihr die Kehle zu.

Findabhair war weg.

FÜNF

Gwen traute ihren Augen nicht. Findabhair und all ihre Sachen waren verschwunden. Bestimmt gab es dafür eine einfache Erklärung. Ihre Cousine war früh aufgewacht und spazieren gegangen. Möglicherweise spielte sie Gwen aber auch einen Streich, das würde zu ihr passen. Wahrscheinlich saß sie in diesem Augenblick bereits im Teesalon und bestellte Frühstück für sie beide.

Gwen zog die Schuhe an und kroch aus der Höhle. Der Morgen war feucht und nieselig, der Himmel grau verhangen. Nebelschwaden waberten durchs Gras. Als könnte sie vor ihren Ängsten davonlaufen, rannte Gwen den Hügel hinab und über den Parkplatz. Ihr Mut sank, als sie entdeckte, dass der Teesalon noch nicht geöffnet hatte. Die geschlossenen Fensterläden sahen aus wie Augenlider. Gwen lief über die Erdwälle den Hügel wieder hinauf und rief nach Findabhair. Das Echo ihrer Schreie verlor sich einsam im Wind.

Keine Antwort. Keine Findabhair.

Als sie der Wahrheit endlich ins Gesicht sah, blieb sie still stehen. Ihre Cousine war verschwunden, war entführt worden. Aber von wem? Oder besser: *wovon?*

48

Gwen kämpfte mit den Tränen. Allmählich fielen ihr die nächtlichen Träume und Erscheinungen wieder ein, Beweise einer Wirklichkeit, die sie kaum annehmen konnte. Es war eine Sache, sich auf die Suche nach etwas Unvorstellbarem, Fantastischem und Unbekanntem zu machen. Doch es war eine andere, es wirklich zu finden. Erst jetzt gestand sie sich ein, dass sie nicht wirklich an diese andere Welt geglaubt hatte, alles hatte sich im Reich der Fantasie abgespielt. Bis jetzt.

»Die Elfen haben sie entführt.« Die Worte entschlüpften ihr im Atemnebel, der zitternd in der Luft hing. »Was soll ich denn jetzt machen?«, heulte sie.

Benommen lief sie wie eine verlorene Seele über das Hügelfeld. Sie zögerte, den Ort zu verlassen, an dem sie ihre Cousine zuletzt gesehen hatte. Dann kehrte sie zum Grabhügel der Geiseln zurück und packte ihre Siebensachen. Als sie das Vorhängeschloss mit einem endgültig klingenden Klicken wieder ans Gitter hängte, zuckte sie zusammen. Hier würde Findabhair nicht wieder auftauchen. Der Reiter hatte sie mitgenommen. Aber wohin?

Gwen konnte die Tränen nicht mehr zurückhalten und weinte laut, während sie die Straße entlangtrottete. Was sollte sie nur tun? Was *konnte* sie überhaupt tun? Ihre Tante und ihren Onkel anrufen? Zur Polizei gehen? Eine Entführung hatte stattgefunden. Die Worte aus dem Traum verfolgten sie. *Auch ich war eine Geisel. Auch ich war der Gejagte und der Geopferte.* Panik überkam sie wie eine Welle, sie musste etwas tun! Und zwar schnell!

Es kam überhaupt nicht infrage, zu ihrem Onkel und ihrer Tante zurückzukehren. Was sollte sie ihnen sagen? Sie konnte auch niemanden um Hilfe bitten. Wer würde ihr glauben? Sie hatte keine Wahl: Sie musste Findabhair selbst retten. Trotz der Angst, die diese Entscheidung mit sich brachte, ging es Gwen ein bisschen besser.

Ihr Verstand setzte wieder ein. Was wusste sie über die Elfen, die nun ihre Feinde waren? Hinter den Geschichten, die den Kindern heutzutage erzählt werden, steckt ein alter heidnischer Glaube an ein Volk, das Seite an Seite mit den Menschen lebte. Die Wesen wurden »Gutes Volk« genannt, aber nicht etwa, weil sie gut waren, sondern weil man sie besänftigen musste. *Denn wenn sie gut waren, waren sie sehr gut, aber wenn sie böse waren, waren sie fürchterlich.* Einige Legenden behaupteten, es seien Götter, andere hielten sie für gefallene Engel, die nicht gut genug für den Himmel und nicht böse genug für die Hölle waren. Die Beschreibungen waren von Buch zu Buch verschieden. Mal waren sie winzig und hatten Flügel wie Schmetterlinge, mal waren sie höher als Bäume, feurige Säulen aus Licht und Schatten. Obwohl sie nichts gegen die Menschen hatten, spielten sie ihnen häufig mehr oder weniger grausame Streiche. Unter den Sterblichen bevorzugten sie kleine Kinder, schöne Jugendliche und großzügige Erwachsene. Ihr Temperament war so unvorhersehbar und wechselhaft wie das irische Wetter. Ihre Stimmung wechselte rasch. Sie waren eigensinnig, kapriziös und wild wie der Wind, liebten Musik, Tanz, Spiel und Spaß ohne Ende. Ihre Paläste befanden sich unter den Hügeln, im tiefen Wald und in dunklen Berghöhlen. Außerdem hausten sie in Korallenschlössern auf dem Meeresgrund. Sie huschten in einem Wirbel grüner Blätter vorbei oder tanzten bei Mondschein im Wald. Man konnte ihre Stimmen im Plätschern der Wellen oder im leisen Echo des Windes hören.

Die niedergedrückte Gerste auf dem Feld zeigte Gwen den Weg, den der Elfenkönig und sein Hofstaat eingeschlagen hatten. Je länger sie darüber nachdachte, umso mutloser wurde Gwen. Was bedeutete das alles denn eigentlich? Was konnte sie damit anfangen? Sie vermisste Findabhair auf vielerlei Weise. Gwen war zwar bodenständiger und hatte mehr gesunden Menschenverstand, aber Findabhair war waghalsiger und traf die Entscheidungen für sie beide. Sie wusste immer, was zu tun war.

»Das ist unfair«, stöhnte Gwen. »Jetzt, da das Spielchen angefangen hat, besteht unser Team nur noch zur Hälfte.«

Als sie die Hauptstraße erreichte, blieb sie überrascht stehen. Als hätte er geduldig auf sie gewartet, stand vor ihr der schäbige Triumph Herald. Er glänzte frisch lackiert in Grün, aber drinnen saß dasselbe alte Männchen. Es bedeutete ihr mit einem Wink, näher zu kommen.

Nach dem, was inzwischen passiert war, bezweifelte Gwen keine Sekunde länger, dass ihre Vermutung vom Vortag stimmte. Sie warf ihren Rucksack in den Wagen und ließ sich schwer auf den Beifahrersitz fallen, um ihren Frust an dem Gnom auszulassen.

»Nu sieh mich mal nicht so an, als wäre ich an allem schuld«, sagte er schnell. »Fair bleibt fair. Ihr habt gekriegt, was ihr haben wolltet. Ich bin hier, um zu helfen.«

Mit knirschenden Gängen fädelte er das alte Auto in den fließenden Verkehr ein. Er hockte auf zwei Telefonbüchern, dem Örtlichen und den Gelben Seiten, und lugte über das Armaturenbrett wie ein Kind, das sich auf den Fahrersitz gemogelt hatte. »Ich bringe dich so rechtzeitig nach Busáras, dass du dir noch den Bauch vollschlagen kannst. Dein Bus fährt um Punkt zehn.«

»Darf ich vielleicht noch erfahren, wo es hingeht?«, fragte Gwen schnippisch.

Gleichzeitig durchflutete sie ein ungeheures Gefühl von Erleichterung. Die Kavallerie war gekommen. Es war nicht völlig hoffnungslos. Hinter der Erleichterung meldete sich bereits wieder eine gewisse Aufregung. Wenn das nicht ein richtiges Abenteuer war, dann wusste sie es auch nicht.

Der Gnom kicherte, als könnte er Gedanken lesen. »Ihr habt was gesucht und jetzt hat's euch gefunden. Mach das Beste draus. Der Elfenhof ist auf seiner sommerlichen Rundreise durch das Land. Du musst flinken Fußes und gewitzten Verstandes sein, wenn du deine Freundin finden willst.«

»Ist alles in Ordnung mit ihr?«

»In Ordnung? Ihr Verstand? Meinst du den?«

»Ist sie gesund?«, beharrte Gwen, entnervt von seinen Mätzchen.

»Was soll das heißen? Fragst du mich, ob sie gesund und munter ist, oder was?«

Sein Kichern nervte. Obwohl er so klein war, hatte er eine finstere Ausstrahlung. Er erinnerte Gwen an die Art Puppe, die Bauchredner benutzten. Davon bekam sie auch immer eine Gänsehaut.

»Im Geist gesund und munter, im Bette rauf und runter«, fuhr er fort. »Welches Recht hast du, solche Fragen zu stellen, nachdem ihr euch einfach so an geheimen Orten vergriffen habt? Wenn's darum ginge, gesund und munter zu bleiben, wärt ihr besser mit den Amis nach Killarney geeiert. Das Elfenvolk will nur eins von Leuten wie euch, und zwar in Ruhe gelassen werden. Ihr habt aber nicht nur eure eigenen Gesetze gebrochen, als ihr im Hügel geschlafen habt.«

Bei dieser Tirade rutschte Gwen nervös hin und her. Dem Gnom war das Blut ins Gesicht geschossen vor lauter Empörung, die doch ursprünglich ihr die Kraft gegeben hatte, so dreist zu ihm zu sein.

»Das wussten wir nicht.«

»Oh doch«, gab er zurück.

Er hörte gar nicht mehr auf und Gwen sank in ihren Sitz. Sie wusste, Findabhair hätte sich nicht von ihm in Grund und Boden reden lassen, aber sie war eben nicht Findabhair. Die Landschaft raste an ihr vorbei und verschwamm zu bunten Flecken, denn das Auto fuhr unglaublich schnell für so eine alte Kiste. Als hätte es Flügel.

»Na, gut. Wir wussten schon, was wir taten. Irgendwie. Also müssen wir wohl die Konsequenzen tragen. Und was passiert als Nächstes?«

»Das klingt schon besser«, sagte der kleine Mann in freundlicherem Ton. »Wir messen alle gerne unsere Kräfte und ihr seid zwei feine Mädels, stark und loyal. Wir werden viel Spaß mit euch haben.«

Gwen zuckte zurück. Das klang nicht gerade beruhigend. Jetzt schoss ihr noch etwas durch den Kopf. »Haben Sie unseren Bus von der Straße abgebracht?«

Sein böses Kichern beantwortete die Frage, bevor er es zugab. »Nur 'n bisschen rummanövert.«

»Sie hätten jemanden töten können!«

»Hab' ich aber nicht, oder? Also spar dir die Puste. Ihr wart weit vom rechten Weg abgekommen, wie Kolumbus auf der Suche nach Indien. Ich musste euch wieder in die Spur bringen.«

Er fummelte an dem uralten Radio am Armaturenbrett herum, das zu Gwens Überraschung tatsächlich funktionierte. Noch erstaunter war sie allerdings, als sie hörte, was gespielt wurde. Die Dropkick Murphys spielten ihre wilde Version von »The Rocky Road to Dublin«. Der Song prallte gegen die Windschutzscheibe und tanzte durch den Wagen.

> *Then off to reap the corn,*
> *Leave where I was born,*
> *Cut a stout blackthorn*
> *To banish ghosts and goblins.*
> *A brand-new pair of brogues,*
> *Rattlin' o'er the bogs,*
> *Frightening all the dogs,*
> *On the rocky road to Dublin.*

»Die können spielen, die Jungs, was?« Der Gnom nickte wild zur Musik wie ein verhaltensgestörter Hund. »Aber so rocky ist die Road heute auch nicht mehr, was? Bei den schicken Fahrbahnen von heute!«

> *One-two-three-four-five*
> *Hunt the hare and turn her*
> *Down the rocky road*
> *And all the way to Dublin*
> *Whack fol lol dee dah.*

Und sie waren wirklich auf dem Weg nach Dublin, wie Gwen an den Straßenschildern auf der Autobahn erkennen konnte. Das kleine Auto fuhr über hundert Stundenkilometer und kam im Verkehr gut mit. Als sie einen Sattelschlepper überholten, der die rechte Spur blockierte, bedachte das Männchen den Fahrer mit einer groben Geste.

»Diese blöden Sattelschlepper, als gehörte ihnen die Welt.«

Der Fahrer hupte.

»Ab auf den Schrottplatz mit dir!«, grölte der Gnom.

Sie näherten sich der Hauptstadt durch den weitläufigen Phoenix Park. Rotwild graste auf den grünen Wiesen. Nur wenige Spaziergänger waren zu sehen. Als sie am Áras an Uchtaráin, dem palastartigen Präsidentschaftsgebäude, vorbeifuhren, zog der kleine Mann seinen Hut.

»Viel Glück und viel Segen, Mná na hÉireann!«, schrie er überschwänglich.

Gwen erhaschte einen Blick auf seine spitzen Ohren, bevor er den Hut wieder aufsetzte.

»Eine großartige Lady, unsere Mary«, sagte er. »Sie glaubt an uns, weißt du, wie alle Aufrichtigen, im Gegensatz zu dem Rest der Politikerspitzbuben.«

Wie eine Kugel schoss der Triumph aus dem Park in das frühmorgendliche Gewusel von Dublin City. Fußgängerampeln interessierten den Gnom offenbar nicht, während er über die Kreuzungen pflügte und den Menschenmengen den Weg versperrte.

»In New York würden Sie einen guten Taxifahrer abgeben«, lautete Gwens Kommentar. Sie klammerte sich an ihren Sitz.

»Häh? Und was soll das sein?«

Aber er konzentrierte sich voll auf die Straße und wechselte immer wieder hemmungslos die Spur. Sie scherten hinter einem Doppeldeckerbus aus und flogen über die

Kais am braunen Band der Liffey entlang. Gerade als sie sich ein lebensgefährliches Rennen mit einem überladenen Milchwagen lieferten, mussten sie an der O'Connell-Brücke anhalten.

»Wir sind früh dran«, murmelte der Gnom nach einem Blick auf die Uhr über der Harp Lounge. »Wie wär's mit einer kleinen Spritztour in die Altstadt? Ich könnte dir die Sehenswürdigkeiten zeigen. Schließlich bin ich ein Stadtelf.«

»Die Dublin-Bus-Tour habe ich schon gemacht«, wandte Gwen rasch ein, in der Hoffnung, ihn von seinem Plan abzubringen.

Vergeblich. Es folgte eine zwanzigminütige, höchst bizarre Stadtrundfahrt durch die tausendjährige City. Bei halsbrecherischer Geschwindigkeit rief der Gnom Gwen die Bezeichnungen verschiedener Sehenswürdigkeiten zu, die ihrer Meinung nach nicht stimmen konnten.

Auf der Durchgangsstraße O'Connell Street fuhren sie an einer modernen Skulptur mit Springbrunnen vorbei, die Anna Livia, James Joyces Göttin des Flusses Liffey, darstellen sollte, die sich in einem engen Betonbecken vergnügte.

»Die–Susi–im–Jacuzzi!«, brüllte der Gnom.

Direkt hinter dem Springbrunnen ragte ein neues Denkmal mit einer eleganten Metallspitze in den Himmel.

»Stiletto–im–Getto!«

Nach einem verbotenen U-Turn an der Parnell-Statue fuhren sie wieder zurück über die Liffey, am ehrwürdigen Trinity College vorbei in Graftons Einkaufsmeile. Das Männchen hatte zu singen begonnen, so falsch wie die Nacht.

In Dublin's fair city,
Where the girls are so pretty,
I first set my eyes on Sweet Molly Malone
Alive, alive oh! Alive, …

»Maid-im-knappen-Kleid!«, verkündete er, als sie Molly Malones pralle Messingfigur neben ihrer Schubkarre mit Herz- und Miesmuscheln passierten. »Alive, alive oh!«

Gwen schloss die Augen. Diese Straße war für den Autoverkehr gesperrt, aber sie schlängelten sich durch die Fußgänger.

»Du hast Die–Zeit–ist–es–Leid verpasst«, bemerkte der Gnom, »das ist die Uhr, die die Stunden bis zum Beginn des neuen Jahrtausends gezählt hat. Sie liegt an der Brücke direkt unter der Wasserlinie. Hab mich schon gefragt, wo sie hingekommen war. Ist vielleicht geflogen.«

Er lachte über seinen eigenen Witz und schien gar nicht zu merken, dass seine Beifahrerin schon lange nicht mehr mitkam.

Als sie endlich mit kreischenden Bremsen am Busbahnhof anhielten, war Gwen aufs Äußerste verwirrt.

»So, da wären wir«, sagte der Gnom. »Fahr nach Westen, junge Frau, nach Galway. Schlag dich zum Burren in der Grafschaft Clare durch. In der Abenddämmerung findet dort heute ein Bankett statt. Die nächstgelegene menschliche Siedlung heißt Carron. Gebrauche dein Köpfchen, dann wirst du es schon finden.«

Er hievte Gwens Rucksack aus dem Wagen und lehnte ihn an die Glastür des Busbahnhofs. Gwen rührte sich nicht. Obwohl sie nicht behaupten konnte, den Gnom zu mögen, so war er doch ihre einzige Verbindung zu den Elfen.

»Könnten Sie mich nicht da hinfahren?«, flehte sie ihn an. »Ich bezahle auch das Benzin und Ihre Zeit.«

»Und was soll ich mit den Papierfetzen anfangen? Wird das nicht sowieso immer weniger wert bei diesem Deflationskram?«

Als er die Tür öffnete, um sie rauszuwerfen, verengten sich seine Augen plötzlich zu gierig funkelnden Schlitzen. »Hast du was Goldenes dabei?«

»Nein«, antwortete sie verloren.

»Dann ab mit dir. Ich habe meinen Teil getan. Ich sollte dir die richtige Richtung zeigen und das hab ich gemacht. Schönen Tag noch.« Er kletterte wieder ans Steuer und drehte den Zündschlüssel.

Verzweifelt rannte Gwen zu seinem Fenster. »*Bitte*«, bettelte sie.

Das Männchen zögerte. Entdeckte sie einen Hauch von Sympathie in seinem Blick? Oder war es List? Er neigte den Kopf. »Du bist mir mit deiner Jammerei echt auf den Keks gegangen, aber ich muss sagen, du hast Mumm. Bei der ganzen Fahrerei kein Muckser. Ich gebe dir einen weisen Rat. Wenn du nicht ein noch aus weißt, vertraue dem Rotschopf. So, mehr kriegst du nicht aus mir raus. Ich muss los, Schuhe reparieren.«

Der Triumph Herald verschwand um die nächste Ecke und damit ihre letzte Hoffnung, Findabhair ohne weitere Umstände zu finden.

Niedergeschlagen nahm Gwen ihren Rucksack und betrat den Busbahnhof. Nach allem, was sie mitgemacht hatte, überforderte es sie, sich mit den gewöhnlichen Dingen des Lebens beschäftigen zu müssen. Hier warteten die Leute auf Bänken auf ihre Busse, lasen Zeitung oder telefonierten mit ihren Handys. In dem Busbahnhof waren auch eine Cafeteria, ein Pub, ein Zeitungsladen und ein Fahrkartenschalter untergebracht. Gwen hatte die Orientierung verloren, schwankte zwischen zwei Welten und wusste nicht mehr, was echt war und was nicht.

Als die Tür zur Cafeteria aufging, kitzelte der köstliche Duft von Speck sie in der Nase. Hungrig las sie das Werbeplakat: Großes irisches Frühstück 5.00 €, Speckstreifen, Eier, Blutwurst und Presssack, gegrillte Tomaten, Bratkartoffeln, Pilze und Bohnen. Mit Buttertoast und einer Tasse Tee.

Wenn sie das erst mal gegessen hätte, wäre sie zu allem bereit! Sie prüfte den Busfahrplan – Zeit genug war noch, genau wie der Gnom es vorhergesagt hatte.

Der Kellner war groß, jung und hatte rote Haare, die er an beiden Seiten kurz rasiert trug. Kleine silberne Piercings zierten seine Ohren, Nase und Augenbrauen.

»Das volle Programm?«, fragte er.

»Was?«

»Willst du ein richtig deftiges Essen? Blutwurst und den ganzen Kram? Na komm, sei mutig!«

»Schon gut«, stimmte sie lachend zu. »Ich nehme von allem ein bisschen.«

Sechs

Der Bus ließ Dublin City hinter sich und fuhr in raschem Tempo quer durch Irland. Gwen sah aus dem Fenster und fühlte sich klein und einsam. Sie konnte noch nicht einmal genau sagen, ob es ihr gut oder schlecht ging, und schwankte zwischen dem wilden Optimismus, die Sache in den Griff zu kriegen, und panischer Verzweiflung, weil sie bis über beide Ohren in Schwierigkeiten steckte. Aber am meisten sorgte sie sich um Findabhair. Der Gnom hatte sich geweigert, ihr Näheres zu ihrer Verfassung zu verraten. Wenn es ihr nun nicht gut ging? Gegen ihren Willen musste Gwen immer wieder an die dunkle Seite des Elfentums denken. Viele Märchen der Brüder Grimm waren tatsächlich grimmig, zum Beispiel das von der Meerjungfrau, die bei der Hochzeit auf Messern tanzte. Und was war mit all den Kindern, die von Hexen und Riesen gefressen wurden? Nicht alle Märchen endeten mit den Worten … *und sie lebten glücklich und zufrieden bis an ihr Lebensende.* Von den Fantasy-Romanen, die Gwen sonst noch verschlang, ganz zu schweigen. Warum in aller Welt hatte sie unbedingt diese Reise machen wollen? Was hatte sie sich nur dabei gedacht?

Während sie sich gedanklich immer mehr im Kreis drehte, ruhte ihr Blick auf der Landschaft. Langsam aber sicher entfaltete Irland seinen Zauber. Ein leiser Regen erfrischte die Felder und Wiesen. Die fernen Hügel lagen unter einem Grauschleier, aber der Regenguss hörte genauso abrupt auf, wie er angefangen hatte. Atemlos und versilbert erschien die Natur. Glitzernd fielen die Tropfen aus den Hecken und die Pfützen glänzten am Straßenrand. Jetzt erstrahlte ein herrlicher Regenbogen am Himmel. Die Schönheit wiegte Gwen in stille Seligkeit.

Obwohl der Bus durch Dörfer und Städte fuhr, hielt ihre Verträumtheit an. Der Anblick von Bungalows, Supermärkten und Tankstellen bestärkte nur ein bestimmtes Gefühl: Jenseits der Fensterscheibe existierte Irland doppelt wie zwei Textschichten auf einem antiken Pergament. Das eine Irland war ein moderner Staat mit Technologie, Beton und Industrie. Das andere aber war ein zeitloser heidnischer Ort, der seine Präsenz ständig unter Beweis stellte. Eine alte Burg zwängte sich zwischen neue Häuser wie ein verkappter Fremder in einer Menschenmenge. Hoch oben auf dem Hügel lag ein heiliger Eichenhain über einer Fabrik. Ein Bauer pflügte mit dem Traktor ein Feld im Schatten eines Steinkreises. Hinter dem Luxushotel linste eine Turmruine hervor. Wie ein Zauberkunststück mit bunten Tüchern blitzte immer wieder das verborgene Land auf.

»Es ist nicht untergegangen«, murmelte Gwen in sich hinein. »Nur untergetaucht.«

Als der Bus am frühen Nachmittag in Galway ankam, ging es Gwen wieder richtig schlecht. Nervös lief sie durch die unbekannten Straßen. Am Eyre Square lagen massenhaft junge Leute im Gras, andere erholten sich vom Einkaufen und die Arbeiter aßen in der Sonne zu Mittag. Vergebens hoffte sie darauf, jemanden zu treffen, den sie kannte. *Findabhair, wo bist du?* Gwens Magen knurrte, als ihr der Essiggeruch an einem Fish-and-Chips-Stand in die Nase stieg, aber sie hatte keine Zeit, zu essen. Sie musste diesen Ort finden, von dem der Gnom gesprochen hatte. Seine Anweisungen waren alles, was sie hatte. *Schlag dich zum Burren in der Grafschaft Clare durch. In der Abenddämmerung findet dort heute ein Bankett statt. Die nächstgelegene menschliche Siedlung heißt Carron.*

Sie fuhr mit dem Bus an den Stadtrand von Galway und suchte sich einen geeigneten Platz zum Trampen. Sie hielt nicht gern allein den Daumen raus, aber was blieb ihr übrig? Sie hatte so wenig Ahnung davon, wo sie letztendlich hinmusste, dass öffentliche Verkehrsmittel nicht infrage kamen. Auf ihrer Landkarte lag die Grafschaft Clare südlich von Galway, aber damit erschöpften sich ihre Kenntnisse auch schon.

Als der schnittige Mercedes auf den Seitenstreifen fuhr, schaute Gwen ins Wageninnere. Es war makellos, mit hellblauen Ledersitzen und dunkelblauem Teppichboden. Aus dem Radio drang Céilidh-Musik. Gwen betrachtete den Fahrer und versuchte, seinen Charakter einzuschätzen. Von dem teuren Anzug mit Krawatte und der Aktentasche auf dem Beifahrersitz schloss sie auf einen Geschäftsmann. Er war über vierzig, hatte ein bisschen Bauch und einen Ehering an der linken Hand. Er schaute sie freundlich aus seinem Sommersprossengesicht an, aber ausschlaggebend waren seine roten Haare. Er trug einen Seitenscheitel in dem halbherzigen Versuch, eine kahle Stelle zu überdecken. *Wenn du nicht ein noch aus weißt, vertraue dem Rotschopf.*

Er lehnte sich zur Seite und öffnete die Beifahrertür. »Du kannst deinen Rucksack hinten reinwerfen, da ist Platz genug«, sagte er. Offenbar hatte er ihr Zögern falsch verstanden.

»Oh. Ja. Danke.« Sie biss sich auf die Unterlippe und stieg ein.

»Wie weit willst du denn?«, fragte er, während er sich wieder in den Verkehr einfädelte.

»In den Burren. Der Ort heißt Carron. Er ist wohl sehr klein, weil er nicht mal auf der Karte steht.«

»Ich kenne das Fleckchen. Liegt in der Nähe der Forschungsstation der Universität von Galway. Studierst du da? Willst du da übernachten?«

»Nein. Ja. Vielleicht. Keine Ahnung.«

Er sah sie neugierig an, setzte das Gespräch aber freundlich fort.

»Ich kann dich auf der richtigen Straße rauslassen. Mein Büro liegt in der Nähe von Kilcolgan. Von da musst du dann nach Westen, durch Kinvara durch, nach Ballyvaughan und dann nach Süden Richtung Carron. Wenn du erstmal im Burren bist, kann dir jeder den Weg zeigen, wobei ich dir keine große Hoffnung auf eine weitere Mitfahrgelegenheit machen kann. Die Landschaft ist ziemlich karg.«

»Wenn's sein muss, laufe ich eben«, seufzte sie.

Er sah sie wieder an und runzelte die Stirn, als überlege er, ob er etwas sagen sollte oder nicht.

»Ist alles in Ordnung?«, fragte er schließlich.

Er klang so nett, dass sie ihre abwehrende Haltung aufgab. Schließlich hatte er rote Haare wie empfohlen und sie wollte, ja musste sich dringend jemandem anvertrauen. Wie ein Wasserfall sprudelte sie ihre Geschichte über die Nacht in Tara heraus und erzählte, wie sie beim Aufwachen festgestellt hatte, dass ihre Cousine verschwunden war. Dann erklärte sie, dass sie den Anweisungen eines seltsamen kleinen Mannes folgte. Obwohl sie die Worte »Elfen« und »Gnom« mied, merkte sie selbst, wie verrückt sie sich anhörte. Als sie fertig war, überlegte sie, was sie machen sollte, wenn er darauf bestünde, sie ins Krankenhaus oder auf die nächste Polizeiwache zu schaffen.

Nach einer langen Pause sagte der Geschäftsmann ganz ruhig: »Ganz schön tapfer von euch Mädchen, in einem Hügelgrab zu übernachten, aber auch ganz schön leichtsinnig. Es ist sonnenklar, dass die Elfen sie entführt haben.«

Trotz allem, was ihr bereits widerfahren war, fragte Gwen geschockt: »Sie glauben an Elfen?«

Er lachte, ein warmes volles Lachen, das ihr gut tat.

»Ist ihre Existenz weniger wahrscheinlich als die von Engeln, Heiligen oder Gott höchstpersönlich? Ich fand direkt, dass du ein wenig verhext aussahst, aber dann habe ich deinen Akzent gehört und gedacht, das wäre es doch nicht.«

»Sie meinen, so was passiert dauernd?!«

»Oh Gott, nein! Aber in meinem Heimatdorf wurde ein junger Mann von den Elfen entführt, weil er Hurling, ein altes Schleuderspiel, für sie spielen sollte. Er war der Beste in der ganzen Gemeinde. Danach war er nie mehr derselbe und benahm sich ziemlich merkwürdig – als wäre er nicht richtig hier und auch nicht richtig da. Es ist lange her, aber ich kann mich genau daran erinnern. Als ich dich gesehen habe, musste ich an ihn denken.«

Gwen lief ein Schauder über den Rücken. Sie war alles andere als glücklich darüber, »verhext« auszusehen.

Der Fahrer merkte, dass es ihr nicht gut ging. »Hast du heute schon etwas gegessen?«, fragte er. »Wir haben eine Firmencafeteria mit warmem und kaltem Büffet.«

»Das hört sich toll an«, sagte sie. Die Aussicht auf Essen verbesserte ihre Laune augenblicklich. »Übrigens, ich heiße Gwen Woods.«

»Freut mich, dich kennenzulernen, Gwen. Mattie O'Shea, zu Diensten.«

Sie fuhren die Allee zum Firmengebäude hinauf. Glastüren und große Fenster glänzten in der Fassade des neuen Ziegelbaus, in dem die Hauptverwaltung untergebracht war. Auf dem Parkplatz standen Autos in allen Regenbogenfarben.

»Nicht schon wieder!« Mattie fluchte beim Anblick der Schafe auf dem Rasen vor dem Gebäude. Einige waren schon zu den Blumenbeeten vorgedrungen und schnupperten an den Rosen. Rasch parkte er ein und sprang aus dem Auto, um die Übeltäter fortzujagen. Nachdem er sie auf ein nahe gelegenes Feld gescheucht hatte, flickte er mit Ästen das Loch in der Hecke, durch das sie geschlüpft waren.

Als er endlich zu Gwen zurückkehrte, war er von der Anstrengung außer Atem und wischte sich mit einem Taschentuch den Schweiß vom Gesicht. Seine roten Haare standen in alle Richtungen ab, obwohl er sein Bestes tat, sie in den Griff zu bekommen.

Sie wusste nicht, ob sie lachen oder Mitleid haben sollte.

»*Is glas iad n cnoic i bhfad uainn*«, sagte er grinsend. »Auf der anderen Seite des Hügels ist das Gras immer grüner.«

Am Haupteingang hielt er ihr höflich die Tür auf, winkte der Empfangsdame zu und führte Gwen durch einen Flur. In der Cafeteria nickte er mehreren speisenden Angestellten zu.

»Was für ein glücklicher Zufall, dass ausgerechnet Sie mich mitgenommen haben«, sagte Gwen, als er ihr einen Essensbon zusteckte.

»Es gibt keine Zufälle, Kleines. Eine komplizierte Folge von Ereignissen hat dazu geführt, dass ich heute zu spät zur Arbeit komme – unter anderem ein verlegter Bericht und ein Plattfuß, aber ich würde darauf wetten, dass man mich zur rechten Zeit an den rechten Ort versetzt hat, um dir zu helfen. Es gibt Regeln und Traditionen, die bestimmen, wie das Elfenvolk und unsereins miteinander umgehen. Sie werden dir in dem Maße helfen, wie sie dich behindern. Aber es ist wirklich schade, dass wir nicht in Kerry sind, wo ich wohne. Ich könnte einen Elfenarzt für dich finden. So werden die Medizinmänner oder Heilerinnen genannt, die »Mittel« gegen verschiedene Leiden haben und sich mit der Art des Guten Volkes auskennen. Heutzutage praktizieren nur noch wenige von ihnen, doch es gibt sie wirklich, wie die Elfen selbst.«

Wieder lachte er sein tiefes Lachen.

»Das eine sage ich dir, Gwen: Achte auf Stimmen, die aus dem Nichts zu kommen scheinen. Glaub nicht, du wärst verrückt geworden. Wenn du ins Elfenland gehst, darfst du nichts essen oder trinken, sonst haben sie dich. Vor allem aber sei wachsam. Bei dem Kleinen Volk musst du immer mit Überraschungen rechnen.«

Mattie sah auf die Uhr.

»Guter Gott, in drei Minuten habe ich eine Besprechung

in der Vertriebsabteilung. Iss dich ordentlich satt, das geht aufs Haus. Ich werde meine Sekretärin bitten, dich zur Straße nach Kinvara zu fahren. Tut mir leid, dass ich jetzt gehen muss, hier ist meine Visitenkarte. Ruf mich ruhig an, wenn du in Schwierigkeiten gerätst.«

»Vielen, vielen Dank. Sie sind so nett zu mir gewesen.« Überwältigt von so viel Freundlichkeit, schlang Gwen die Arme um ihn.

Mattie wurde puterrot.

Er lachte. »Jetzt haben sie hier was zu tratschen. Also, viel Glück.«

Er war schon fast durch die Tür, kam aber noch mal zurück. »Nur so ein Gedanke: Die Elfen sind nicht mehr so stark wie einst. In einem modernen Land haben sie nicht so viel Spielraum. Deshalb frage ich mich, wie sie deine Cousine überhaupt entführen konnten. Ist sie Irin?«

»Ja, beide Eltern sind Iren. Meine Mutter ist auch Irin, aber mein Vater nicht.«

»Das erklärt die eine Sache«, sagte er nachdenklich, »aber nicht die andere.«

»Was denn?« Gwen spürte seine Sorge.

»Ich bezweifle, dass sie sie gegen ihren Willen hätten mitnehmen können.«

Gwen hielt die Luft an. Auf diesen Gedanken war sie noch nicht gekommen, wahrscheinlich, weil sie sich dagegen sträubte. Vielleicht war Findabhair gar nicht im wahrsten Sinne des Wortes »entführt« worden. In diesem Augenblick erkannte Gwen, dass sie auch etwas anderes nicht hatte wahrhaben wollen. Findabhair zu finden, war nicht ihr einziges Ziel. Im tiefsten Inneren war sie verletzt, weil die Elfen sie nicht beide weggezaubert hatten.

Mattie beobachtete sie genau, und sie hörte das Verständnis in seiner Stimme, als er sie warnte: »Pass auf, Kleines. Du musst dir im Klaren darüber sein, warum du deine Cousine retten willst. Sonst kann es passieren, dass ihr beide für immer verloren geht.«

Gwen dachte über seine Worte nach, während sie sich eine großzügige Portion Auflauf mit Erbsenpüree gönnte. Sie schleckte gerade ihren Nachtisch aus Johannisbeerkuchen mit Sahne auf, als Matties Sekretärin zu ihr stieß. Die ältere Frau mit Dauerwelle und Brille trug eine lässige Kombination aus Bluse und Hose und sagte:

»Du musst dich nicht beeilen.«

»Ich bin fertig, vielen Dank. Hoffentlich mache ich Ihnen nicht zu viele Umstände.«

»Nein, gar nicht. Ich bin froh, von meinem Schreibtisch wegzukommen.«

Im Auto fragte Gwen, welche Stellung Mattie in der Firma bekleidete.

»Er ist unser Chef und Geschäftsführer. Wusstest du das nicht?«

Gwen war überrascht.

»Es macht bestimmt Spaß, für ihn zu arbeiten.«

»Allerdings. Er ist das glatte Gegenteil von den Typen, die vorher hier das Sagen hatten. Wir waren kurz davor, dichtzumachen und arbeitslos zu werden, als Mattie die Arbeiter dazu brachte, die Aktien aufzukaufen und das Geschäft neu anzukurbeln. Vorher war er Vertreter, jetzt ist er ganz oben und hat viel mehr Macht.«

Die Sekretärin brachte Gwen zu einer Kreuzung und zeigte ihr, welche Straße sie nehmen musste. Als sie wegfuhr, fühlte das Mädchen sich wieder einsam. Sie hatte es genossen, Gesellschaft zu haben. Dennoch verspürte sie einen gewissen Optimismus. Sie war ganz allein nach Westen gereist, hatte einen neuen Freund gewonnen und ein gutes Essen spendiert bekommen. Jetzt war sie auf dem besten Weg, Findabhair einzuholen. Alles würde gut werden. Was sollte in einem Land schiefgehen, in dem die Bosse höchstpersönlich Schafe vom Rasen scheuchten und über Elfen redeten, als wohnten sie nebenan?

SIEBEN

Der Burren stellte sich als felsige Hochebene heraus, die wie ein Stein in der grünen Landschaft lag. Gletscher hatten den Burren vor ewigen Zeiten zu weiten Kalkstein-Terrassen geformt, die sich meilenweit ins Landesinnere erstreckten. Der Regen hatte Kerben und Rillen gezogen, bis die Riefenmuster im Karren sich kräuselten wie ein Meer aus graublauem Stein. Fließende Hügel, rutschige Steilhänge, die schroffe Silhouette Glencolumkilles und die Klippen von Slievecarron überragten diese Mondlandschaft, die sich im Frühling in einen blühenden Steingarten verwandelte. Aus jedem Spalt und jeder Ritze lugten sie hervor: blauer Enzian, Silberwurz, blutroter Storchschnabel, Hirschzungenfarn, Krappwurzel, lila Sumpfstendel und eine strahlend schöne Ansammlung winziger Orchideen. Jetzt, im Sommer, schwirrte die Luft vor Schmetterlingen.

Gwen gelangte zu Fuß in dieses Gewirr gesprenkelten Gesteins. Wie Mattie vorhergesagt hatte, war es kein Problem gewesen, in der Grafschaft Clare voranzukommen, doch kaum hatte sie den Burren erreicht, war sie allein. Die Einsamkeit machte sie nervös. In der einen Stunde, die sie zu Fuß unterwegs war, war ihr keine Menschenseele begegnet. Beidseits des Weges lagen karge Felder. Einige waren mit Stacheldraht eingezäunt, andere begrenzt von Steinmauern, die kunstvoll wie gestickte Spitze ineinander übergingen. Gwen wusste, dass sie auf dem richtigen Weg war. Hin und wieder zeigten Straßenschilder die Richtung nach Carron an, aber auch sonst wäre sie zuversichtlich gewesen. Wenn es überhaupt eine Gegend gab, die wie geschaffen war für Elfen, dann diese hier – so wild und verlassen, so seltsam und schön.

An einer Kreuzung stand ein Gasthaus namens *Críode na Boirne,* »das Herz des Burren«. Drinnen war es kühl und düster, kalter Rauch hing in der Luft. Die schlichte Einrichtung bestand aus Holztischen und -bänken. Am Tresen stand ein alter Mann und trank in kleinen Schlucken sein Dunkelbier. Hinter der Theke bediente ein Junge.

Gwen kaufte eine Cola und eine Tüte Erdnüsse.

»Ist das hier Carron?«, fragte sie den Jungen.

»Ja, suchst du das Haus der Quirkes?«

»Wessen Haus? Nein«, sagte sie zögernd. »Gibt es hier in der Nähe einen Ort, wo jemand ein Bankett veranstalten könnte?«

Der alte Mann hustete in sein Bier, und der Junge gab sich große Mühe, nicht zu lachen.

»Also, bis zum nächsten schicken Hotel ist es ganz schön weit«, sagte er. »In Kinvara gibt es eins. Wenn du aber nur irgendwo übernachten willst, kannst du es an der Forschungsstation probieren. Durchs Dorf durch, dann die erste rechts. Dort schlafen Studenten.«

Beim Hinausgehen hörte sie, wie die beiden in sich hineinkicherten.

»Ein Bankettsaal, sonst noch was?«, sagte der alte Mann.
»Die spinnen, die Amis.«

Ihrem Spott zum Hohn schöpfte Gwen neue Hoffnung.
Sie war ganz in der Nähe dessen, was sie suchte, und hatte noch mehrere Stunden, um dort rechtzeitig anzukommen. Die Verabredung galt für die Abenddämmerung und es war noch taghell. Mit frischem Mut lief sie weiter. Vielleicht konnte ihr ja an der Forschungsstation jemand helfen.

Doch das Gebäude, das einsam und allein außerhalb des Ortes stand, war geschlossen und menschenleer. Enttäuscht sah Gwen sich um. So weit das Auge reichte, gab es nur Steinmauern, Steinfelder und flache Steinberge, die sich nach allen Seiten erstreckten. Gwen war erschöpft und niedergeschlagen, am liebsten hätte sie geheult.

Als wäre das nicht schlimm genug, hatte sie auch noch schrecklichen Hunger. Sie wollte gerade wieder ins Dorf zurückgehen, als sie über sich ein Geräusch hörte. Ihr Name schwirrte durch die Luft.

»Was?«

Sie legte die Hand über die Augen und blickte nach oben.

Flügel schlugen im Wind, als ein Sperber im Sturzflug auf sie niedersauste.

»Hey, pass gefälligst auf!«, schrie sie und duckte sich.

Gwen war froh, dass niemand da war, der sie hören konnte. Jetzt sprach sie schon mit Vögeln! Aber dann fiel ihr Matties Rat ein: *Achte auf Stimmen, die aus dem Nichts zu kommen scheinen.* Sie suchte den Himmel nach dem Sperber ab.

Er schwebte über einem nahe gelegenen Feld. Auf einmal raste er mit einem heiseren Schrei nach unten. Um etwas zu fangen? Nein, um jemanden zu rufen. Aus dem Dickicht streunte ein Fuchs, sprang über eine Steinmauer und landete anmutig vor Gwen auf der Straße. Er schlug unentwegt mit dem feuerroten Schwanz, während er sie unverschämt ansah. Waren das silberne Ohrringe in seinen eleganten Ohren? Gwen konnte keinen zweiten Blick erhaschen, denn der Fuchs lief mit einem letzten Tusch seines Schwanzes davon.

Ohne lange zu überlegen, rannte Gwen hinterher. Sie kletterte über Mauern und steinige Felder. Der Boden war tückisch, denn wo statt der Rinnen tiefe Gräben klafften, musste sie über Löcher springen, die sie locker hätten verschlingen können. Ihr schwerer Rucksack erleichterte ihr die Verfolgungsjagd auch nicht gerade. Er fühlte sich an, als lägen Ziegelsteine darin. Immer wieder verfing sie sich in kratzigem Gestrüpp. Obwohl sie versuchte, den Überblick zu behalten, geschah das Unausweichliche: Sie blieb mit dem Fuß in einem Spalt hängen, verlor das Gleichgewicht und fiel hin. Als sie mit Karacho auf Händen und Knien landete, tat es so weh, als hätte sie sich verbrannt. Ihr blieb die Luft weg und sie blieb benommen am Rande einer Kluft liegen. Als Gwen in die Dunkelheit hinunterlugte, entdeckte sie eine Fülle von Farnen und Blumen. Waren diese Spalten vielleicht Eingänge zur Unterwelt? Sie hatte keine Zeit nachzuforschen. Weiter vorne bellte der Fuchs. *Beeil dich!*

Gwen kam mühsam wieder hoch, rieb sich die Hände, um den Schmerz zu lindern, und erspähte das Tier. Und weiter ging die wilde Jagd.

Am Anfang versuchte sie noch, sich den Weg zu merken,

notierte im Geiste Auffälligkeiten in der Landschaft, aber bald stürmte sie nur noch eilig voran, um den Fuchs nicht aus den Augen zu verlieren. Manchmal verschwand er und ließ sie verloren und einsam stehen. Dann wurde sie jedes Mal trübsinnig und fragte sich, was in aller Welt sie da tat. Warum jagte sie hinter einem wilden Tier her? Doch dann tauchte sein Kopf wieder auf, ein roter Fleck vor einem Felsen, und Gwen lief weiter. Ihr Mund trocknete allmählich aus, und ihr war schwindelig von der blendenden Sonne, die ihr in den Augen wehtat. Ans Aufgeben dachte sie aber schon lange nicht mehr, im Gegenteil fühlte sie sich geradezu getrieben, dem Fuchs zu folgen.

Die Verfolgungsjagd endete so plötzlich, wie sie angefangen hatte. Der Fuchs hielt an einer zerklüfteten steilen Klippe, einer geröllbeladenen Wand, die schier unbezwingbar erschien. Dennoch huschte der Fuchs an ihr hoch.

Gwen verlor den Mut. Das konnte sie nicht, so viel stand fest. Sie war hungrig und müde. Die Schwäche überwältigte sie und der Boden unter ihren Füßen begann zu schwanken.

Nur einmal blieb der Fuchs stehen und schaute sich zu ihr um. In seinem Blick meinte Gwen Enttäuschung zu lesen. Hatte sie schon Halluzinationen? Ihr Schädel brummte. Mit einem letzten Regen loser Steinchen verschwand der Fuchs über dem Rand der Klippe.

Gwen ging es zu schlecht, sie war zu benebelt, als dass es ihr etwas ausgemacht hätte. Sie trottete an einer Steinmauer entlang, die zur Straße führte. An einem offenen Gatter konnte sie einfach nicht mehr weiter und lehnte sich Halt suchend an. Die Eisenstreben fühlten sich angenehm kühl an. Gwen schloss die Augen.

Als sie lautes Rufen vernahm, musste sie sich erst wieder zurechtfinden.

Das Geschrei kam vom nächsten Feld, auf dem eine Bäuerin stand und ihr von einem mit Steinen markierten Gehege aus etwas zurief. Aus dem Pferch drängten Kühe auf sie zu.

»Halt dich fest und treib sie weiter!«, rief die Bäuerin noch einmal.

Entsetzt bemerkte Gwen, dass das Vieh zum Gatter lief. Als typisches Stadtmädchen hatte sie keinerlei Erfahrung im Umgang mit Tieren vom Bauernhof und fand allein die Größe der Kühe erschreckend. Wie gelähmt blieb sie stehen, wusste nicht, was sie tun sollte, und war sicher, dass die Tiere sie in ihrer wilden Flucht tottrampeln würden.

Als Erster kam ein schwarz-weiß gescheckter Ochse, der Gwen kaum zur Kenntnis nahm, als er mit weiten Sätzen zum Tor hinaus auf die Straße sprang. Der Nächste tat es ihm nach, und die anderen Rinder liefen hinterher, bis Gwen schließlich kapierte, dass sie die Tiere einfach durch ihre Position am Tor in die richtige Richtung trieb.

Als Letzte kam die Bäuerin, eine junge Frau Anfang zwanzig, mit ihrem Schäferhund. Sie trug ein verwaschenes Hemd, Jeans und Gummistiefel und verpasste hier und da einem Rindvieh, das aus der Spur kam, mit einer Haselrute eins aufs Hinterteil. Eine alte Kappe bedeckte ihren üppigen roten Haarschopf.

»Danke für deine Hilfe.« Sie strahlte Gwen an. »Das wäre eigentlich die Aufgabe dieses faulen Hundes gewesen, aber manchmal ist er einfach zu müde, um rumzurennen. Bist langsam reif für die Rente, nicht wahr, Bran?«

Als sie den Hund hinter den Ohren kratzte, jaulte er

um Verzeihung heischend auf. Die junge Frau streckte die Hand aus und sagte: »Kathleen Quirke. Sag Katie zu mir, oder Quirky. Willst du zu uns?«

Gwen stellte sich vor und antwortete: »Keine Ahnung. Im Pub haben sie mich das auch schon gefragt. Habt ihr einen Gasthof, oder was?«

Katie lachte. Sie sah gut aus, kräftig, mit nussbraunen Augen, die Humor und Intelligenz verrieten. Sie war größer als Gwen, schlank und braun von der Arbeit im Freien. Sie strahlte Energie und gute Laune aus.

»So kann man es auch nennen. Wir nehmen Freiwillige auf, die auf einem Bio-Bauernhof arbeiten wollen. Ständig stehen neue vor der Tür, aus Amerika, Deutschland, Italien oder England. Gegen Verpflegung und Unterkunft arbeiten sie dann auf dem Hof.«

»Nur Ausländer? Keine Iren?«

Katie schnaubte. »Iren arbeiten doch nicht für lau, dafür sind sie zu schlau. Hast du Feuer? Ich habe nur noch ein Streichholz, das würde ich lieber sparen.«

»Tut mir leid, ich rauche nicht.«

»Ich auch nicht. Jedenfalls nicht viel.«

Katie holte eine halb gerauchte Kippe aus der Hemdtasche und hielt die Hände schützend um die Streichholzflamme. Einige Rinder waren auf der Straße weitergelaufen, aber die meisten knabberten auf dem Seitenstreifen am Gras und warteten geduldig auf ihre Hüterin. Die sah so aus, als wolle sie sich genüsslich unterhalten, aber Gwen machte dem schnell ein Ende, als sie vorwärtsstolperte und beinahe in Ohnmacht fiel.

Katie fing sie auf.

»Was ist los mit dir?«, fragte sie besorgt.

»Ich … mir geht's gut«, sagte Gwen und riss sich zusammen. Sie war blass. »Ich habe nur eine Weile nichts gegessen und bin meilenweit gelaufen.«

»Du Arme!« Katie ließ Gwens Protest nicht gelten und schwang sich den Rucksack auf den Rücken, als wöge er gar nichts. »Wir haben es nicht weit zum Haus. Das kriegen wir schon wieder hin. Stütz dich auf mich, dann geht's schneller.«

»Es tut mir leid, dass ich dir so zur Last falle«, sagte Gwen unglücklich.

»Ach was. Das wäre ja noch schöner, wenn es mir was ausmachen würde, jemandem zu helfen.«

Gemeinsam schafften sie die Straße und Katie trieb dabei das Vieh vorwärts.

»Gleich sind wir da. Ich schubse diese Kerle nur noch schnell auf die *Maher Buidhe,* und schwupps sind wir zu Hause.«

Das Gehöft der Quirkes lag an einem Berghang. Ein Schwarm weißer Gänse zockelte über den Hof vor dem großen strohgedeckten Bauernhaus, auf dem ein verrosteter Traktor stand. Im Schutz einer Gartenmauer wuchsen Apfelbäume und Gemüse. Hinter dem Haus lagen ein Pferch für das Vieh, mehrere Schuppen und eine offene Heuscheune.

»Das Auto ist weg«, bemerkte Katie nach einem Rundumblick. »Mam und die Mädels sind wohl Schafe zählen.«

Hinter der Eingangstür lag ein großes schattiges Wohnzimmer, das von einem offenen Kamin mit dunkelroten Steinplatten beherrscht wurde. Geflochtene Strohkörbe mit Torfsoden standen beidseits der Feuerstelle. Mitten im Zimmer stand ein großer runder Tisch mit einem

gehäkelten Spitzendeckchen und einer Vase mit Sonnen-
blumen. Der Fernseher thronte auf einem alten Klavier
und Teppiche lagen vor dem Sofa und den Sesseln. Fotografien von Generationen von Familienmitgliedern hingen
an den Wänden.

Ein heimeliges Gefühl überkam Gwen.

»Setz du dich schön hin, während ich uns was zu essen
mache«, befahl Katie und verschwand in der Küche.

Als sie zurückkam, servierte sie ein Festessen aus kaltem
Schinken und Braten, selbst gemachtem Ziegenkäse, Kar-
toffelsalat und einem Teller Graubrot. Die beiden jungen
Frauen aßen schweigend und spülten das Mahl mit mehreren Bechern Tee hinunter.

Gwen lehnte sich seufzend zurück. Sie fühlte sich wie
neugeboren.

»So gefällst du mir schon besser.« Katie grinste zufrieden. »Du warst kreidebleich wie ein Gespenst. Ich dachte, du fällst jeden Moment in Ohnmacht. Dann hätte ich
dich auf die schwarze Limousin laden müssen. Die ist total
wild. Hinterher wäre sie noch mit dir in die Berge abge-
hauen.«

Sie lachte, aber Gwen schaute sie verwirrt an. »Limou-
sine? Ich habe gar kein Auto gesehen.«

Katie verschluckte sich fast, so laut musste sie lachen. »Limousin ist eine Rinderart. Du bist vielleicht eine Pfeife.«

Gwen lachte mit. Es machte ihr nichts aus, dass Katie
sich über sie lustig machte. Sie sah sowieso schon eine Art
Heldin in dem älteren Mädchen.

»Ich weiß gar nicht, wie ich dir danken soll«, hob sie an.

Katie fegte ihre Worte beiseite.

»Also, du bleibst heute Nacht hier und ruhst dich richtig

aus. Morgen kannst du mir bei ein paar Sachen helfen, bevor du dich wieder auf den Weg machst, oder du bleibst einfach, solange du willst. Wir machen eine freiwillige Helferin aus dir. Wie findest du das?«

Für Gwen klang dieser Vorschlag paradiesisch – sich mit Katie anzufreunden und ihre Familie kennenzulernen, im Freien auf dem Hof mitzuarbeiten, im Garten vielleicht oder wer weiß, vielleicht sogar mit den Tieren. Einfach mal eine Weile irgendwo zu bleiben, statt ganz allein das Land unsicher zu machen!

»Nichts lieber als das, glaub mir«, sagte sie zerknirscht. »Aber ich kann nicht. Es ist schwer zu erklären. Ich war mit meiner Cousine unterwegs und sie … wir … haben uns gestritten. Ich soll sie hier irgendwo treffen, aber die genauen … äh, Umstände sind noch nicht ganz klar …«

Katie hörte ihr voller Mitleid zu.

»Ihr habt euch gezofft? Das passiert doch immer, wenn zwei Leute zusammen losfahren. Mach dir keine Sorgen, ihr kriegt euch schon wieder ein, wenn ihr euch erst wieder getroffen habt. Manchmal braucht man nur ein bisschen Zeit.«

Gwen nickte schuldbewusst, ohne weitere Erklärungen zu liefern. Sie hatte nicht vor, mit jemandem über Elfen zu reden, der ungefähr so alt war wie sie. Mit Mattie war es etwas anderes, er war so viel älter gewesen. Sie wollte ihrer neuen Freundin aber auch nichts vormachen und bemühte sich sehr, nicht zu lügen.

»Da liegt der Knackpunkt. Wie soll ich meine Cousine nur finden? In der Nähe von Carron soll heute Abend eine Art Bankett stattfinden. An keinem modernen Ort, nehme ich an. Vielleicht irgendwas Altes oder Frühgeschichtliches?

Wir wollten uns auf unserer Fahrt genau solche Plätze ansehen.«

»Leamanagh vielleicht«, schlug Katie vor. »Das große Haus von Máire Ruadh. Sie war die Frau eines Stammesfürsten aus der Dynastie der O'Briens. Als er im Cromwell-Krieg starb, heiratete sie einen englischen Offizier, damit ihre Söhne das Land behalten konnten. Das Schloss ist ganz in der Nähe, aber es ist eine Ruine. Da könnte nicht so ein Fest stattfinden wie im Bunratty Castle Hotel. Irgendwas Frühgeschichtliches«, murmelte sie vor sich hin. Dann hellte sich ihre Miene auf. »Wie wär's mit dem *Fulacht Fia*? Könnte es das sein? Ein vorgeschichtlicher Essplatz an der Boston Road, knapp außerhalb des Dorfes. Du bist bestimmt daran vorbeigekommen.«

»Ein vorgeschichtlicher Essplatz?« Gwen dachte einen Augenblick lang nach. »Das könnte es wirklich sein. Auf jeden Fall muss ich dort nachsehen. Ich will nicht unhöflich sein, aber ich würde jetzt gerne spülen, und dann muss ich gehen. Ich muss in der Abenddämmerung da sein!«

Katie spürte ihre Bedrängnis und sah aus dem Fenster. Die Sonne ging über dem Burren unter und ließ die Steinberge erglühen. »Kümmere dich nicht um das Geschirr, spülen können wir immer noch. Ich bring dich mit dem Motorrad hin. Los!«

ACHT

Das Motorrad hüpfte und bockte wie ein Fohlen, als Katie ohne Rücksicht auf die Schlaglöcher über die Straße raste. Gwen klammerte sich ängstlich an ihr fest, während das Motorrad sich in die Kurven legte und in rasender Geschwindigkeit an den Mauern vorbeischoss. Die Sonne stand tief am Himmel. Kam sie zu spät? Wann begann genau die Abenddämmerung? Als sie in eine schmale Straße kurz hinter Carron einbogen, erkannte Gwen die Stelle, wo der Sperber sie gerufen hatte. Hatten Vogel und Fuchs sie in die Irre geführt? Sie ermahnte sich innerlich, in Zukunft nicht mehr so vertrauensvoll zu sein. Sie durfte nicht mehr so eine »Pfeife« sein, wie Katie sie genannt hatte.

Sie fuhren zu dem einsamen Straßenschild, das auf ein leeres Feld zeigte.

FULACHT FIA. URGESCHICHTLICHER ESSPLATZ.

»Viel gibt es hier nicht zu sehen«, sagte Katie, als sie ihren Helm abnahm. »Einen kreisförmigen Grasfleck und ein paar Steine. Man vermutet, hier habe vor langer Zeit ein keltischer Stamm seine Festmahle veranstaltet.«

»Oder ein anderer ›Stamm‹«, murmelte Gwen.

»Bist du sicher, dass deine Cousine kommt? Und wenn dies nicht der richtige Ort ist? Ich warte mit dir auf sie.«

»*Nein!*«, sagte Gwen heftiger als sie eigentlich wollte. Ein Wortschwall brach aus ihr heraus, um die bestürzte Katie zu besänftigen. »Glaub mir, ich weiß deinen Vorschlag zu schätzen, aber ich muss das alleine machen.«

Das ältere Mädchen war noch nicht überzeugt und zeigte auf die dunklen Wolken, die sich in den Bergen zusammenbrauten. »Heute Nacht gibt es einen Sturm. Jetzt im Sommer sind die unglaublich stark. Ich denke nicht daran, dich hier allein zu lassen …«

»Du hast ja keine Ahnung, was überhaupt los ist!«, sagte Gwen, die langsam in Panik geriet, weil sie spürte, dass Katie immer sturer wurde. »Ich weiß es ja selbst kaum. Es könnte gefährlich werden. Da will ich dich nicht mit reinziehen.«

Gwen sah auf der Stelle, dass diese Strategie garantiert keinen Erfolg haben würde. Katies Augen blitzten, sie war von Natur aus impulsiv und bereit, auf der Stelle zu handeln. Eigentlich war sie Findabhair ziemlich ähnlich. Das gab Gwen den entscheidenden Kick. Sie hatte nichts davon, noch jemanden an die Elfen zu verlieren.

»Nein«, sagte sie noch mal, aber ruhig und nachdrücklich. »Du wirst auf dem Bauernhof gebraucht. Deine Familie braucht dich. Ich will mich nicht streiten, aber du musst mich verstehen. Dies ist mein Kampf. Bitte lass mich allein damit fertig werden.«

Diesmal hatte sie den richtigen Tonfall getroffen. Katie gab nach, wenngleich nur zögerlich.

»In Ordnung, wir müssen alle sehen, wie wir klarkommen. Da will ich mich nicht einmischen. Dann wünsche ich dir viel Glück, was immer dich erwarten mag. Ich nehme an, dass du mir nicht die ganze Geschichte erzählt hast, aber das geht mich nichts an. Denk dran, wenn du mich brauchst – du weißt, wo ich bin.«

Als das Motorrad die Straße hinunterbrauste, bereute Gwen es beinahe schon, dass sie Katie weggeschickt hatte. Sie hätte sie gern mit im Boot gehabt. Dennoch fühlte sich die Entscheidung richtig an.

Durch ein winziges Tor im Holzzaun gelangte sie auf das Feld und folgte dem Pfad durch das feuchte Gras. Er führte zu einer grünen Mulde, die von weißen, zur Hälfte in die Erde eingelassenen Steinen eingerahmt wurde. Sie nahm den Rucksack ab und setzte sich hin, um zu warten.

Über dem Burren brach die Dunkelheit herein. Am Himmel funkelten eine Handvoll Sterne. In dieser tiefen Ruhe und Stille gestand Gwen sich ein, dass sie sich weit vom richtigen Weg entfernt hatte. Sie war jenseits aller Siedlungen draußen in der unergründlichen Nacht. Würde sie diese Situation meistern? Obwohl sie sich fürchtete, regte sie sich nicht. Sie war entschlossen, es mit allem aufzunehmen, was auf sie zukäme.

Als es geschah, passierte es so plötzlich, als hätte sich die Andere Welt brüllend den Schlaf aus den Gliedern geschüttelt.

Ihre Ankunft war wie ein Windstoß, ein großes, weiches Wehen. Sie strömten in die Mulde wie geschmolzenes Silber, fast unbeschreiblich in der Sprache der Menschen, fast unsichtbar für ihre Augen. Ihre Silhouetten deuteten schlanke, anmutige Formen an, aber in Wirklichkeit waren sie so formlos wie Säulen strömenden Lichts. Sie waren durchscheinend, ja sogar durchsichtig, denn Gwen konnte

durch sie hindurch die geschwungene Landschaft erkennen. Hatten sie Flügel? Oder war es das Mondlicht, das
hinter ihnen her flatterte? Sie bewegten sich so atemberaubend schnell, dass Flügel, bleiche Glieder und Flechten
ineinander übergingen.

Wie gelähmt saß Gwen mit weit offenen Augen da und
sah zu. Sie war ergriffen von einem Staunen, das sich mit
Entsetzen mischte. Dies waren keine menschlichen Wesen, sie kamen nicht aus der ihr bekannten Welt. Allein
ihre Existenz war ein schwerer Schlag für Gwen, die nicht
mehr an sich halten konnte und aufschrie.

Die überirdischen Bewegungen hörten sofort auf. Die
herrlichen Geschöpfe zitterten wie Mondstrahlen und blieben ruhig stehen.

»Eine Sterbliche ist unter uns!«

Der Aufschrei heulte mit dem Wind.

»Was führt diese Sterbliche hierher?«

Er zischte wie Wasser, das eine Flamme löscht.

Gwen wollte antworten, die Sache erklären und sich
entschuldigen, aber sie fühlte sich neben dieser Leichtigkeit schwer wie ein stumpfer Steinbrocken oder eine Erd-
scholle. Sie saß da wie eine Sphinx, erhaben und sprachlos,
und starrte in Augen, die wie Sterne zurückstrahlten.

Die Wesen umringten sie und blickten ihr ins Gesicht.
Gwen fühlte sich vom Mondlicht und den Irrlichtern be-
drängt, zumal einige sie neugierig mit sanftem Streicheln
erkundeten. Eins pustete ihr in Mund und Ohren. Gwen
erbebte bei diesen Berührungen, aber sie konnte sich weder rühren noch sprechen.

»Sie sieht uns zum ersten Mal. Sie ist wie gelähmt!«

Ihr Geflüster raschelte wie Laub in den Bäumen. Mittlerweile, da sie sich vor Staunen nicht rühren konnte, hatte Gwen sich beruhigt.

»Ein goldhaariges Mädchen«, sagte jemand leise, »mit einem Gesicht so bleich wie der Mond.«

»Eine hübsche Sterbliche.«

»Sollen wir sie mitnehmen?«

»Hier ist der Kapitän!«

»Der wird es wissen.«

Obwohl Gwen die einzelnen Formen kaum voneinander unterscheiden konnte, da sie alle blitzten und funkelten wie Feuerwerk, konnte sie den schlanken Jungen erkennen, der auf sie zukam. Sein rotgoldenes Haar fiel ihm bis auf die Schultern. Seine Augen waren so blau wie das Meer im Sommer. Seine Ohren zierten silberne Ohrringe. Wie im Traum überlegte Gwen, warum er ihr bekannt vorkam, und war noch verwirrter, als er sie mit Namen ansprach.

»Gwenhyvar, oh Schöne, wollt Ihr zum Bankette kommen?«

Das Wort »Bankett« wirkte wie ein Zauber, der ihre Fesseln löste. Sie überwand die Starre und sprang auf die Füße.

»Wo ist meine Cousine?«, fragte sie fordernd.

Der wunderschöne Jüngling schüttelte den Kopf. »Hier ist sie nicht, oh Schöne. Mein Name ist Midir. Ich versuchte, Euch zu unserem Palast zu führen, doch folgtet Ihr mir nicht bis zu der Pforte, die in den Berg hineinführt. So kam ich Euch mit meinem Heer zu Hilfe.«

Gwen wollte sich schon bedanken, als sie sich noch mal besann. Hatte sie sich nicht vorgenommen, weniger naiv zu sein?

»Warum helft Ihr mir?«, fragte sie stattdessen.

Scheinbar war die Frage nicht so leicht zu beantworten.

»Ihr habt den König abgewiesen, als er Euch holen wollte.« In seiner Stimme lag Staunen. »Keine Sterbliche hat sich ihm jemals verweigert.«

Gwen trat nervös von einem Bein aufs andere. Sein Blick war so durchdringend, dass sie rot wurde.

»Tja«, antwortete sie. »Irgendwann ist immer das erste Mal.«

Sein Lachen klang unwiderstehlich und so musste sie auch lachen.

»Es gibt doch nichts Aufregenderes als ein Kräftemessen«, sagte er. »Findet Ihr nicht auch?«

Ohne ihre Antwort abzuwarten, sauste der Elfenkapitän in den Himmel hinauf. Laut rief er einen Befehl in die Nacht.

»Bringt mir ein Pferd!«

Nun hallte sein Ruf in der Elfenschar wider.

»Mögen Elfenrösser aus der Höhle der Wilden Pferde kommen!«

Ihre Schreie reichten über den Burren bis zu der Höhle, in der die Elfenrösser lebten. Die Wildpferde galoppierten aus ihrem Felsenstall wie ein Windstoß, der die Berge hinabfegt.

Gwen beobachtete, wie sie durch die Wolken rasten, am Mond vorbei, die Hälse gewölbt, mit breiter Brust und Augen wie große Opale. Einige waren schwarz wie die Nacht, andere weiß wie das Licht des Mondes. Eines hatte eine goldbraune Mähne in Gwens Haarfarbe. Die Sterne funkelten in ihren Mähnen, die hinter ihnen herflatterten wie

Flügel. Die Hufe donnerten über den Himmel, während sie zum Elfenvolk galoppierten. Sie schüttelten ihre Köpfe und schnaubten trotzig – wollte etwa jemand auf ihnen reiten?

Die Elfen reagierten schnell und rannten zu den Pferden. Einige schafften es gleich beim ersten Sprung, oben zu bleiben, andere wurden abgeworfen und sausten in Purzelbäumen wie Feuerräder durch die Luft. Wieder andere, die nicht aufsitzen konnten, liefen neben den Pferden her, klammerten sich an die Mähnen und kreischten vor Lachen, während sie so taten, als bäten sie um Gnade.

Gwen erbebte innerlich. Diese wilde Selbstvergessenheit, dieser reine Irrsinn überstieg all ihre Vorstellungen. Dies war ein Alptraum, mit dem sie nicht umgehen konnte. Ein ausgeklügeltes Chaos.

Wieder überwältigte sie die unausweichliche, erschreckende Wahrheit – all diese Wesen, sowohl Reiter als auch Rösser, waren übernatürlich. Es dürfte sie gar nicht geben.

Und doch erkannte etwas in ihr, etwas Unklares, Unruhiges und Ausgegrenztes, diese Wesen. Erinnerte sich an sie. Im tiefen Meer ihres Unbewussten rührte sich die Träumerin. Sie schwankte zwischen der Angst vor dem, was passieren könnte, ritte sie mit ihnen, und der ebenso starken Furcht, zurückgelassen zu werden.

Keine freundliche Hand war zur Stelle, um ihr beim Aufsitzen zu helfen. Tief in ihrem Herzen war ihr klar, dass sie das allein schaffen musste.

Mut bedeutet nicht, keine Angst zu haben, sondern trotzdem zu handeln.

Diese Worte tönten in ihrem Inneren. Ihre Seele flatterte

wie ein Vogel im Käfig, so sehr sehnte sie sich nach Freiheit.

Jetzt sprang sie auf die langbeinige Stute mit der gold-
braunen Mähne zu.

»Du gehörst mir!«, schrie sie.

Das Pferd bäumte sich auf, aber sobald die Hufe wieder
die Erde berührten, erkannte Gwen ihre Chance. Während
sie vorpreschte, um die Mähne zu fassen zu bekommen,
warf sie ein Bein über den glänzenden sattellosen Rücken.
Die Stute bockte heftig, um sie abzuwerfen. So halb oben,
halb unten, hing Gwen in der Luft wie eine Papiertüte im
Wind. Sie klammerte sich so fest, dass ihre Knöchel weiß
wurden. Dennoch konnte sie sich nicht halten. Die Pferde-
haare entglitten ihrem Griff, während sie zerrte, grapschte
und darum rang, nicht runterzufallen.

Vergebens. Ängstlich aufschreiend verlor sie den Halt,
fiel hin und rollte über die Erde. Als sie endlich liegen blieb,
tat ihr alles weh.

Gwen schluckte ihre Tränen hinunter und starrte in den
Himmel. Die Demütigung traf sie tief. Da ritten sie über sie
hinweg, die Elfen, und funkelten wie ein Schwung Sterne
in der Nacht. Nie würde sie diesen Blick in ihren Augen
vergessen, als sie zu ihr hinuntersahen. So kühl und abwe-
send. Diese atemberaubende Gleichgültigkeit!

An ihrer Spitze ritt Midir auf einem rotgoldenen Ross.
Seine eigene feuerrote Mähne wehte wie der Schweif eines Kometen hinter ihm her. Bildete sie sich das Bedauern
in seinem Blick nur ein? Doch er schaute sich nicht um, als
er davongaloppierte – genauso wenig wie die anderen. Sie
ließen sie einfach hier im Dunkeln zurück.

In diesem Augenblick vergaß Gwen all ihre Hemmungen. »Nein!«, brüllte sie ihnen nach. »Reitet nicht ohne mich! Nicht schon wieder!«

Stolpernd kam sie auf die Beine und schaute sich mit wildem Blick um. Die goldbraune Stute war noch da und graste in aller Unschuld in ihrer Nähe. Doch Gwen bemerkte die Spannung in ihren Gliedern.

»Du gehörst mir!«, rief Gwen noch einmal und biss die Zähne zusammen. »Und wenn es die ganze Nacht dauert!«

Wieder lief sie auf das Pferd zu, das schon einen Satz machen wollte. Gwen war schneller, angespitzt von dem dringenden Verlangen, die Elfenschar einzuholen. Noch einmal sprang sie auf den Rücken der Stute und griff nach ihrer Mähne. Und wieder hing sie hilflos in der Luft. Noch einmal hielt sie sich mit aller Kraft fest. Der Augenblick schien sich endlos hinzuziehen, eine unerbittliche Ewigkeit in kaltem Wind, mit aufgerissenen Fingern und zerschlagenem Körper. Doch diesmal gab sie nicht auf. Diesmal rief sie das letzte bisschen Kraft in ihrem Körper zu Hilfe, den letzten Atem in ihren Lungen. Sie würde nicht loslassen, selbst wenn dies bedeutete, zu Tode getrampelt zu werden.

Als es den eisernen Willen ihrer Reiterin spürte, beruhigte sich das Elfenross.

In diesem Augenblick süßer Ruhe setzte Gwen sich auf und tätschelte erleichtert und respektvoll die Mähne der Stute.

»Danke, meine Schöne«, flüsterte sie in eins der eleganten Ohren.

Die Stute wieherte und flog hoch in den Himmel. Kurz darauf hatte Gwen die Elfenschar eingeholt, die über den

Himmel raste. Ihr Herz setzte einen Schlag aus, als sie Midirs anerkennenden Blick sah. Dann ließen die anderen einen Jubelruf erschallen: »Reitet die Wolken zu Bruch! Reitet die Wolken zu Bruch! Jetzt wirkt auch der Zauberspruch!«

NEUN

Ach, wie schön war dieser nächtliche Ritt über den Burren! Silbern beschlagene Hufe glitten über die Luftströmungen wie über das sanfte Gras der Ebene. *Wild und bitter ist heute der Abendwind.* Gwen, die triumphierend das Gefühl genoss dazuzugehören, fühlte sich wie eine Göttin. *Wir kommen aus dem Land der Unsterblichen, wo es weder Schmerz noch Trauer gibt.* Als sie die Landschaft unter sich betrachtete, erblickten ihre glänzenden Augen die Welt so, wie die Elfen sie sahen. *Vergänglich ist die Pracht eurer Welt, ewig die unsere.*

Sie flogen über Cahercommaun, eine uralte steinerne Burg am Rand einer Klippe, von der in der modernen Zeit nur noch Trümmer zeugten. Kräuselnd stieg Rauch aus den hohen Schutzwällen auf und ein stolzes Volk wandelte durch große Felsenhallen. Sie trugen helle Leinengewänder, die mit goldenen Broschen zusammengehalten wurden. Halsringe, heller als die Sonne, schimmerten an ihren Kehlen. Männer und Frauen strahlten eine edle, stolze Haltung aus.

»Seid gegrüßt!«, schrien die Elfen, als sie vorüberflogen. »Seid gegrüßt, ihr keltischen Stämme von Erin!«

Kurz ist das Leben der Heerscharen von Sterblichen. Euer Leben dauert nicht länger als ein Flüstern.

Weiter ging der rasende Ritt nach Leanmanagh Castle, in dessen herrschaftlichen Fenstern unzählige Lichter funkelten. Maíre Ruadh empfing ihren angelsächsischen Gast an der Bankettafel, auf der großzügig Fleischgerichte und Wein aufgetischt wurden. Sie war besiegt, aber nicht gebrochen und umwarb den Eroberer, warf ihr langes rotes Haar zurück. Im Laufe der Zeit würden ihre Pläne zum Erfolg führen. Ihre Söhne würden Stammesfürsten werden wie ihr ermordeter Vater.

»Sei gesegnet, löwenherzige Mary!«

Weiter raste unter dem Sternenhimmel die Reiterschar. Über Steinhügel und uralte Festungen, über Moore und Auen, über geriffelte Felsen und heilige Brunnen. *Wir wollen nirgends bleiben, wir brauchen keinen Schlaf.* Aus der Höhe konnten sie alles sehen, sogar die Geheimnisse unter der Oberfläche. Unterirdische Flüsse flossen durch ausgehöhlte Labyrinthe. Stalaktiten bohrten sich in die Luft der Unterwelt. Die schwarzen Fluten der Karstseen sickerten durch den Kalkstein hoch und schimmerten im Mondlicht.

Als sie den majestätischen Poulnabrone-Dolmen erreichten, der einsam auf einem steinigen Feld stand, gingen die Elfen im Sturzflug nieder. Im Schutz des Steinkreises schliefen zwei junge Liebende. Hunger und Leid hatten ihre Schönheit gemindert, doch träumten sie von einer glücklichen gemeinsamen Zukunft. Weder sie noch ihn reute die Liebe, derentwegen sie vor den Soldaten Finn MacCumhails und seiner Anhänger fliehen mussten.

Als sie sich dem Dolmen näherten, verstummten die

Elfen auf einmal. Ernsten Blickes wie Betende an einem Heiligtum am Wegesrand, legten sie den Liebenden Lebensmittel zu Füßen und bedeckten ihre kalten Glieder mit Schafsfellen.

Liebe Diarmuid und Grainne, wir, die wir alt waren in den alten Zeiten, schenken euch eine Nacht des Friedens vor dem Lärm der Menschen und dem Geheul der Jagdhunde.

Das junge Paar rührte sich in seiner Umarmung und lächelte im Schlaf.

Als sie wieder in der Luft war, hätte Gwen für immer so weiterreiten können. *Komm hinweg, o Menschenkind!* Sie hatte jede Erinnerung an ihr früheres Leben verworfen, hatte ihren Namen vergessen. Es gab nur noch den Nachtwind, den Flug der wilden Pferde und die Gemeinschaft mit dem strahlenden engelsgleichen Volk. *Fliege an die hell gesäumten Gestade der Welt!*

Sie rauschten über ein Bauernhaus am Berghang hinweg. Überrascht erkannte Gwen das Reetdach des Quirke-Gehöfts. Bran schlief auf der Schwelle, hob aber plötzlich den Kopf und bellte. Die Familie bewegte sich im Schlaf, als auch sie spürte, wie die Sídhe-Schar vorüberflog.

Bei dem Anblick verspürte Gwen einen Stich wie eine störende Mahnung, die in ihrem Inneren widerhallte. »Ich bin menschlich«, flüsterte sie zugleich traurig und erstaunt.

Im Hinterkopf rührte sich das schwache Echo einer Warnung, die ferne Stimme eines Mannes: *Pass auf, Kleines. Sonst kann es passieren, dass ihr beide für immer verloren geht.*

Jetzt flog die Elfenschar auf einen steilen Felshang zu. Während sie rasch tiefer rasten, erkannte Gwen den Grat, zu dem sie der Fuchs geführt hatte. Sie fielen so schnell, dass sie erwartete, am Fels zu zerschmettern. Doch dann sah sie den Spalt im Berg.

Im Rauschen der Flügel und Winde sausten sie ins Berginnere.

In dem Augenblick, bevor die Schar abstieg, hatte Gwen auf einmal das Gefühl, nichts wäre, wie es schien. Die Ritze, durch die sie eingedrungen waren, erschien ihr plötzlich winzig klein, eine Öffnung für Wesen in Insektengröße. Ihr Blick verschwamm. Die Elfenrösser sahen aus wie Libellen!

»Ist das ein Traum?«, fragte sie sich.

Midir kam zu ihr, um sie vom Pferd zu heben. Sein fester Griff um ihre Taille gab ihr Halt und beruhigte sie.

»Was ist wirklich und was nicht?«, fragte sie ihn.

Midirs sommerblauen Augen sprühten vor Lachen.

»Wir können mit der Ordnung der Dinge spielen, können eine Sonne und einen Mond schaffen. Den Himmel können wir mit funkelnden Nachtsternen übersäen. Wein machen wir aus dem kalten Wasser des Boyne, Schafe aus Steinen und Schweine aus Farn. Auf der sterblichen Ebene ist das Leben ein Netz aus Illusionen. Wir weben das Netz, wie wir es wollen.«

Sie standen in einem unterirdischen Raum, der von Fackeln erleuchtet wurde. Am Ende eines langen Ganges führte eine Treppe weiter nach unten. Die anderen Elfen waren bereits lachend und trällernd vorgelaufen. Nun, da sie keine schattenhaften Lichtwesen mehr waren, erschienen sie wie ihr Kapitän reell und menschlich. Wie er waren auch sie umwerfend schön.

Midir bot Gwen den Arm.

Sie zögerte. Trotz seines überwältigenden Charmes traute sie ihm nicht. War sie nur eine Schachfigur in irgendeinem Elfenspiel? Vielleicht wollte er sie entführen wie der König ihre Cousine.

Als er aber sprach, hörte er sich ernst und glaubwürdig an. »Fürchtet Euch nicht, dann wird Euch nichts geschehen. Nehmt jedoch keine Speisen oder Getränke zu Euch, wenn Ihr in Eure Welt zurückkehren wollt.«

Schließlich willigte sie ein mitzugehen. Was blieb ihr auch übrig?

Er führte sie über die Treppe tief in den Berg hinein. Die Felswände wirkten wie ein Torso mit Rippen und Muskeln. Gwen atmete dumpfen Lehmgeruch ein, tropfendes Wasser pochte durch die Düsternis. Sie stiegen immer tiefer, bis die Lichter verschwanden und sie in Dunkelheit gehüllt waren. *Über Welle und Quelle. Unter Berg und Hügel.* Sie klammerte sich an Midirs Arm und fürchtete allmählich, das Tageslicht nie wiederzusehen.

Dann kamen sie zu einem Torbogen mit einer schweren Bronzetür, dem Eingang ins hohle Herz des Berges.

Und das Märchen begann von Neuem.

Die Höhle war atemberaubend schön und prächtig. Die weitläufigen glatten Porphyrböden mit Intarsien aus Amethystkristall glänzten purpurrot. Marmorsäulen strebten zu der hohen Decke, wo sie in verdeckten Nischen endeten. Tausende weißer Kerzen erleuchteten den Stollen. Aufwändige Wandbehänge, auf denen in Handarbeit zauberhafte Welten verewigt waren, zierten die Mauern.

Fruchtbar ist jedes gute Feld in Blüte. Lachse springen in den kieseligen Flüssen. Geflügelte Schwäne gleiten über die quellenden Seen. Immergrün sind die verstrickten Haine der Stechpalmen. In Honiggold leuchten die Wälder. Zur Abendzeit schickt die Sonne ihre roten Strahlen von Westen her. Und seltsame Vögel nisten in den Apfelbäumen.

Gwen ertappte sich bei Vorstellungen vom Garten Eden. Besaßen die Elfen noch, was ihr eigenes Volk verloren hatte? Doch Gwen hatte keine Zeit, ihren Gedanken nachzuhängen, zu viele Wunderdinge trafen ihre Sinne.

Der schillernde Hofstaat war ebenso prunkvoll wie der Saal. Elfen unterschiedlichster Formen, Größen und Farben in erlesener Kleidung umgaben Gwen. Sie sah seidene Volants, schimmernden Satin, Brokattuch mit goldumwickeltem Faden bestickt, schweren dunklen Samt, mit Perlen paspeliert, und Quastenschleppen aus glänzendem Damast. An jedem Hals, Arm und Handgelenk funkelten Rubine, Saphire und Smaragde. Auf jedem Kopf prangte ein Diadem, ein mit Edelsteinen besetzter Hut oder ein Kamm mit Juwelen.

Gwen blinzelte überwältigt. Noch nie in ihrem Leben hatte sie so etwas Extravagantes gesehen! Sie hätte die ganze Nacht mit offenem Mund dagestanden, wäre Findabhair nicht auf sie zugeeilt.

»Du hast es geschafft! Super, Cousinchen! Ich dachte schon, der Schuft hätte dich reingelegt. Der König, meine ich. Ich konnte überhaupt keinen Kontakt zu dir aufnehmen. Seit Tara waren wir dauernd unterwegs. Gott, es war der reine Wahnsinn – Tag und Nacht Party. Die Typen sind total irre. Ich habe das Gefühl, ich bin gestorben und im Himmel gelandet!«

»Dir geht's also gut.«

ZEHN

Ein Blick reichte Gwen, um zu erkennen, dass ihre Cousine keine leidende Gefangene war. In ihrem nachtschwarzen, mit Silber durchwirkten Gewand sah Findabhair aus wie eine junge Königin. Ihre langen Haare, die noch goldener wirkten als zuvor, waren zu vier Zöpfen geflochten, an deren Ende jeweils ein Diamant funkelte. In ihren Augen spiegelte sich ihr Lachen, ihre Wangen blühten gerötet wie zwei Rosen – offenbar genoss sie jeden Augenblick.

Gwens kühler Empfang wandelte ihre gute Stimmung sofort in Zerknirschtheit. »War es schlimm für dich? Oh, Gwen, es tut mir leid. Ich war von Anfang an dafür, mitzukommen. Hatte ja keine Ahnung, dass du dableiben würdest!«

Gwen war sprachlos. Wie konnte ihre Cousine nur so egoistisch sein? Hatte sie etwa keinen einzigen Gedanken an Gwen verschwendet? Wie es ihr ergehen würde? Konnte sie sich nicht vorstellen, wie hart es für Gwen gewesen war, fieberhaft nach ihr zu suchen, unter der Einsamkeit der Straße und den Gemeinheiten der Elfen zu leiden, ganz zu schweigen von der ständigen Sorge? *Geht es Findabhair gut? Geht es Findabhair schlecht?* Und dann stand sie einfach da, megaschick auf einem Ball!

Gleichzeitig musste Gwen fairerweise zugeben, dass ihre abenteuerliche Fahrt quer durch Irland echt spannend gewesen war. Wie gut sie damit klargekommen war, hatte sie selbst überrascht, und die Freunde, die sie gewonnen hatte, waren es absolut wert gewesen.

Weshalb regte sie sich also so auf? Warum war sie so wütend?

»Was meinst du damit, dass ich dageblieben bin?«, fragte sie.

Da Findabhair merkte, dass irgendetwas zwischen ihnen nicht stimmte, sprach sie offen:

»Das hat Finvarra gesagt, der Elfenkönig. Er hat den gleichen Namen wie ich, ist das nicht toll? Also, mein Geist hat wohl von ganzem Herzen zugestimmt mitzukommen – was soll ich sagen, so bin ich eben –, aber du hast dich geweigert. Nach dem Elfengesetz konnte er dich nicht mitnehmen. Darüber hat er sich total geärgert, oh ja! Der Gauner wollte uns beide! Elfen sind nicht gerade monogam, das kann man echt nicht behaupten.«

Findabhair lachte schallend und auch Gwen musste lächeln. Ihre Cousine war »total wild«, wie Katie sagen würde. Und doch war es eher ihre Erklärung, die Gwen und ihre geheime Wunde besänftigte. Sie war also nicht einfach zurückgelassen worden! Das Elfenvolk wies sie nicht zurück, sondern es war ihr ureigenes Wesen gewesen, das sie zurückgehalten hatte. Gwens Lächeln wurde immer breiter, während sie diese Information verarbeitete.

»Ich bin einfach zu praktisch veranlagt, um ›von ganzem Herzen‹ ins Gagaland zu springen.«

Als sie zusammen lachten, ließ die Spannung zwischen ihnen ein wenig nach.

»Du trägst immer noch Schwarz. Du siehst super aus.« Mit einem Stirnrunzeln sah Gwen an ihren eigenen schlammbefleckten Sachen hinunter, die so gar nicht zu dieser prächtigen Umgebung passten.

»Finvarra steht auch auf Schwarz«, sagte Findabhair. »Als Herrscher der Nacht und so weiter. Sag mir eine Farbe – außer Pink, davon wird mir schlecht –, und ich zaubere dir was zum Anziehen.«

»Kannst du das, echt?« Gwen war skeptisch, aber es war einen Versuch wert. »Na gut, wenn ich kein Pink kriegen kann, wie wär's mit dunkelrot und ein bisschen von dem Silberzeug, das du da hast?«

»Fantastisch! Du traust dich ja langsam was, Süße!«

Findabhair grinste frech und wedelte mit der Hand.

Gwen war sprachlos. Feuerroter Satin umwehte schwungvoll ihren Körper. Das Oberteil und die Ärmel waren mit Perlen besetzt. Weitere Perlen schmückten ihren Hals und ihre Ohren. Ihre Füße steckten in rubinbesetzten Ballerinas.

»Wow! Wie hast du das gemacht?«

»Elfentarnung«, sagte ihre Cousine und zuckte lässig die Achseln. »Das ist alles nicht echt, weißt du. Wir könnten genauso gut nackt hier stehen.«

»Nein, danke.«

So genau wollte Gwen es gar nicht wissen. Sie fühlte sich wie Aschenputtel, das endlich auf dem Ball war, und wollte es so lang wie möglich genießen.

Doch nun wurde Findabhair ernst, nahm Gwen am Arm und führte sie in eine abgelegene Ecke des Ballsaals.

»Moment, wir müssen reden, bevor Finvarra seinen großen Auftritt hat. Ich will nicht, dass er uns belauscht.«

»Hat der Zauber schon Macken, oder was?«

»Haha. Das ist nicht lustig, Gwen. Er ist ein übler Trickser, unterschätz ihn nicht. Er hält sich für ein Gottesge-
schenk an die Frauen, also lasse ich ihn ein bisschen auf-
laufen. Das ist alles andere als einfach, weil ich total auf
ihn abfahre, und allmählich denke ich, er auch auf mich.
Aber eins kann ich dir sagen: Er ist ganz schön sauer,
weil du ihm entwischt bist. Er führt etwas gegen dich im
Schilde, was oder wie weiß ich nicht, aber du musst aufpassen.«

»Ist das Ganze ein großes Spiel, oder was?«

»Das ganze Leben ist ein Spiel für die Elfen, Gwen. Feste
feiern, Quatsch machen, Musik machen und tanzen. Sie
sind hier seit Anbeginn der Welt, aber sie werden nie alt,
und so wie ich das sehe, werden sie auch nie erwachsen.«

»Teenies für immer«, sagte Gwen verwundert.

»Verkürzt gesagt, ja«, stimmte Findabhair zu. »Darum
finde ich sie ja auch so toll. Aber wir dürfen nie vergessen, dass sie anders sind als wir. Sie haben nicht unsere Gefühle, von Schuldgefühlen ganz zu schweigen. Das mag
eine Zeit lang ganz nett sein, aber es heißt auch, dass sie
jemanden ermorden können, ohne mit der Wimper zu
zucken.«

»Du scheinst sie gut zu kennen.«

»Wenn man bei ihnen lebt, lernt man sie eben kennen«,
erklärte Findabhair leichthin. Dann fügte sie mit einer Gri-
masse der Reue hinzu: »Und ich bin auch noch ihre Königin, was immer das bedeuten soll.«

Gwen musste lächeln. »Ich komme dir vielleicht verändert vor, aber du mir auch. Du klingst entschieden vernünftiger.«

»Hey, wenn alle um dich herum ausflippen, muss doch einer den Überblick behalten.« Sorgenvoll senkte sie die Stimme. »Ich meine es ernst mit meiner Warnung, Cousinchen. Ich kann dir nicht genau sagen, was, aber irgendwas ist hier faul. Bei all dem süßen Glanz – hier stinkt's gewaltig, das spüre ich einfach. Irgendwas Düsteres ist im Gange.«

»*Auch ich war eine Geisel*«, murmelte Gwen. »*Auch ich war der Gejagte und der Geopferte.*«

Findabhair erstarrte. »Was hast du da gesagt?«

Verwirrt schüttelte Gwen den Kopf.

Eine seltsam bedrückende Stimmung befiel die Mädchen, die plötzlich verlassen wirkten. Bevor sie noch irgendetwas sagen konnten, dröhnte eine Trompetenfanfare durch den Saal. Musik und Tanz wurden sofort unterbrochen und die Damen und Herren des Hofes verneigten sich tief.

Der König war da.

Er sah umwerfend aus, ganz in Schwarz mit einem eleganten Seidenmantel. Seine rabenschwarzen Haare fielen in einem schlichten Schnitt, der an die alten Ägypter erinnerte, auf seine Schultern. Wie eine Pharao-Skulptur hatte auch er fein gemeißelte Züge, wirkte stolz und erhaben. Schwarz wie die Nacht schimmerte sein Gewand, doch trug er keine Zierde außer dem Zeichen seiner Herrschaft: dem silbernen Stern, der auf seiner Stirn funkelte.

»Mein Herr und Gebieter«, flüsterte Findabhair ironisch.

Trotz des trockenen Tonfalls erkannte Gwen, dass ihre Cousine vor Spannung fast die Luft anhielt.

»Pass du selber auf«, sagte sie warnend.

»Aber ist er nicht einfach toll?«

»Nicht mein Typ.« Gwens Versuch, unbeeindruckt zu klingen, überzeugte nicht mal sie selbst.

Der dunkle, durchdringende Blick des Königs schweifte durch den Saal. Er entdeckte sie wie Spione, die sich in einer Ecke verkrochen hatten. Einen winzigen Augenblick lang ruhte sein Blick auf Gwen, die sich von seiner Macht zutiefst getroffen fühlte. Als er ihr seine Aufmerksamkeit entzog, spürte sie einen scharfen Stich in ihrem Herz.

Der König kam auf sie zu, reichte Findabhair mit einer eleganten Geste die Hand, und die melodische Musik erklang von Neuem.

»Die Pflicht ruft«, sagte Findabhair, »ich muss los!«

»Warte doch! Wir müssen …«

Aber ihre Cousine lief mit gerafften Röcken fort. Gwen sah verdrießlich zu, wie sie in einer innigen Umarmung mit dem König verschmolz. Die beiden drehten sich auf dem Tanzboden wie Figuren in einer Schmuckschatulle.

Da Gwen sich verlassen und fehl am Platz fühlte, schmiegte sie sich enger an eine Säule, in deren Schatten sie sich am liebsten verbergen wollte. Das ewige Elend des Mauerblümchens – immer die Brautjungfer, nie die Braut. Auf der Suche nach einem Ort, wo sie weniger einsam wirken würde, schaute sie sich nach dem Buffet um.

»Ein Tanz gefällig, Lady?«

Midir verneigte sich vor ihr. Er trug eine Tunika aus bronzefarbenem Leinen zu einem schwingenden grünen Mantel. Die Ohrringe waren verschwunden, aber goldene Schnallen hielten seinen Umhang zusammen. Golden war auch der Reif, der sein feuerrotes Haar bändigte.

Gwen sehnte sich danach, einfach Ja zu sagen, aber ein Anfall von Schüchternheit hinderte sie daran. »Ich tanze nicht besonders gut. Genau genommen bin ich ein hoffnungsloser Fall.«

»Elfenmusik kennt keine schlechten Tänzer«, sagte er zu ihrer Beruhigung.

Schließlich gab sie nach, obwohl sie weiterhin das Schlimmste befürchtete. Sie war überzeugt davon, dass sich alle über sie lustig machen würden. Doch Midir hatte nicht zu viel versprochen. Er legte ihr den Arm um die Taille und führte sie mühelos, so dass sie freudig dahinglitt. Ihr Selbstvertrauen wuchs mit jedem Schritt. Die Musik, ein wilder Walzer, riss sie mit, und Gwen hüpfte und wirbelte inmitten der prächtigen Tänzer, als hätten ihre Füße Flügel.

»Das ist wundervoll! Ich fühle mich wie Aschenputtel!«

»Ein bezauberndes Mädchen. Ich habe sie noch gut im Gedächtnis.«

»Ja, wie denn? Sie stammt doch aus einem –«

»Märchen?«

Sie lachten und drehten sich weiter durch den Saal.

Das Überraschende an dieser Situation lag für Gwen nicht nur in dem Tanz, sondern auch darin, so locker mit einem gut aussehenden jungen Mann zu reden. War im Elfenland etwa alles einfacher? Könnte sie doch nur in ihrer eigenen Welt so sein!

»Darf ich die Dame um den nächsten Tanz bitten?«, fragte eine Stimme hinter ihr.

Gwen wäre zwar lieber bei Midir geblieben, wollte aber nicht unhöflich sein. »Okay«, sagte sie munter und wandte sich zu ihrem nächsten Tanzpartner um.

Als sie ihn erkannte, wäre sie vor Schreck beinahe zusammengezuckt. Ob sie wollte oder nicht, er hielt sie bereits im Arm.

Jetzt tanzte Gwen mit dem Elfenkönig.

ELF

Gwen schaffte es zwar, normal weiterzutanzen, war aber völlig durcheinander. Was sollte sie tun? Er hatte sie überrumpelt, und sie konnte die grenzenlose Macht spüren, die er kaum zügeln konnte. Er war wie ein Panther, dunkel und schlank – bereit zuzuschlagen.

Reiß dich zusammen, befahl sie sich selbst. Es ärgerte sie, dass er sie so aus dem Konzept brachte. Sie brauchte einen kühlen Kopf, sonst würde er sie übers Ohr hauen.

»Schöne Gwenhyvar, Ihr habt meinen Hof doch noch mit Eurer Anwesenheit beehrt.«

Er war liebenswürdig.

Zu liebenswürdig für ihren Geschmack.

»Was ich nicht gerade Euch oder Eurem gerissenen Gnom zu verdanken habe. Ohne Midir säße ich immer noch wie der letzte Mensch im Dunklen auf dem Feld.«

Ein Funke sprühte in den Augen des Königs. Gwen konnte nicht erkennen, ob aus Ärger oder Belustigung.

»Ihr seid aus dem gleichen Schrot und Korn wie Findabhair. Das hätte ich nicht gedacht, als ich Euch in Tara zum ersten Mal sah. Sie war die wilde Rose, Ihr dagegen ein Butterblümchen.«

»Wie immer also.«

Er musste lachen, was sehr nett klang, und hob ihr Kinn.

»Ich *liebe* Butter«, sagte er.

Musste er so unwiderstehlich charmant sein? Damit hatte Gwen nun gar nicht gerechnet. Sie wusste, dass er sie nur neckte, und doch musste sie mitlachen. Obwohl sie das Gefühl mit aller Kraft bekämpfte, fing sie an, ihn zu mögen.

Als spüre er ihren Sinneswandel, lächelte Finvarra schelmisch. »Vielleicht bereut Ihr es schon, mich zurückgewiesen zu haben?«

»Möglich«, neckte sie zu ihrer eigenen Überraschung zurück. Flirtete sie etwa mit ihm? Findabhair würde sie umbringen. Rasch ließ sie ihren Blick durch den Saal schweifen. Ihre Cousine tanzte mit einem blonden Riesen und lachte, als kümmere sie nichts anderes auf der Welt. *Geschieht ihr ganz recht, wenn der König mich auch mag.* Entsetzt verdrängte sie dieses dunkle Flüstern in ihrem Inneren.

»Ich steh nicht so auf Harem«, sagte sie ein wenig lauter als beabsichtigt. »Das ist einfach nicht richtig.«

Die Stimme des Königs war sanft. »Im Elfenland gibt es kein Falsch und Richtig.«

»Dann möchte ich da nicht sein!«

Sie wollte eisern klingen und ihre Frau stehen, aber in Wirklichkeit wusste sie kaum noch, wo links und rechts war. Sie spürte, wie sie seinem Zauber erlag, seinem Lockruf folgte. Zu ihrer großen Erleichterung näherte der Tanz sich seinem Ende.

Finvarra verbeugte sich zum Abschied. »Ich überlasse

Euch meinem *Tánaiste,* den Ihr anscheinend ebenso in Euren Bann gezogen habt wie mich. Darf ich darauf vertrauen, dass wir jetzt besser zueinander stehen?«

Sie starrte in seine Katzenaugen und las darin die Weisheit und Wildheit von Jahrtausenden. Es war unmöglich, sich ihm zu verweigern. Als er sie auf die Wange küsste, musste sie lächeln.

Kaum war Finvarra fort, war Midir wieder an ihrer Seite. Seinen forschenden Blick beantwortete sie mit einem Kopfschütteln. »Was soll ich sagen? Ich habe meinen Feind kennengelernt und er ist der Märchenprinz.«

»Er ist der König.«

»Und Ihr seid der *Tánaiste?* Was hat das zu bedeuten?«

»Ich bin sein Stellvertreter. Obwohl ich Kapitän meiner eigenen Schar bin und es viele wie mich gibt, ist Finvarra der Hochkönig, der über allen steht. Sollte ihm etwas zustoßen, würde ich an seiner Stelle regieren. Aber das ist unwahrscheinlich, da wir ja alle unsterblich sind.«

Atemlos versuchte Gwen, diesen Satz zu verdauen. Sie tanzte mit jemandem, der ewig leben würde! Dieser Gedanke war so unfassbar, als versuche sie, die Größe des Universums zu begreifen. Sie wollte ihn gerade weiter nach dem Leben im Elfenland befragen, als ein großes Feuerwerk im Saal ausbrach. Bunte Vögel und funkelnde Schmetterlinge explodierten in der Luft neben lodernden roten Drachen und Feuerrädern.

»Es ist bestimmt wunderbar«, sagte sie, »jeden Tag mit Magie zuzubringen.«

Midir sah sie aus seinen blauen Augen ruhig an. »Ich hätte Euch gern für immer bei mir.«

Sie hörte seiner Stimme an, dass sie ihren Standpunkt

klarmachen musste, und zwar nicht nur ihm, sondern auch sich selbst.

»Ich könnte nicht hier bleiben, das kommt gar nicht infrage. Dabei ist die Versuchung groß, glaubt mir. Es ist alles so seltsam. Ich habe immer nur davon geträumt, in andere Welten zu entfliehen, und nun habe ich eine gefunden, und es ist unglaublich schön hier ... Aber jetzt, da sie mir zur Verfügung steht, erkenne ich die Wahrheit. Ich wollte höchstens mal zu Besuch hier sein. Ich meine, obwohl mein Leben nicht halb so toll ist, wie ich es gerne hätte, möchte ich nie wirklich darauf verzichten.«

Sein Blick war wehmütig, aber er nickte.

»Ich erkenne Eure Entscheidung an und würde Euch nicht gegen Euren Willen hier festhalten. Aber vom König kann ich das nicht behaupten. Hier geht es um viel mehr, als vordergründig zu erkennen ist. Ihr müsst vorsichtig sein.«

Jetzt reichte es Gwen. Sie hatte genug von den Spielchen und Intrigen der Elfen.

»Also gut, worum geht es hier eigentlich?«, wollte sie wissen. »Ihr wart sehr nett und ich weiß Eure Hilfe zu schätzen, aber warum könnt Ihr nicht Klartext reden und mir sagen, was los ist, statt immer nur vage Andeutungen oder Warnungen von Euch zu geben?«

Sie sah, wie der Vorhang fiel. Seine Antwort war reserviert.

»Ich bin ein Elf aus dem Elfenland und hiesigen Gesetzen verpflichtet. Euch zu helfen, fällt mir nicht schwer, denn ich habe die roten Haare, die nach unserem Brauch Hilfe versprechen. Dennoch kann ich mich Finvarra nicht direkt in den Weg stellen. Obwohl ich weiß, dass er etwas gegen

Euch im Schilde führt, bin ich in seine Pläne nicht eingeweiht. Einige Dinge gehen nur den König etwas an. Ich schwöre Euch, dass ich Euch helfen werde, wenn es in meiner Macht steht. Mehr kann ich nicht versprechen.«

Obwohl Midir Gwen eigentlich beruhigen wollte, schürte er ihre Ängste nur noch mehr. Wie Findabhair schon vermutet hatte, gab es wirklich eine Verschwörung gegen sie. Aber was konnte das sein? Kalten Blickes betrachtete sie den Ballsaal der Elfen. War er ein goldener Käfig? Oder Schlimmeres? Eine Fata Morgana, die eine versteckte Drohung barg? Warum wollte Finvarra sie um den Finger wickeln? Steckte ein Wurm in diesem glänzenden Apfel?

Es war Zeit, die Party zu verlassen. Zeit, Findabhair zu holen. Zeit, nach Hause zu gehen.

Just in diesem Augenblick klatschte der König auf der anderen Seite des Saales in die Hände und rief: »Möge das Festgelage beginnen!«

Im nächsten Moment erschien eine große Banketttafel, auf der eine schneeweiße Tischdecke lag. Sie reichte von einem Ende des Saals zum anderen und war mit goldenen und silbernen Tellern sowie Kristallkelchen mit Edelsteinen gedeckt. Gwen, die bis dahin meinte, bereits jede Menge Wunder erlebt zu haben, traute ihren Augen nicht.

Vor ihr lagen alle Köstlichkeiten, die man sich nur vorstellen konnte. In der Mitte prangte ein gebratenes Schwein mit einem saftigen roten Apfel im Maul. Daneben stand ein Kunstwerk aus Meeresfrüchten wie ein Korallenschloss mit tropfenden Seeblumen. Es gab Hühner mit Rosinen- und Kastanienfüllung, Nester mit Wachteleiern und Garnelen, gebratene Ente mit Schalotten und bergeweise roten Hummer. Käselaibe waren gesäumt von

Schinken- und Fleischpasteten und Hackfleisch in Blätterteig. Obst türmte sich in gewaltigen Pyramiden auf Etageren mit Nüssen, sodass unter dem Gewicht die weiche reife Schale der Trauben und Kirschen platzte. Und, oh, die Beilagen erst! In geschmolzenen Cheddar getunkte Pfirsiche. Knackige Gurkenkörbchen mit Krabbenfüllung. Dazu alle Arten von Pilzen, da Elfen Pilze über alles lieben und gegen ihr Gift immun sind. Pfifferlinge, Morcheln, Wettersterne und Boviste lagen frisch aus dem Wald in Körben oder schwammen in geschmolzener Butter. Es gab Exemplare mit Kappe, gekräuselte, geschuppte, ausgenommene, gesprenkelte und einfarbige in jeder vorstellbaren Farbe von Violett, Samtschwarz, Hellrot und Orange bis zu Elfenbeinweiß, Blassgelb, Graublau und Braun.

Beim Anblick der Desserts bekam Gwen erst recht weiche Knie. Erdbeeren mit Schlagsahne und braunen Zuckerstreuseln. Himbeeren mit Schokoladenüberzug mit weißem Puderzucker. Feine Türme aus Honigwaben, mit Eisbällchen gefüllt und mit geschwungenem Baiser bedeckt. Fantastisches Konfekt aus Marmorkuchen mit immer neuen Zuckergussschichten. Es gab Stachelbeermilcheis, Preiselbeer- und Rharbarbergelees, Melonengötterspeise und grünen Wackelpudding aus wilder Minze und eine kalte Mousse au Chocolat aus dunkler Schokolade, die wie Sahne schäumte.

Gwens Alarmglocken schrillten alle gleichzeitig. Sie wusste, dies würde ihre schwerste Prüfung. Kannte der König ihre Schwäche für Essen? Das Festmahl hier war der Inbegriff der Versuchung.

Vom Tischende aus versuchte Findabhair, die Aufmerksamkeit ihrer Cousine auf sich zu lenken, konnte sich aber weder bewegen noch rufen. Neben ihr saß selbstsicher und sprungbereit Finvarra. Seine dunklen Augen wurden schmal. Ein leises Lächeln umspielte seinen Mund. Eine Katze, die einer Maus auflauert.

»Nimm weder Essen noch Wein zu dir, wenn du nach Hause zurück willst«, flüsterte Midir ihr eindringlich zu, als er an Gwen vorbeikam.

Sie stöhnte, weil ihr diese Aufgabe so unfair erschien. Hier waren alle ihre Lieblingsspeisen aufgetischt und glänzten mit dem köstlichen Reiz des Verbotenen. Der aromatische Duft der warmen Gerichte wehte zu Gwen herüber. Die kalten Speisen glitzerten und blinkten verlockend.

Gwen erschauerte und seufzte dann.

»Ich hätte gern von allem ein bisschen, bitte.«

ZWÖLF

Gwen lief schnell zur Banketttafel, bevor sie es sich anders überlegen konnte. Innerhalb von Sekunden häuften sich die Speisen auf ihrem Teller. Die Gesellschaft verstummte, alle sahen ihr zu.

Sie kostete den ersten Bissen.

Himmel. Ambrosia. Götterspeise.

Als sie den Bissen herunterschluckte, brachen die Elfen in wilden Applaus aus. Bestürzt sank Findabhair in ihren Sessel. Der König sprang auf die Füße. Sein schwarzer Umhang rauschte nach hinten, als er triumphierend die Arme hob. Der silberne Stern auf seiner Stirn glühte.

»Die Dame hat die Prüfung nicht bestanden! Sie gehört uns!«

Stürmische Zustimmung folgte auf diese Erklärung, aber anscheinend wurde dieses Urteil nicht einstimmig aufgenommen. Das Elfenvolk, dessen Launen seit jeher wechselhaft waren, begann zu streiten. Während alle dem Festmahl zusprachen, wurden Gegenstimmen laut.

»Die erste Prüfung hat sie bestanden«, rief Midir laut. »Sie hat ihre Nachtstute gezähmt. Unsere Forderung ist unehrlich.«

Beifallrufe und »Hört, hört!« kamen aus den verschiedensten Ecken. Jene Elfen, die dem König loyal gegenüberstanden, ärgerten sich über die Herausforderung des so hoch angesehenen *Tánaiste* und antworteten mit Buhrufen und Pfiffen. Die prächtigen Damen und Herren traten jetzt ernsthaft gegeneinander an.

Einige riefen »Unfair!« und »Schlechte Verlierer, oder was?«, während andere genauso leidenschaftlich sangen: »Sie gehört uns! Sie gehört uns!« Viele Elfen waren aufrichtig betrübt, andere schüttelten sich schier aus vor Lachen. Ein stämmiger rotwangiger Gesell hielt sich die Seiten, als könnte er vor lauter Gewieher platzen. Ein funkelnder Waldgeist kletterte auf einen Stuhl, um sich besser verständlich zu machen. Ein Gnom zog einen seiner klobigen Schuhe aus und knallte ihn immer wieder auf den Tisch. Zwei Pixies wurden handgreiflich. Die gelasseneren Elfen schüttelten ihre goldenen Locken und schlugen mit dem Besteck an die Kristallgläser, um ihren Unmut kundzutun.

Als die Gesellschaft sich immer mehr erregte, sprang die schlechte Stimmung auf die Umgebung über. Die Gelees fingen an zu zittern, Eiswürfel klirrten in den Punschgläsern und das Geschirr hüpfte über den Tisch. Die Stopfen flogen aus den Weinkaraffen, und als die Kerzenleuchter zu schwingen begannen, flackerten tausend Kerzen und tropften. Das gebratene Schwein war so verärgert über die ganze Sache, dass es sich auf seine Schinken stützte, vom Tisch sprang und aus dem Saal marschierte. Jetzt zuckten auch die Möbel, als wollten sie hinterherlaufen. Der gesamte Bau schwankte hierhin und dorthin, geschüttelt von der Sprunghaftigkeit seiner Gäste.

Die Hölle war los.

Es schien nur zwei zu geben, die das Chaos kalt ließ: Findabhair, die immer noch versuchte, ihre Cousine auf sich aufmerksam zu machen, und Gwen selbst, die Ursache dieser gestörten Harmonie, die selig immer weiteraß.

Mittlerweile stritten Finvarra und Midir lautstark und wurden dabei von den jeweiligen Parteien tatkräftig unterstützt. Blitze zuckten durch die Luft, das harmonische Gleichgewicht war nicht mehr zu halten. Zu viel Macht und Intensität entfalteten sich und der große Saal begann zu stampfen und zu rollen wie ein Schiff in rauer See. Alles flog durch die Luft – Möbel, Speisen und die Elfen höchstpersönlich.

Das Letzte, woran Gwen sich erinnerte, war eine Schüssel mit Mousse au Chocolat, die an ihr vorbeiflog. Als sie sich bedienen wollte, schoss die Schüssel nach oben weg.

Dann erwachte Gwen.

Auf dem Gipfel des Glen of Clab im Burren.

Mitten in dem schlimmsten Sturm, den man sich nur vorstellen konnte.

Die Nacht war schwarz und wütete. Der Regen fiel in endloser Sintflut. Wind und Wasser schlugen auf den Gipfel ein, gegabelte Blitze peitschten darüber hinweg, gejagt von ohrenbetäubenden Donnerschlägen. Als wären die legendären Höllenhunde losgelassen.

Mit brummendem Schädel versuchte Gwen, auf die Beine zu kommen. Durch den dichten Regenvorhang konnte sie kaum etwas erkennen. Die Landschaft ging in grauen Wasserfluten unter und der Hang unter ihr war nur noch ein zerklüfteter Schatten. Blind nach Halt suchend, machte Gwen sich an den Abstieg. Die dunklen Felsen waren nass und rutschig. Sie tastete sich sehr vorsichtig voran, verlor aber dennoch den Halt und schlitterte in einem Regen loser Steine das Geröllfeld hinab. Sie konnte sich nirgends mehr festhalten, ihre Arme wedelten vergebens durch die Luft. Gwen verlor vollends die Kontrolle, sauste abwärts und schrie nur noch vor Schmerz und Angst. Als sie endlich unten ankam, war sie völlig zerschlagen und gründlich benommen nach diesem Schock.

Nass bis auf die Haut, wund und weh lag Gwen am Boden. Schlimmer konnte es nicht mehr kommen, oder? Sie weinte elendig und hievte sich mühsam wieder hoch. Sie musste irgendwo unterkommen. Wo war sie bloß? In der Dunkelheit sah alles fremd aus. Es gab keine Straßenlaternen oder Häuser, an denen sie sich hätte orientieren können, nur schlammige Felder und die allgegenwärtigen Steinmauern, die sich im Unendlichen verloren. Gwen duckte sich gegen Wind und Regen, wählte eine beliebige Richtung und trottete die Straße entlang. Sie musste die Quirkes finden. Sie konnte sonst nirgends hin.

Erst als sie das Hinweisschild zur *Fulacht Fia* entdeckte, merkte Gwen, dass sie auf der falschen Straße war, die von den Quirkes wegführte. Neue Tränen mischten sich mit dem Regenwasser, das über ihre Wangen rann. Sie hätte am liebsten laut geheult. Wie gelähmt von diesem Rückschlag starrte sie auf das Feld, wo sie die ersten Elfen getroffen hatte. Wenn doch nur Midir da wäre! Aber obwohl von ihrem Elfenkapitän nichts zu sehen war, entdeckte sie einen formlosen Haufen in der Nähe des Kreises aus bleichen Steinen. Sie atmete auf. Es war ihr Rucksack, der noch genau da lag, wo sie ihn hatte liegen lassen, als sie auf ihr Pferd gesprungen war.

Mit einem Freudenschrei lief sie los, um ihre Besitztümer zu holen. Als sie den Anorak zumachte, fühlte sie sich direkt besser. Ein bisschen trockener, ein bisschen wärmer und auch ein bisschen optimistischer. Sie hatte ihre Sachen wieder. Und von hier aus kannte sie den Weg zum Haus der Quirkes.

Schön eingemummt und mit tief in die Stirn gezogener Kapuze machte sich Gwen von Neuem auf den Weg.

Schließlich entdeckte sie das große Haus in der Ferne, ein dunkler Umriss vor dem Schatten des großen Berges. Doch leuchteten keine warmen Lichter, die einen Wanderer hätten aufmuntern können. Beunruhigt beschleunigte Gwen ihren Schritt. Als sie um eine Kurve bog, bot sich ihr ein schreckliches Bild.

Das Vieh rannte auf sie zu, die Augen vor Panik verdreht. Scheinwerferstrahlen beleuchteten die Rinder, ein Auto fuhr langsam hinter ihnen her. Neben dem Auto rannten Katie und zwei jüngere Mädchen her, alle in wasserdichtem Regenzeug. Sie versuchten, die Tiere mit Rufen und langen Stöcken in Schach zu halten.

Katie rannte zu Gwen.

»Mensch, Mädchen! In so einer Nacht läuft man nicht draußen rum!«

Unter der Kapuze ihrer Regenjacke glühte Katies Gesicht vor Aufregung. Anscheinend kämpfte sie nicht ungern gegen den Sturm an.

»Meinst du, ich könnte euch helfen?«, fragte Gwen halbherzig.

»Wir treiben diese Jungs zu den anderen auf die *Maher Buídhe*. Da sind sie besser geschützt, die Armen. Sie wollen unbedingt unter einen Baum, bei den Blitzen natürlich der gefährlichste Platz überhaupt. Ich glaube nicht, dass du mit ihnen fertig würdest, Gwen. Sie sind total wild vor Angst. Geh ins Haus. Der Strom ist ausgefallen, aber im Kamin brennt ein Feuer. Wenn du helfen willst, mach uns was Warmes zu essen.«

»Mach ich«, versprach Gwen.

Katie sah sie prüfend an und wollte schon etwas sagen, als der Donner über ihnen wieder losbrach. Die Kühe brüllten vor Schreck und rasten die Straße hinunter. Katie rannte hinterher.

Als Gwen das Haus betrat, war es wegen des Stromausfalls überall dunkel außer im Wohnzimmer, wo das Kaminfeuer brannte. Durch das Reetdach regnete es durch, und überall standen Eimer und Töpfe, um das Wasser aufzufangen. Auch in der Küche tropfte es laut in mehrere Behälter. Der Raum wurde von einem großen Stanley-Herd geheizt, auf dem ein schwarzer Wasserkessel stand. Blaues Geschirr stand in einem hölzernen Küchenschrank und an der Wand hing ein Bild mit dem Herz Jesu. Der Hund versteckte sich wie ein verängstigtes Kind unterm Küchentisch.

»Alles in Ordnung, Bran«, sagte Gwen beruhigend, aber als er sie anstarrte, sah sie nur den dumpfen Schrecken in seinen großen Hundeaugen.

Gwen trocknete sich ab und zog sich um. Sie erschrak beim Anblick der vielen kleinen Wunden und blauen Flecken, aber es war keine schlimme Verletzung dabei. Indem sie in der Küche rumkramte, hielt sie sich selbst in Gang. Sie musste etwas tun, egal was, um sich von ihrem verheerenden Besuch im Elfenland abzulenken. Sie wollte eine Suppe kochen und schnitt Möhren, Sellerie, Zwiebeln und Kartoffeln klein, füllte einen Topf mit Hühnerbrühe auf und fügte eine ordentliche Portion Gerste hinzu. Dann schnitt sie Brot für Schinken- und Käse-Sandwiches. Als die Suppe zu kochen begann, weckte der heimelige Duft des einfachen Essens gewisse Erinnerungen. Es war noch gar nicht lange her, dass sie sich an weit köstlicheren Speisen gelabt hatte. Sie hatte ein komisches Gefühl im Bauch, als hätte sie eine ganze Schachtel Pralinen auf einmal gegessen.

Gwen verdrängte die Erinnerung und dachte stattdessen an die Frauen der Familie Quirke, die gegen die Naturgewalten ankämpften.

Als sie alle Brote geschmiert hatte, deckte sie den Tisch im Esszimmer. Das Feuer war heruntergebrannt und sie heizte es mit Torf wieder an. Dann fand sie Kerzen und stellte sie auf Untertassen überall im Raum auf. Nachdem sie getan hatte, was sie konnte, ließ sie sich in einen Sessel fallen und sank in einen unruhigen Schlaf.

Die Ereignisse des Abends forderten ihren Tribut. Gwen fühlte sich ausgelaugt und fiebrig. Das Kerzenlicht verwirrte sie und ließ die Erinnerungen an den Ballsaal der Elfen wieder aufleben. Draußen lagen die Berge im Burren blauschwarz und glänzend wie Wale, die ein sturmumtostes Meer durchpflügen. Der Wind heulte ums Haus wie eine klagende Todesfee. Alles erschien ihr aufgelöst und chaotisch.

Erst als sie den Wagen in der Einfahrt hörte, konnte sie sich aufraffen und das Essen auftischen.

Die Quirkes kamen geschäftig ins Haus, schüttelten den Regen aus ihrer Kleidung und zogen die Stiefel aus. Ihre erschöpften Mienen heiterten sich beim Anblick des erleuchteten Wohnzimmers auf. Auf dem Tisch standen Schalen mit kochendheißer Suppe, Platten mit Broten und eine große Kanne Tee.

Katie stellte Gwen ihrer Mutter und ihren Schwestern vor.

»Ein schönes Feuer«, sagte Mrs Quirke warmherzig. »Du bist höchstwillkommen, Liebes.«

Während die Familie ihr Abendessen verzehrte, nippte Gwen an einem Tässchen dünnen Tees.

»Nichts zu essen?«, fragte Katie und sah ihr direkt ins Gesicht.

Gwen mied ihren Blick. »Ich habe genug für heute.«

Das ältere Mädchen runzelte die Stirn, sagte aber nichts, während die anderen sich angeregt unterhielten.

»Ich habe schon manchen Sturm erlebt auf meine alten Tage«, stellte Mrs Quirke fest, »aber dieser ist eindeutig der schlimmste. Du hast schlechtes Wetter mitgebracht, Gwen.«

Gwen wusste zwar, dass es nur eine Redewendung war, zuckte aber trotzdem zusammen. Nicht zum ersten Mal an diesem Abend fragte sie sich, ob Sturm und Elfenzorn nicht ein- und dasselbe waren. Hatte sie das alles ausgelöst?

Erst später, als das Gästebett in Katies Zimmer bezogen und Gwen schon beinahe eingeschlafen war, löcherte Katie sie noch mal. Im Kerzenlicht sah sie sehr ernst aus.

»Ich will dir nicht zu nahe treten, Gwen, und vielleicht geht es mich auch gar nichts an, aber ich frage dich trotzdem. Nimmst du irgendwas? Hast du dich heute Abend mit einem Dealer getroffen?«

Eine seltsame Mattigkeit hatte von Gwen Besitz ergriffen. Ihre Gedanken waren weich und weiß wie Wattebäuschchen. Hätte Katie sie nach ihrem Namen gefragt, hätte sie wohl gezögert. Doch diese Frage war ernster und dabei doch so überaus absurd. Auf der einen Seite hätte Gwen am liebsten gelacht, aber genauso gern hätte sie geweint. Katie benahm sich wie eine große Schwester. Gwen lag ihr am Herzen, so viel war offensichtlich.

»Sie dealen nicht mit Drogen«, antwortete Gwen schleppend. »Sie dealen mit Träumen. Möglicherweise ist die Wirkung die gleiche?«

Katie hatte die Frage nach weiteren Erklärungen schon auf der Zunge, als Gwen ihre Unterhaltung dadurch beendete, dass sie einschlief.

DREIZEHN

Als Gwen am nächsten Morgen erwachte, saß Katie auf einem Stuhl an ihrem Bett.

»So stelle ich mir einen Kater vor«, stöhnte Gwen.

Ihre Kehle war ausgetrocknet, ihr war heiß, alles tat weh, und ihr Schädel brummte, als hause ein Orchester aus Hämmern und Zangen darin.

»Willst du damit sagen, das weißt du nicht?«, fragte das ältere Mädchen.

»Nö. Ich habe noch nie Drogen genommen, falls das deine Frage beantwortet, nicht einmal Alkohol. Oh Mann, geht's mir schlecht.«

Gwen machte einen zittrigen Versuch, sich aufzurichten.

»Du hast eine schlimme Nacht hinter dir«, sagte ihre Freundin ruhig. »Mit Fieber und Alpträumen. Mam hat gesagt, ich soll den Arzt rufen, wenn es im Laufe des Tages nicht besser wird. Ich schäme mich von ganzem Herzen. Du hast dich so komisch verhalten, aber ich bin nicht drauf gekommen, dass du vielleicht krank bist. Ich bin echt *amadán*.«

»Keine Ahnung, was das sein soll, aber das bist du bestimmt nicht.« Gwen brachte ein Lächeln zustande. »Und dein Argwohn war teilweise durchaus berechtigt. Da läuft was, aber nicht das, was du denkst.«

Plötzlich entstand eine Stille zwischen ihnen, die mit unausgesprochenen Fragen und Antworten aufgeladen war. Klar spürte Katie, dass geheimnisvolle Dinge geschahen, aber sie wollte Gwen nicht mit neugierigen Fragen belasten. Gwen dagegen überlegte hin und her, wie viel sie sagen konnte oder sollte. Nach dem Fiasko an der Banketttafel brauchte sie dringend einen Rat. Sie hatte keine Ahnung, was sie als nächstes unternehmen sollte.

»Ich muss dich was fragen, Katie«, sagte sie vorsichtig. Es war nur eine Ahnung, aber sie dachte an Mattie und daran, dass auch Katie rote Haare hatte. »Es hört sich verrückt an, aber ich scherze nicht. Okay?«

»Schieß los, ich bin ganz Ohr.«

»Glaubst du an Elfen?«

Katie riss die Augen auf, aber Gwen war schon erleichtert, dass sie nicht lachte oder spöttisch guckte.

»Ja«, sagte sie nur. »Seit ich ein kleines Mädchen war. Ich stelle abends immer noch eine Untertasse mit Milch oder Sahne auf die Fensterbank, oder Wein, wenn wir mal welchen zum Abendessen trinken. Das ist eine alte Tradition. Meine Familie findet es bescheuert, aber ich tue es trotzdem.«

»Hast du sie schon mal gesehen?«

»Nein, aber es geschehen geheimnisvolle Dinge. Das habe ich noch nie jemandem erzählt.« Sie senkte die Stimme. »Das Kleine Volk mag es nicht, wenn man darüber spricht.«

»Was für Dinge?«, flüsterte Gwen.

»Ja, also, vielleicht bilde ich es mir auch nur ein oder es ist alles Zufall. Kleine Dinge. Manchmal werden Risse in den Mauern über Nacht repariert. Einmal konnte ich ein Mutterschaf nicht finden, ein trächtiges. Ich war ganz krank vor Sorge, habe überall gesucht. Es war schon fast dunkel und ich war fast ganz oben auf dem Slievecarron und es war immer noch nirgends zu sehen, da hörte ich die Musik. Ein süßer Flötenton, hoch oben in der Luft. Es kam mir so vor, als würde er mich rufen, also ging ich hinterher. Der Ton führte mich geradewegs zu meinem Schaf, das sich im Stacheldraht verfangen hatte. Wie gesagt, vielleicht bilde ich es mir nur ein, aber ich glaube, dass sie auf mich aufpassen.«

»Du gehörst zu den Menschen, denen sie helfen würden.«

»Woher willst du das wissen?«

Sie verstummten. Beide waren an einen Punkt gelangt, wo sie über ihre Geheimnisse reden konnten, ohne Zurückweisung befürchten zu müssen.

Gwen erzählte Katie die ganze Geschichte von Anfang an, ohne irgendetwas auszulassen. Nachdem sie von dem Vorfall am Bankett berichtet hatte, sagte sie kläglich: »Ich habe alles versaut. Ich habe keinen Schimmer, wie ich wieder zurückkommen soll, aber ich muss zu Findabhair. Irgendetwas ist faul im Elfenland, das weiß sie selbst. Irgendetwas Fieses, das im Verborgenen lauert. Ich muss sie da rausholen, bevor es zu spät ist. Bevor etwas Schlimmes passiert.«

Starr vor Staunen hörte Katie zu. Sie kramte in ihren Taschen nach einer Zigarette.

»Entschuldige, dass ich die Luft verpeste, aber ohne zu

rauchen, kriege ich das nicht geregelt. Ich komme kaum noch mit!«

Gwen stieg aus dem Bett und zog sich an, aber sie konnte sich nur langsam bewegen. Sie fühlte sich schwach, ihr war schwindelig.

»Ich brate dir ein schönes warmes Frühstück«, schlug Katie vor.

»Argh, nein. Allein von dem Gedanken an Essen wird mir schlecht. Und das kann eigentlich nicht sein!«

»Solltest du dann nicht besser im Bett bleiben?«

»Dafür habe ich keine Zeit. Ich muss sie verfolgen. Das machen sie wahrscheinlich, um mir Steine in den Weg zu legen. Aber das funktioniert nicht.«

»Richtig so!«, sagte Katie. »Und was sollen wir machen? Wo sollen wir hinfahren?«

Dankbar nahm Gwen das »wir« zur Kenntnis. Trotz ihrer tapferen Worte fragte sie sich, ob sie überhaupt stark genug war, irgendwas zu tun.

»Zurück zu dem frühgeschichtlichen Essplatz. Dort habe ich Midir schon mal getroffen. Ich setze erstmal auf ihn.«

»Wir nehmen das Motorrad.«

»Musst du nicht eigentlich arbeiten?«, fragte Gwen beschämt. »Ich sollte dich da nicht mit reinziehen.«

»Mam und die Mädchen machen das schon. Ich soll auf dich aufpassen und genau das tue ich doch gerade, oder etwa nicht?«

Als sie über die Straße rasten, kam Gwen in dem kühlen Fahrtwind etwas mehr zu Kräften. Nach dem Sturm wirkte der Burren verwüstet und verwildert. Überall auf der Straße lagen Äste und Zweige und die Bürgersteige aus Kalkstein glänzten nach dem Regen. Ein Karstsee war über die Ufer getreten und hatte ein Feld überflutet.

Als sie an der *Fulacht Fia* ankamen, zerstob jegliche Hoffnung. Die Anlage war leer – nichts als nasses Gras und durchtränkter Boden. Ein kalter Wind wehte über den Kreis aus Steinen.

»Er hat versprochen, mir zu helfen.« Enttäuscht und erschöpft setzte Gwen sich auf einen Stein.

Unverzagt erforschte Katie weiter die Gegend, bevor auch sie aufgab und sich zu ihrer Freundin gesellte.

»Es ist hoffnungslos«, seufzte Gwen. »Wie soll man eine Elfe im Heuhaufen finden?«

»Psst«, sagte Katie auf einmal. »Hörst du was?«

Plötzlich waren beide Mädchen still und lauschten. Die Geräusche kamen von hinten. Langsam drehten sie sich um und betrachteten das Gebüsch in der Nähe. Die dichten Haselnusszweige versperrten die Sicht, aber von dort kamen die Geräusche. Ein leises Knacken und Kauen, untermalt von sachten Seufzern und Schnauben.

Katie lachte leise auf. Sie wollte schon aufstehen, um nachzusehen, wessen Gänse sich verlaufen hatten, als sie plötzlich Stimmen hörten. Gwen packte sie am Arm und sie lauschten reglos in atemloser Spannung.

»Sie hat das Festmahl gestern ordentlich aufgemischt.«

»Oh la la, und ob sie das hat. Krach und Krawall, volle Kanone. Der Saal ist beinahe auseinandergeflogen.«

»Daran wird man sich in Jahrhunderten noch erinnern.«

»Das kommt davon, wenn man die da in den Palast einlädt.«

»Och, sie sind nicht alle böse. Denk nur an Katie.«

»Unsere Nachbarin?«

»Die beste auf der Welt.«

»Sie ist mit der da befreundet, weißt du?«

»Das ist sie wohl.«

»Bestimmt hätte sie es gerne, wenn wir ein bisschen nachhelfen.«

»Oh ja. Und dann hätten wir den Boss im Nacken, bevor einer ›piep‹ sagen kann.«

»Dann müssten wir noch hundert Jahre so bleiben.«

»Ach nee, er würde schon drüber hinwegkommen.«

»Würde er nicht.«

»Würde er doch.«

»Würde er nicht.«

»Würde er doch.«

»Und würde er nicht.«

»Na, gut, und wer erzählt der *girseach* dann, dass der Hof nach Boyle auf und davon ist?«

»Boyle in der Grafschaft Roscommon?«

»Genau.«

»Also, wer sagt es ihr?«

»Ich nicht.«

»Ich auch nicht.«

»Aber vielleicht belauscht sie uns ja, und wenn, dann, herrje, ist das ja wohl nicht unsere Schuld, oder?«

»Kein bisschen. Überhaupt nicht. Man kann uns kaum dafür zur Rechenschaft ziehen, wenn die da uns belauschen.«

»Da hast du recht.«

»Und damit ist es gut.«

Die Stimmen verstummten.

Katie schrie leise auf und rannte zu ihrem Motorrad,

Gwen dicht auf den Fersen. Sie ließ die Maschine aufheulen und raste davon. Erst als sie eine gewisse Entfernung zwischen sich und den Essplatz gelegt hatte, hielt Katie an und schaute sich um. Hinter dem Gebüsch graste eine Schar wilder Ziegen. Mit ihren Zottelbärten, den halbmondförmigen Hörnern und dem hängenden Fell sahen sie aus wie alte Zauberer, die auf allen vieren herumkrochen. Eine Ziege hob den Kopf und starrte sie an.

»Du lieber Gott«, sagte Katie leise. Sie hielt die Griffe so fest, dass ihre Knöchel weiß wurden.

Gwen konnte sie gut verstehen. »Unheimlich, was?«

Die erste Begegnung war immer ein Schock.

Als sie zum Gehöft zurückkamen, war Katie immer noch zu durcheinander zum Reden. Sie ließ sich aufs Sofa sinken und starrte ins Leere.

Gwen brachte ihr eine Tasse Tee und packte anschließend ihre Sachen. Ein Blick auf die Karte zeigte ihr die Stadt Boyle in Roscommon, nachdem sie zuerst nach einem Ort namens »Boil« gesucht hatte. Als sie ins Wohnzimmer zurückkehrte, fand sie ihre Freundin am Fenster, wo sie auf die Berge hinausschaute.

»Ich muss los, Katie. Du weißt bestimmt, warum. Vielen, vielen Dank für alles. Du hast gehört, was sie gesagt haben. Wenn du nicht wärst, hätten sie mir nicht geholfen.«

»Nein, nein, ich danke dir, Gwen!«

Ein seltsames Leuchten lag in Katies Blick. Jetzt, da der erste Schreck verflogen war, konnte sie staunen und sich freuen.

Gwen erkannte, dass sie Mattie so erschienen war, und beschloss, dass man »verhext« doch gar nicht so schlecht aussah.

»Du hast keine Ahnung, wie viel mir das bedeutet.« Katies Stimme bebte. »Zu wissen, dass es sie wirklich gibt. Manchmal frage ich mich, wieso ich immer so weitermache. Wir haben immer so viel Arbeit und nie genug Leute. Du baust hier eine Mauer, dort fällt eine um. Du hütest das Vieh tagein, tagaus, und dann bekommt eins Tuberkulose, und keiner will es mehr kaufen. Die ganze Nacht sitzt man da mit einem Lamm und am Morgen stirbt es. Und dann auch noch diese Krankheit mit dem Rinderwahnsinn. Dieses Jahr ist noch dazu das allerschlimmste, weil Dad im Krankenhaus liegt und keiner weiß, ob er wieder gesund wird.«

»Oh, Katie, das tut mir so leid!«

Erst jetzt wurde ihr klar, welch hartes Leben ihre Freundin führte.

Katie wischte ihr Mitleid mit einer Handbewegung beiseite und hielt stolz den Kopf hoch. »So ist es nun mal auf dem Bauernhof. Keiner hat jemals behauptet, es wäre einfach. Ich bin verrückt danach und möchte es gegen nichts in der Welt tauschen. Aber manchmal braucht man etwas, das einem hilft weiterzumachen. Einen Traum oder eine Zukunftsvision vielleicht. Mein Trost waren immer die Elfen.« Katie sah aus dem Fenster. »Und sie haben gesagt, ich wäre eine gute Nachbarin!«

»Sie wissen einfach, was gut ist.« Gwen lächelte.

»Ich will mitkommen.«

»Kommt nicht infrage. Ich muss schon ein Mädchen aus dem Elfenland retten. Zwei sind eine zu viel.«

Katie war am Boden zerstört, sah aber ein, wie vernünftig Gwen war.

»Du hast ja recht! Ich würde nie wieder nach Hause kommen. Aber versprich mir eins: Ich habe es schon einmal gesagt und sage es jetzt noch mal – wenn du Hilfe brauchst, meldest du dich, ja?« Katie tat so, als spuckte sie in ihre Hand und streckte sie aus. »Großes Bauernehrenwort!«

Lachend ahmte Gwen sie nach und sie besiegelten ihr Versprechen mit einem Handschlag.

»Ich bringe dich bis zur Hauptstraße. Weißt du, wo es langgeht?«

»Nicht wirklich. Aber das hat mich bisher auch nicht aufgehalten.«

VIERZEHN

Da wären wir, Mädel. Wir sind in Boyle.«
Der LKW-Fahrer hielt in einer engen Straße. Die
Luftdruckbremsen des langen Fahrzeugs zischten wie eine
Schlange.

Gwen kam mit einem Ruck zu sich. »Entschuldigung,
was haben Sie gesagt?«

Es war schon wieder passiert! Einen Augenblick lang saß
sie da und schaute aus dem Fenster. Im nächsten war sie im
Wald, die Sonnenstrahlen fielen durch das Laub der Bäume
und Stimmen schwirrten in der Luft.

»Du wolltest doch nach Boyle, oder?«, fragte der Fahrer.

»Oh ja. Vielen Dank.«

Gwen kletterte aus dem hohen Führerhaus und lief ziel-
los durch die Stadt. Da die Straßen sich der Hügellandschaft
anpassten, schienen die Häuser, Läden und Pubs die Straße
hinauf- und hinunterzukriechen. An einer Steinbrücke hielt
sie an und schaute in den Fluss. Unter Wasser schlängelten
sich lange, grüne Wassersternstängel. Fasziniert beobachtete Gwen, wie die Strömung an den Pflanzen zerrte und
sie in schwingende Bewegungen versetzte.

Was tat sie hier bloß?

Den ganzen Tag hatte sie Gesichter und Orte nur verschwommen wahrgenommen. Nur mühsam hatte sie sich zusammenreißen können. Bilder aus dem Bankettsaal blitzten vor ihrem inneren Auge auf: schwindelerregende Formen und Farben, lachende Gesichter. Manchmal dröhnte Musik in ihren Ohren oder der Lärm der Feiernden. Schlimmer waren jedoch die plötzlichen Ortswechsel, während derer sie sich ganz woanders wiederfand – auf einer grünen hellen Wiese oder in diesem morgendlichen Wald. Würde ihre Geistesabwesenheit sie nicht so sehr ablenken, hätte sie sich sicher Sorgen gemacht. Sie fühlte sich unwiderstehlich von einer unsichtbaren Kraft angezogen – wie ein Blatt, das flussabwärts trieb.

Außerhalb des Örtchens Boyle entdeckte Gwen die Ruinen einer mittelalterlichen Abtei. Traumverloren betrat sie das Gemäuer durch ein Torhäuschen und lief darin herum. Die Anlage war imposant und erhaben, ein hohes Gewölbe spannte sich über mehrere Kirchenschiffe mit steinernen Pfeilern und kannelierten Säulen. Spitzbogenfenster gaben den Blick auf die grünen Bäume frei und oben öffnete sich das blaue Himmelszelt. Der mit Kies ausgelegte Kreuzgang umrahmte einen weiten Rasenplatz. Zu ihrer Linken führte ein hoher Bogengang zum Kirchturm, zum Querschiff und zum Chorraum. Die Altäre lagen im Osten, in Richtung der aufgehenden Sonne. Vor ihr und zu ihrer Rechten entdeckte sie die Überreste des Kapitelsaals, der Krankenstube, der Bibliothek, der Küchen, des Refektoriums und der Schlafsäle.

Gwen schirmte ihre Augen gegen die blendenden, von

der Sonne beschienenen Steine ab. Warum war sie hier? In der Ferne läuteten die Kirchenglocken. Sie war schläfrig und ihre Sicht verschwamm. Einen kurzen, schrecklichen Moment lang sah sie geisterhafte Gestalten. Es waren Mönche in langen Kutten, die ihre Arme in den weiten Ärmeln verschränkt hatten und mit gesenktem Kopf beteten.

Sie blickte durch das Torhaus zurück auf die Silhouette von Boyle. Die Stadt lag wie unter einem Hitzeschleier. Die Ziegelhäuser erschienen und verschwanden wieder, ersetzt durch Hütten aus Flechtwerk und Lehm. Esel zogen Karren durch den Verkehr, während sich Menschen in grober handgesponnener Kleidung unter die zeitgenössische Menge mischten.

»Was passiert mit mir?«

Sogar diese Frage waberte vor Gwens geistigem Auge. Sie fühlte sich schon selbst blass und körperlos wie ein Geist – nicht so richtig da, eigentlich nirgends so richtig. Es kostete Gwen Mühe, dieser Stumpfheit nicht nachzugeben, die etwas eigenartig Angenehmes an sich hatte. Wie der stete Drang dringend benötigten Schlafes drängte diese Schwäche sie, sich zu ergeben. Das Mädchen setzte sich unter eine Eibe im Zentrum der Klosteranlage. Obwohl sie sich gar nicht daran erinnern konnte, den Baum beim Betreten des Denkmals gesehen zu haben, schien er sie in seinem Schatten willkommen zu heißen. Die rote Rinde fühlte sich am Rücken angenehm kühl an, der Duft der Blätter beruhigte sie und das Summen der Bienen im Laub war betörend wie ein Wiegenlied. Sie war froh, der Sonne entfleucht zu sein. Dies war ein schönes Plätzchen für ein Nickerchen. Sie schloss die Augen und döste ein.

Doch wurde sie grob in die Wirklichkeit zurückgeholt.

»Hebe dich hinweg, Magd!«, drängte ein junger Mönch. »Wenn dich einer der *Manaigh Liath* auch nur berührt, wirst du für immer in dieser Zeit gefangen sein!«

»Was?« Gwen sprang auf.

Die Warnung elektrisierte sie zur Genüge, aber sie brauchte einen Moment, um den Schock dessen, was sie sah, zu verdauen. Mehrere Gebäudeteile des Klosters waren völlig wiederhergestellt. Die Holzbalken eines Schieferdaches bedeckten Mittel- und Seitenschiff. Aus der Kirche drang der Gesang eines Männerchors und vom Altarraum verbreitete sich Weihrauchduft. Der Rest der Abtei lag nach wie vor in Ruinen. Gwens Herzschlag setzte einen Augenblick aus, als sie begriff, was das zu bedeuten hatte. Wie ein riesiges Schiff, das im Meer versinkt, so glitt das Kloster durch die Zeit in die Vergangenheit zurück. Sie musste flüchten, sonst würde sie das gleiche Schicksal ereilen.

Jetzt trat der Abt aus dem Pfarrhaus, sah sie und begann zu schreien und zu gestikulieren. Aus jeder Ecke liefen Graue Mönche herbei, die ebenfalls laut schreiend auf Gwen zeigten. Entsetzt suchte sie nach einem Ausweg. Am Torhaus, das auf halbem Weg in die Vergangenheit lag, hatte sich eine Gruppe von Mönchen versammelt. Stattdessen lief sie zu einer ummauerten Fläche, die noch in ihrer Zeit verharrte. Dort wurden zerbrochene Steinbrocken gelagert – Spitzbögen, Friese, Grabsteine und Taufbecken – wie ein Haufen gebleichter Knochen. Sie hockte sich hinter eine Granitplatte. *Was sollte sie tun? Was bloß?*

Sie wollte nicht in der Vergangenheit gefangen sein! Zur falschen Zeit am falschen Ort weiterleben. Viel wusste sie zwar nicht über das Mittelalter, hatte aber den Verdacht, dass es für Frauen nicht das beste aller Zeitalter war. In einem Kloster entdeckt zu werden, war sicher auch nicht gerade hilfreich. Sie würde schrecklichen Ärger bekommen. Wenn sie sie nun ins Gefängnis steckten? Ob sie ausgepeitscht werden würde? Wurden Frauen im Mittelalter nicht überhaupt als Hexen verbrannt?

Diese finsteren Gedanken huschten ihr wie Ratten durch den Sinn, während die Glocken das Kloster mit Alarmgeläut erfüllten. Wohin sie auch blickte, durchkämmten Mönche die Gebäude auf der Suche nach ihr. Einige liefen an ihr vorbei, weil sie sie nicht sahen – noch nicht. Die Vergangenheit spülte näher heran wie Wellen, die am Strand leckten. Bald würde die Flut kommen. Bald würde sie darin untergehen.

Gwen behielt das Torhäuschen besorgt im Auge. Nur noch ein kleiner Teil hielt sich in der Gegenwart – gerade genug, um durchzuschlüpfen. Wenn sie nicht bald etwas unternahm, war es zu spät für sie. Doch nun brachte sie die Kraft nicht mehr auf, konnte sich nicht dazu durchringen, die Sicherheit ihres Verstecks aufzugeben. Ihre Knie wurden weich. *Ich schaffe das nicht, ich schaff's nicht.* Doch auf einmal sah sie etwas, einen zerbrochenen Grabstein. Einst hatte er ein Ganzkörperbildnis in Originalgröße dargestellt, aber davon war nur ein kleines Stück übrig geblieben, ein Teil des Torsos und der Kopf. Obwohl das Relief beschädigt war, konnte man immer noch etwas erkennen. Eine Frau mit Locken wie Schlangen. Medusa? Bei näherem Hinsehen gefror Gwen das Blut in den Adern. Das in Stein gehauene Gesicht spiegelte ihr eigenes wider! Plötzlich wusste sie Bescheid. Wenn sie jetzt nicht wegliefe, würde sie dort sterben, weit weg in der Vergangenheit.

Von Angst getrieben, lief sie los.

Der Lärm, der ausbrach, sobald sie quer durchs Klostergelände schoss, spornte sie weiter an. Das Torhäuschen schien meilenweit entfernt zu sein. Konnte sie das überhaupt schaffen? Gwen war unsportlich und nicht sonderlich fit. Sie kamen von allen Seiten, immer näher. Sie hörte schon den Tritt der Sandalen und das Keuchen ihrer Verfolger. Gleich war sie da. Sie hatte das Torhäuschen erreicht. Nur noch wenige Schritte …

Nein!

Der Mönch, der ihr im Schatten aufgelauert hatte, machte einen Schritt auf sie zu. Der Schnitter Tod, der sein Gesicht unter einer grauen Kutte verbarg. Gwen war verzweifelt. Die anderen riefen ihm zu, sie zu packen. Sie lief einfach weiter, tat so, als wollte sie nach rechts, um ihn abzulenken, und rannte dann doch nach links. Beinahe hätte die Finte funktioniert. Aber er reagierte rascher, als sie gedacht hatte, und ergriff sie mit Gewalt. Sie kreischte, aber trotz ihrer Tritte und Schreie ließ er nicht los.

Dann schleuderte er sie durch das Torhäuschen über die Schwelle der Abtei.

Kaum lag das Tor hinter ihr, hörte der Lärm der Hetzjagd auf, als wäre eine Tür hinter ihnen zugeschlagen. Der Mönch wandte ihr sein Gesicht zu. In dem Handgemenge war ihm die Kapuze vom Kopf gerutscht. Die Sonne ließ sein rotgoldenes Haar leuchten.

»Midir!« Gwen keuchte vor Erleichterung und wäre beinahe in Tränen ausgebrochen, als sie sich bei ihm bedankte.

»Ihr dürft hier nicht verweilen«, drängte er, »sonst öffnet sich die Pforte womöglich noch mal. Flieht von hier, so weit Ihr könnt.«

Er musste sie nicht drängen. Die Abtei von Boyle war zwar wieder eine menschenleere Ruine, aber die Luft schimmerte bedrohlich. Doch Gwen lief nicht weg.

»Wo ist Findabhair?«, fragte sie. »Ich muss zu ihr!«

Midir zögerte. »Könnt Ihr sie nicht ihrem Schicksal überlassen?«

Gwen, die gerade erst wieder zu Atem gekommen war, spürte ihr Herz schneller schlagen.

»Was meint Ihr damit?«

Wieder legte sich ein Schleier über Midirs Züge, wie damals im Bankettsaal, als er über die Pläne des Königs gesprochen hatte. In ausweichendem Tonfall sagte er: »Ihr oder sie, darum geht's, das weiß ich nun. Ich werde nicht zulassen, dass Euch ein Leid geschieht.«

Eine Vorahnung ließ Gwen erschauern. Seine Worte verkündeten Unheil. Sie wollte ihm weitere Fragen stellen, aber er weigerte sich, mehr zu sagen. Hinter seinem Schweigen spürte sie die dunkle Seite des Elfenlandes.

»Ihr habt versprochen, mir zu helfen«, erinnerte sie ihn. »Sagt es mir, wenn Ihr wisst, wo sie ist.«

»Ihr werdet von diesem Pfad nicht weichen, trotz meiner Bitten?«

»Nicht ohne Findabhair.« Gwen bestand darauf.

»Dann soll es eben so sein«, seufzte er. »Geht in die Stadt, in das Haus vom Kleinen Zweig. Ihr werdet das Schild sehen.

Erschüttert bis ins Mark, eilte sie davon. Es wurde schlimmer, Finvarra hatte den Einsatz erhöht. Wer weiß, was Gwen in der Falle der Vergangenheit erwartet hätte, wäre ihr Retter aus der anderen Welt nicht gewesen? Hätte es tödlich enden können? Der König spielte ein gefährliches Spiel. Ein Schauer durchfuhr sie, als ihr die Worte ihrer Cousine einfielen. *Sie können jemanden ermorden, ohne mit der Wimper zu zucken.* Und Midirs: *Ihr oder sie, darum geht's, das weiß ich nun. Ich werde nicht zulassen, dass Euch ein Leid geschieht.*

Es war noch nie so wichtig wie jetzt, Findabhair zu finden.

»Das Haus vom Kleinen Zweig«, sagte sie sich mehrmals vor, während sie Boyle nach irgendetwas absuchte, das zu Midirs Anweisungen passte. »Klingt nicht gerade wie ein Ort im heutigen Irland. Und wie soll ich das Schild erkennen, von dem er geredet hat?«

Am höchsten Punkt des Ortes, hinter dem Uhrenturm, fand Gwen, was sie suchte. Ein altes Ladenschild knarrte leise in der Brise – über der Tür eines Pubs. *An Craoibhín.* Gwen konnte den Namen zwar nicht übersetzen, aber das Bild reichte ihr. Es zeigte den Zweig einer Eiche, in der Misteln hingen.

Die Kneipe ist ein Haus und er meinte ein Kneipenschild. Und ich erwarte schon wieder etwas Geheimnisvolles. Ob ich je rauskriege, wie die ticken?

Als sie durch die Tür des Pubs trat, dröhnte ihr laute Musik entgegen. Eine *seisiún* lief und die Kneipe war gerammelt voll. Touristen und Ortsansässige saßen gemeinsam an Tischen, die sich unter der Last von Whiskey- und Biergläsern bogen. In einem Halbkreis an der Bar spielten Musiker traditionelle Lieder.

Sie waren unglaublich virtuos. In einem Wirrwarr fröhlicher irischer Tänze jagte in atemloser Folge eine Melodie die andere. Die Blechflöte trillerte wie aufgescheuchte Vögel und die *Bodhrán*-Trommel grummelte wie Donnerschlag. Die Pfeifen hörten sich an wie ein Bienenschwarm, der gleichzeitig Tenor und Bass singt. Doch der Fiedler war der aufregendste Spieler überhaupt. Sein Bogen sauste über die straff gespannten Saiten wie ein Tänzer im Sprung! Während die Zuhörer versuchten, den wilden Tönen zu folgen, peitschte er sie in rasendem Tempo weiter die Berge hinauf, in Schluchten hinunter und über tosende Flüsse –, bis sie zappelten und zuckten wie Marionetten.

Als die verrückte Musik mit einem Tusch verhallte, verlangte das Publikum lautstark nach mehr. So was hatten sie noch nie gehört!

Nun stimmten die Musiker eine langsame, harmonische Melodie an. Die Sängerin hüstelte und legte eine Hand auf das Knie des Fiedlers.

A gypsy rover came o'er the hill,
And down to the valley so shady,
He whistled and he sang,
Till the green words rang,
And he won the heart of a lady.

Gwen hatte Mühe, sich in der Wirklichkeit zurechtzufinden. Sie litt noch immer unter ihrer knappen Flucht aus der Abtei und konnte dieses gemütliche Bild kaum fassen. In Jeans und T-Shirts sahen die Musiker aus wie x-beliebige junge Leute, außer dass sie alle ungewöhnlich schön waren. Alle Gäste in diesem Pub hielten sie für normal, wenngleich außerordentlich begabt. Doch Gwen kannte die Wahrheit: Es gab nur ein menschliches Wesen unter ihnen.

Und das war Findabhair, die munter weitersang – ihre Hand auf dem Hosenbein des Elfenkönigs!

She left her home to seek her fate,
And roam the land all over,
For her kin she didn't wait,
But followed the gypsy rover.

Gwen wollte sich der Gruppe nähern, konnte aber nicht weiter nach vorne vordringen. Eine Mauer aus Körpern, undurchdringlich wie ein Bollwerk, versperrte ihr den Weg. Ein junges Pärchen machte ihr auf einer Bank an der Wand Platz. Sie setzte sich und schaute Findabhair unverwandt an. Warum tat Findabhair so, als sähe sie sie nicht? Sie hatte doch bestimmt gemerkt, dass Gwen den Pub betreten hatte. Was ging hier vor? Außerdem sang sie die Ballade mit erstaunlich viel Gefühl für jemanden, der ständig behauptete, Volksmusik zu hassen.

Gwen setzte sich gerade hin. War das ein Zeichen? Wollte Findabhair ihr etwas mitteilen?

You'll find us there without a care
At the heart of the woods of Sheegara.

Der Fiedler, in Wirklichkeit Finvarra, hob plötzlich die Hand. Die Musik hörte mit einem letzten Kieksen auf. Mit einem süffisanten Blick in Findabhairs Richtung erklärte er die Session für beendet. Ungeachtet der enttäuschten Klagen und Zugabewünsche packten die Musiker in Windeseile die Instrumente zusammen und verließen den Pub.

Das Publikum war baff, niemand wusste, was genau geschehen war. Der Wirt sank in einen Stuhl und wischte sich den Schweiß von der Stirn. Zur Abendessenszeit war es nur selten voll, und dieses Konzert hatte ihn auf dem falschen Fuß erwischt, bevor sein Barkeeper überhaupt zur Arbeit gekommen war.

»Sind schon komisch, die Iren, non?«, sagte ein französischer Tourist zu Gwen.

»*Oui*«, stimmte sie zu, »aber man muss sie einfach mögen.«

Im Gegensatz zu den anderen fand Gwen den Aufbruch der Band völlig in Ordnung. Sie hatte die Botschaft ihrer Cousine verstanden. Jetzt musste sie nur noch Sheegara finden.

FÜNFZEHN

Auf der Suche nach einem Fremdenverkehrsamt
schickte man Gwen zu einem anderen Pub. Drinnen
war es düster und gemütlich, das Mobiliar war aus dunk-
lem Holz und ein Feuerchen brannte im Kamin. Auf den
ausliegenden Panoramakarten und Broschüren fand sich
nicht der geringste Hinweis auf einen Ort namens Sheegara. Der Wirt hinter dem Tresen hatte ebenso wenig davon gehört wie seine Frau in der Küche. Auch die Gäste,
die es sich mit einem Getränk oder der Zeitung gemütlich
gemacht hatten, schüttelten den Kopf.

Gwen fragte sich langsam, ob sie Findabhair richtig verstanden hatte, als ein alter Mann in der Ecke auf einmal
murrte: »Keiner von euch kennt eben mehr die alten Orts-
namen. Sie sind untergegangen und begraben wie alles aus
dem alten Irland. Verschwunden wie die schwarzen Fahrrä-
der, die früher an den Hecken lehnten. Verschwunden wie
die Tänzchen auf der Kreuzung und Porter in Flaschen.«

»Spar dir den Vortrag, Bernie«, sagte der Wirt. »Sag
dem Mädchen, wo es ist, wenn du es weißt, was ich nicht
bezweifle.« Er zwinkerte Gwen zu. »Wenn es um Orts-
geschichte geht, ist Bernie dein Mann.«

Bernie warf dem Wirt einen finsteren Blick zu und beugte sich über sein Glas. Er würde mit Sicherheit kein Wort mehr sagen. Doch Gwen hatte zu viel zu verlieren, als dass sie so schnell aufgeben könnte. Der alte Mann trank Guinness, also bestellte sie eine weitere Flasche und brachte sie ihm.

Bernie trug die dunkle Kleidung der irischen Bauern und hatte die Hose in die Gummistiefel gesteckt. Seine Hände waren knorrig, die Finger gelb vom Nikotin. Die tränenden Augen lagen tief in seinem faltigen Gesicht, das aussah wie ein ausgetrocknetes Flussbett. Als er die Flasche sah, schob er seine Mütze zurück und nickte Gwen zu.

Sie setzte sich zu ihm.

»Sheegara«, sagte er. Sein schleppender Tonfall machte sie wahnsinnig. Als er sich das dunkle Bier eingoss, zitterte seine Hand leicht. Der Schaum stieg bis zum Rand des Glases. »Das ist die englische Verballhornung des Landguts von *Sídhe Gáire,* was so viel heißt wie ›die lachenden Elfen‹.«

»Können Sie mir sagen, wo das ist?«, fragte Gwen begierig.

»Kann ich. Geh geschwind stadtauswärts, an der alten Abtei vorbei und weiter auf der Sligo Road. An der ersten Kreuzung rechts, dann gehst du direkt drauf zu. Wo willst du denn hin auf dem Landgut?«

»In einen Wald oder Forst?«

Der alte Mann trank einen großen Schluck Bier. Beim Schlucken hüpfte sein Adamsapfel auf und ab. Als er das Glas wieder auf den Tisch knallte, zuckte Gwen zusammen.

»'s gibt neue Bäume, die das Forstamt gepflanzt hat und die das Land verderben. Willst du dahin?«

»Ich weiß nicht«, sagte sie zögernd. »Eher nicht. Gibt es noch mehr Wald?«

»Ein paar alte gibt's auch noch, die sind wunderschön. Geben den wilden Tieren ein Zuhause, und 's macht Spaß, drin rumzulaufen. Dann gibt's noch mehr neue, die in schmalen geraden Reihen gepflanzt werden, bereit zum Niedermähen für schnelles Geld. Blutgeld, sage ich dir. So macht man aus guten Weiden Ödnis.«

»Das würden sie nicht gut finden, da bin ich mir ganz sicher«, sagte sie. »Unbedingt alte Bäume.«

Der Barkeeper kam zu ihnen, um den Tisch abzuwischen. Er warf Gwen einen seltsamen Blick zu, aber Bernie betrachtete sie mittlerweile als verwandte Seele und lächelte sie milde an.

»Lange vor deiner Zeit, Mädchen, gab es dort Gerede um einen alten Hain. Der hieß ›Wald der Roten Elfen‹ und soll verzaubert gewesen sein. Du musst ein gutes Stück laufen, wenn du da hinwillst. Bis du ihn gefunden hast, wird die Dämmerung hereingebrochen sein, schätze ich.«

»Zur richtigen Zeit am richtigen Ort«, murmelte sie.

Sie stand auf und bedankte sich überschwänglich bei dem alten Mann.

Er blinzelte. »Viel Glück und Gottes Segen.«

Als Gwen aus der Stadt hinausging und Bernies Wegbeschreibung folgte, kam ihr der Gedanke, ob seine grauen Haare in seiner Jugend rot gewesen sein mochten.

Vor ihr tauchten die Mauerreste der Abtei von Boyle auf. Schaudernd lief sie rasch daran vorbei. Als sie erst mal auf der Sligo Road war, wurde sie zuversichtlicher. Sie beglückwünschte sich selbst. Trotz aller Streiche war sie dem Elfenhof immer noch hart auf den Fersen.

Ihre gute Stimmung half ihr, die Müdigkeit und Schwäche zu überwinden, die langsam über sie kam. Seit dem Festmahl der Elfen hatte sie nichts mehr zu sich genommen, weil ihr der Gedanke an Essen zuwider war. Irgendwo im Hinterkopf machte sie sich schon Sorgen darüber, beruhigte sich aber mit der Ausrede, sie habe sich den Magen verdorben.

Obwohl auf der Sligo Road reger Verkehr herrschte, verzichtete Gwen lieber aufs Trampen. Sie wollte die Abzweigung, von der Bernie gesprochen hatte, auf keinen Fall verpassen. Bald war sie dort angekommen und lief nun auf einer einsamen Seitenstraße auf die Hügel zu. Weder Häuser noch Autos waren mehr zu sehen und die Straße verlief in engen Kurven wie eine Schlange im Gras. Dichte Weißdornhecken spendeten Schatten und weiter unten erstreckte sich die Heide mit violetter Erika. Kurz darauf entfaltete sich eine atemberaubende Aussicht auf eine Seenkette, die sich wie ein Collier um den Hals blauer Berge schmiegte.

Gwen war so allein, wie man nur sein konnte, nur ab und zu traf sie auf ein Schaf oder eine Kuh. An einer Stelle stand ein kleines Häuschen, das halb im Graben versunken war. Die einst weiß getünchten Mauern waren mangels Pflege grau geworden. Zerrissene Spitzengardinen hingen schlaff vor den Fenstern, in einem stand eine Vase mit verwelkten Blumen. Sie spürte, dass dieser Ort eine besondere Bedeutung hatte, aber sie wusste nicht, welche. Sie erinnerte sich an die Worte des alten Mannes: *untergegangen wie alles aus dem alten Irland.* Wie viel war verloren gegangen? Und warum?

Obwohl es keine Hinweisschilder gab, hatte Gwen das

Gefühl, am richtigen Ort angekommen zu sein, wie sie es ja auch im Burren gehabt hatte. Die Elfen schienen ein Faible für verlassene Gegenden zu haben. Stellten sie ein belagertes Völkchen dar, das in den letzten Fleckchen auf dem Land ausharrte? Würden die immer weiter wachsenden Städte sie schließlich verdrängen? Waren sie wie so viele andere wilde Geschöpfe durch den Vormarsch der Menschen dem Untergang geweiht?

Eine seltsam melancholische Stimmung bemächtigte sich ihrer. Sie war niedergeschlagen, als läge ein schwerer Mantel auf ihren Schultern. Die abendliche Brise hatte sich zu einem Wind gesteigert, der trostlos über den Feldern heulte.

Ochón! Ochón ó!

Sie konnte kaum noch einen Fuß vor den anderen setzen. Warum nur bedrückte sie so schwerer Kummer? Wessen Gefühle trug sie da? Erleichtert entdeckte sie eine Gestalt vor sich auf der Straße.

Obwohl sie das Gefühl hatte, Blei in den Schuhen zu haben, drängte sie weiter, begierig, ein anderes menschliches Wesen zu treffen.

Die alte Frau stand im Schatten der Hecke und lehnte sich auf einen Schwarzdornstock. Sie war klein und hatte einen krummen Rücken. Die Alte trug einen schwarzen Schal um Kopf und Schultern, aus dem sich einige graue Strähnen lockten wie Rauch. Der Rocksaum fiel schwer auf ihre klobigen schmutzigen Schnürstiefel. Das Gesicht der Frau war braun und faltig, aber Gwen fielen vor allem ihre Augen auf: zwei schwarze Perlen, die vor Lachen strahlten.

»Nach breá an tráthnóna é, a chailín?«, fragte sie auf Irisch.

Als Gwen sie verständnislos anstarrte, sagte sie: »Ist das nicht ein wunderbarer Abend, Liebes?«

Gwen, die sich über die Gesellschaft freute, blieb stehen und fragte nach einigen freundlichen Bemerkungen über das Wetter nach dem Weg nach Sheegara.

»Oh, aye. Du bist im Reich der *Sidhe Gáire*. Die lachenden Elfen sind gleich da hinten. Diese niedliche Straße und deine beiden hübschen Füße werden dich bald dorthin bringen.«

»Vielen Dank«, sagte Gwen.

Sie hatte keine Lust, schon weiterzugehen. Die alte Frau hatte etwas Faszinierendes. Ob sie eine Elfe war? Oder glich sie den anderen, die Gwen auf dieser Reise getroffen hatte, jenen Iren, die mit einer anderen Welt im Einklang lebten? Wie sich die Völker vermischten, war verwickelt und verwirrend. Wie sollte sie sichergehen, wer wohin gehörte?

»Mach mir die Freude, verweile ein wenig«, bat die alte Frau. »All die langen Tage, und niemand ist mir geblieben. Alle sind sie in die Stadt gegangen oder nach Amerika.«

Gwen kannte das Gefühl, allein zurückzubleiben, und hatte Mitleid. Die Abendluft war weich und diesig geworden und langsam durchflutete der Sonnenuntergang den Himmel. Die Wolken glühten in Orange und Rot. Die Seenkette spiegelte die Himmelsfarben wie funkelnde Juwelen und die Curlew Mountains darüber schwammen in blassem Violett.

Die alte Frau sprach nun in einem Singsang, der sich mit dem Wind hob und senkte.

»Ich habe ein Land gesehen, wo der Sommer wohnt, ein fernes Land. Dort steht ein schöner heller Wald mit starken Eichen in rotem Saft, in denen süße Vöglein nisten. Zur Abendzeit kühlt

ein Nebel von Tau wie Tropfen dunklen Honigs die sonnensatte Erde. Von den Bäumen fallen Eicheln in einen Bach, murmelnd mit Schaumkrönchen.«

Gwen entspannte sich. Wozu die Eile? Wo ging sie schon hin? Warum nicht lieber bleiben, die Landschaft genießen und der Geschichte der alten Frau lauschen? Für die Jagd auf Elfen und Phantome blieb immer noch genug Zeit. Hier lag ihr die wahre Schönheit zu Füßen wie ein besticktes Gewand. Warum sollte sie nicht bleiben und es genießen?

»Die Bewohner dieses wunderbaren Landes wohnen in Palästen aus Edelsteinen und strahlend schönen Sommerhäusern inmitten von Zitronenbäumen. Siehst du das kleine Gasthaus mit dem Dach aus Vogelflügeln? Darin steht ein Tisch mit Geschirr aus blauem Kristall. Dort sitzt eine schlanke Frau, vollkommen wie eine Perle, und spielt Harfe. Sie trägt ein Gewand aus dunkelgrüner Seide und einen Umhang mit goldenen Fransen.«

Gwen fielen beinahe die Augen zu. Die schillernden Worte schwebten wie Kolibris in der Luft. Gwens schwere Lider flatterten und sie schloss die Augen. Wie sich die alte Frau wandelte, konnte sie nicht sehen, nicht, wie ihr Gesicht immer länger wurde, der kleine Körper immer dünner. Gwen bemerkte auch den Schwarzdorn nicht, der aus der Hecke nach ihr griff, um sich an ihren Beinen festzuhalten. Mit jedem Windstoß kamen die Ranken näher, klammerten sich an ihre Kleidung und kletterten an ihr hoch wie Efeu. Erst als die Zweige ihre Arme ergriffen, brach der Stich eines Dorns den Zauber. Entsetzt sah Gwen, dass sie fest verschnürt war.

Schon wieder in die Falle getappt! Und so schnell! Sie war nicht auf der Hut gewesen, weil sie nicht so bald mit einem neuen Angriff gerechnet hatte. Hatte Findabhair sie nicht davor gewarnt, den König zu unterschätzen? *Er ist ein übler Trickser.* Wütend auf sich selbst und die Elfen, stemmte Gwen sich gegen ihre Fesseln.

Kaum hatte sie sich gerührt, drangen die Dornen noch tiefer ein. Winzige Stacheln kribbelten scharf über ihre Haut, bis sie vor Schmerz schrie. Die Drohung war deutlich. *Wenn du gegen uns kämpfst, wird es wehtun.* Die Dornen webten weiter an ihrem Netz, das sie einhüllte wie ein dunkler Kokon. Der grüne Pflanzengeruch war schwer und erstickend, die Außenwelt schwand.

Ein kühles Flüstern lief wie ein Schauer durch das Blattwerk.

Du bist die Gejagte und die Geopferte.

»Lasst mich los!«, brüllte sie in panischer Angst, während sie sich nach der alten Frau umschaute.

Aber der Lockvogel war in die Hecke gezogen, die faltige braune Haut wieder die raue Rinde der Zweige. Rock und Schal ein Haufen Blätter, die beiden schwarzen Augenperlen zwei reife Beeren.

Gwen brüllte einen Strauch an.

Diese Tatsache brachte das Fass zum Überlaufen. Gwen kochte vor Wut und überwand ihre Angst. Die Elfen brachten sie mit ihren Streichen und Zauberstücken buchstäblich um den Verstand.

»Das war's! Mir reicht's«, schrie sie.

Der Zorn gab ihr die Kraft, mit der Dornenhecke zu ringen. Blätter flogen durch die Luft, Dornenzweige brachen, als sie mit dem Ellbogen zustieß. Obwohl die Dornen stachen und kratzten, schlug sie weiter um sich und riss daran, bis sie die Arme frei hatte und ihre Füße losbinden konnte.

Als sie wieder zutreten konnte, war der Kampf gewonnen.

Mit Triumphgeschrei stapfte sie aus dem Gestrüpp.

Befreit lief sie auf die Straße.

Gwen hatte zwar gesiegt, doch um einen hohen Preis. Als sie davonlief, rannen ihr die Tränen über die Wangen. Sie war zerstochen und blutete, ihre Kleider waren zerrissen. Ihr Rucksack war in der Hecke hängen geblieben. Was sollte sie gegen die Drohung tun, die sie ihr zugeflüstert hatte? Hofften sie, ihr so viel Furcht einzujagen, dass sie ihren Kampf um Findabhair aufgeben würde?

»Da könnt ihr lange warten«, murmelte sie.

Jetzt war sie richtig böse. Schluss mit dem netten Getue. Es war Zeit zurückschlagen.

SECHZEHN

Gwen rannte immer weiter, bis die Straße plötzlich aufhörte. Sie stand vor einem Holztor, das mit einer Kette verschlossen war. Dahinter erstreckte sich eine Plantage mit Kiefernschösslingen. Die Baumreihen standen in Habtachtstellung, genau wie Bernie sie beschrieben hatte – Soldaten, die darauf warteten, umgemäht zu werden. Gwen zögerte nicht eine Sekunde, kletterte über das Tor und tauchte in den Wald ein. Der Abend neigte sich rasch dem Ende zu, die Dämmerung verdunkelte den Himmel. Irgendwo in dieser Schonung lag der alte Wald von Sheegara, und sie musste ihn finden, bevor es dunkel wurde.

Der Harzgeruch ließ die Luft prickeln. Unter ihren Füßen knackten getrocknete Nadeln und Zapfen. Einige Bäume waren so dünn, dass sie aneinanderlehnten wie verwundete Kameraden. Sie blieben für immer jung, zu wachsen war ihnen verwehrt, sodass sie kein tragendes Wurzelwerk entwickeln konnten. Die ausgelaugte Erde war von der ständigen Baumfällerei aufgewühlt und eine gewisse Mattheit lag in der Luft. Kein Vogel sang, die Stille bedrückte Gwen. Hier würde sie bestimmt keine Elfen finden.

Auf der Suche nach dem Herz des Waldes lief sie weiter.

Allmählich versagte ihr der Schritt und ihre Wut verrauchte in den schwärzer werdenden Schatten. Dieser Wald war ihr nicht wohlgesonnen. Lauerten hier Gefahren? Die dunkle Seite der Elfen, die sie zu verfolgen schien? Ihre Gedanken schweiften zu Rotkäppchen und hungrigen Wölfen. Gwen sah sich nervös um und ging schneller.

Endlich machten die von Menschenhand gepflanzten Baumreihen einer natürlichen Unordnung und Schönheit Platz. Die feinen Grüntöne der Birken und Weiden mischten sich mit dem Weiß der Pappeln und dem alten Gold der Eichen. Silbergrüne Flechten überzogen Äste und Zweige und der Boden war mit einer Moosdecke gefedert. Als der Himmel sich verdunkelte und der bleiche Mond sich zeigte, blitzten Lichtfäden durch den Wald. Gwen fiel das Laufen wieder leichter. Dieser Wald gab ihr Frieden. Obwohl die Nacht auf sie herabfiel wie ein Sternenmantel, hatte sie keine Angst. Sie waren in der Nähe, das spürte sie.

Dann hörte sie die Musik. Hohe Töne wie aus einer silbernen Flöte tanzten in der Luft, neckend, verführerisch. Lockend.

Gwens Puls raste, sie platzte beinahe vor Aufregung. Sie kroch durch das Dickicht. Vor ihr leuchtete ein feuerrotes Licht, als wäre die Sonne im Wald untergegangen und brenne dort. Sie robbte näher heran und hockte sich ins Grün. Als sie aus ihrem Blätterversteck spähte, weiteten sich ihre Augen. Denn jetzt erst, als sie sie wiedersah, merkte Gwen, wie sehr sie sich nach ihnen gesehnt hatte.

Auf der Waldwiese tanzten die Elfen im Mondschein um ein loderndes Feuer. Flackernd und flatternd wie Flammen hüpften sie in ungebärdiger Lust umher. Wirbelnde Derwische und Kreisel waren nichts dagegen. Sie tollten in fröhlichem Reigen wie Windhosen.

Waren sie groß oder klein? Gwen sah nur, dass ihre Kleider aus Blütenblättern und Bäuschen aus Distelwolle bestanden, doch ihre Glieder schienen die Baumstämme zu überragen. An den Handgelenken trugen sie Stechpalme und Mistel wie rotweiße Armbänder. Von den Ohren baumelten Beeren, und Hasenglöckchen krönten ihr Haar. Gegen den grauen Fels im Burren hatte Gwen sie silbern gefunden, hier waren sie dunkler gefärbt – ockerrot, rabenschwarz, dunkelgrün und blutrot. Nahmen sie wie Chamäleons zur Tarnung die Farben ihrer Umgebung an? War dann die Tarnung im Bankettsaal wieder eine andere Verkleidung? Sie waren wirklich von Grund auf wild, nicht wie Menschen, doch Kinder der Natur.

Begeistert schaute Gwen ihnen zu.

Als auf einmal eine dunkle Gestalt wie ein Habicht krächzend über das Freudenfeuer sprang, stoben die Elfen auseinander. Auf seinem Körper leuchteten strahlende Farben wie Metall. Um die dunklen Augen prangten verspielte Ornamente und die langen Haare glänzten schwarz. Der Herr der Lichtung begann zu tanzen und stellte eine atemberaubend kontrollierte Anmut zur Schau. Die ersten Schritte waren noch langsam wie in einem Traum, dann aber verfiel er in schnelle, aufregende Bewegungen. Neigte den Kopf, die Armbeuge, sogar seine Augen zuckten und flatterten, ja seine Finger und Zehen. Jede einzelne Bewegung atmete tiefe Leidenschaft, die sich zur Perfektion steigerte. Wie der erste Trieb eines Blattes, ein Küken, das die Eierschale zerbrach, eine Libelle, die ihre Flügel ausbreitete. Er war der Tanz in Person. Auf seiner Stirn funkelte der Stern des Herrschers. Finvarra, der König, der Meister des Tanzes.

»Ist er nicht schön?«

Gwen fühlte sich von der leisen heiseren Stimme ertappt. Sie stolperte aus ihrem Versteck, ihr Gesicht brannte in der kühlen Nachtluft.

»Nicht sprechen«, warnte Findabhair.

Sie packte Gwen am Arm und führte sie durch den Wald zu den Überresten einer alten Steinmauer, die früher einmal einen Obstgarten umgeben hatte. Die Apfelbäume waren längst verwildert und mit Holunder und Efeu berankt. Die beiden Mädchen gingen an der Mauer entlang, bis sie zu einem Bach kamen, der im Mondlicht wie Quecksilber glitzerte. Findabhair setzte sich ans Ufer und ließ die Füße im Wasser baumeln. Sie winkte Gwen, es ihr nachzutun, doch die zögerte.

Gwen war überwältigt vom Anblick ihrer Cousine. Findabhairs Kleid bestand aus bunten Bändern, die mit Wildblumen verflochten waren. Ihre Füße und Arme waren nackt, die Haut nussbraun. In ihrem dichten langen Haar steckte ein Kränzchen aus Gänseblümchen. Die goldenen Locken waren zu einer Mähne aufgebauscht, in die kunstvoll Blätter verwoben waren. In einer grimmen, wilden Art war sie schön, aber ihre Augen strahlten zu sehr, zu wild.

Findabhair merkte gar nicht, wie betroffen Gwen war, und plapperte munter drauflos.

»Hier können wir reden. Wasser beeinträchtigt ihre Macht. Bin ich froh, dich zu sehen! Ich bin beinahe verrückt geworden vor Angst. Du steckst in schrecklichen Schwierigkeiten. Wie fühlst du dich?«

»Ist doch egal!«, antwortete Gwen heftig. »Komm schon! Das ist die Chance abzuhauen!«

Das Gelächter traf sie wie ein Schlag.

»Warum sollte ich abhauen? Ich bin doch keine Gefangene.«

Gwen war sprachlos. War das wirklich ihre Cousine? Oder hatte man sie verzaubert?

Findabhair hörte auf zu lachen. Jetzt war ihr Blick ernst. Ihre Stimmung wechselte schnell, wie bei den Elfen.

»Verstehst du überhaupt, was geschehen ist, Gwen? Du hast Elfenspeisen gegessen. Fällt es dir schwer, dich zu konzentrieren? Dich normal zu verhalten? Du selbst zu sein?«

Gwen nickte widerwillig.

»Du bist halb drin, halb draußen. So lautete das Urteil, nachdem der Streit beigelegt war. Dein Körper lebt unter Sterblichen, aber dein Geist gehört ins Elfenreich. Du bist zwischen beiden hin- und hergerissen. Es kann nur noch schlimmer werden.«

Gwens Blut gefror in ihren Adern, doch nicht nur wegen der Dinge, die ihre Cousine gerade gesagt hatte, sondern vielmehr deshalb, wie sie es gesagt hatte. So ruhig, so kühl.

»Du bist nicht Findabhair«, warf sie ihr vor. »Du bist ein Wechselbalg, wie in den Geschichten, eine Elfe, die sich als Mensch ausgibt.«

Findabhair schüttelte den Kopf. Ihr mitleidiger Blick traf Gwen mehr als alles andere. Gwen hätte so gern geglaubt, dass dieses Wesen nicht ihre Cousine war.

»Ich weiß, dass sie eine gewisse Wirkung auf mich ausüben«, sagte Findabhair leise, »aber so sehr habe ich mich auch nicht verändert. Ich habe nie ein Blatt vor den Mund genommen, und deshalb sage ich dir zu deinem eigenen

Nutzen die Wahrheit. Damit du dich retten kannst. Mir droht keine Gefahr, ich habe mich dafür entschieden, bei ihnen zu bleiben. Ach, wenn du doch nur das Gleiche tätest, dann wäre alles gut!«

»Das ist verrückt!«, sagte Gwen, die es mit der Angst bekam.

Sie zitterte vor Kälte und dem einsetzenden Schock. Alles war so verwirrend. Soweit es Gwen betraf, war es bisher ihre einzige Mission gewesen, Findabhair zu retten. Doch plötzlich war es andersherum. Das Elfenland erhob Anspruch auf sie! Wieder einmal hatte der König sie ausmanövriert. Midirs zahlreiche Warnungen hallten in ihrem Kopf wider, während diese neue Situation sie ins Trudeln brachte.

Es tröstete sie auch nicht gerade, dass sie insgeheim den tiefen Wunsch verspürte, »Ja« zu sagen.

»Wir können uns doch nicht einfach so davonmachen!«, argumentierte sie hektisch. »Und was ist mit unseren Eltern, unseren Freunden und überhaupt mit unserem Leben? Wir sind als Menschen geboren, nicht als Elfen. Du musst damit aufhören, und zwar sofort! Es ist verrückt, das weißt du genau!«

»Verrückt?« Findabhairs Tonfall sprach für sich. Das vertraute »das weiß ich ja wohl besser«, das sie heraushörte, machte endgültig klar, dass dies die echte Findabhair war.

»Also Gwen, ist es denn nicht das, was wir gesucht haben, seit wir ganz klein waren? Das Ferne Land? All unser Hoffen und Sehnen? Hier wird es auf einem Silbertablett serviert und du lehnst einfach ab! Wer von uns beiden, frage ich dich, ist verrückt?«

Gwen drehte sich der Kopf. Das war nicht fair. Vor solch eine Wahl sollte niemand gestellt werden. Das Elfenland funkelte vor Verheißungen. Sie wusste, dass der Traum mehr barg, als auf den ersten Blick offensichtlich war – das Ganze hatte einen Haken –, und doch führte es sie in Versuchung.

In Gwen tobte ein harter Kampf. Eine Stimme rief sie dazu auf, sich den Elfen anzuschließen, die andere weigerte sich beharrlich, ihre eigene Welt aufzugeben.

Findabhair spürte Gwens inneren Konflikt und brachte ihre Überredungskünste ins Spiel. »Ich mag mein normales Leben auch, aber es ist doch nicht so, als würden wir es nie wiedersehen. Übrigens habe ich Mam von der Stadt aus angerufen und ihr erzählt, dass es uns gut geht und wir uns köstlich amüsieren. Gwen, einem magischen Wesen ist alles möglich.«

»Das stimmt nicht«, sagte Gwen, »und das weißt du auch. Man kann nicht alles haben. Man kann auch nicht an zwei Orten gleichzeitig sein. In unserer Welt bist du nur noch zu Besuch. Du lebst nicht mehr hier.«

»Midir findet dich toll, weißt du?« Findabhair änderte ihre Taktik. »Wir könnten als Elfenköniginnen zusammen leben. Stell dir das mal vor!«

»Ich bin zu jung zum Heiraten!«, schrie Gwen wütend. Es war schon schwierig genug, das Problem zu lösen, ohne dass ihr ein gut aussehender junger Mann als Köder vor die Nase gehalten wurde. »Und für dich gilt das Gleiche, Findabhair Folan! Und ich lasse mich weder von dir noch von deinem gemeinen Freund rumkommandieren. Ihr könnt mich nicht zwingen, etwas zu tun, was ich nicht will, und damit basta!«

Gwens Heftigkeit erstaunte Findabhair.

»Also, ich bin hier nicht die Einzige, die sich verändert hat, Cousinchen.«

Die Bewunderung in ihrer Stimme besänftigte Gwen ein wenig. Ein nachdenkliches Schweigen entstand. Sie blickten in Gedanken auf ihre langjährige Freundschaft zurück und erinnerten sich daran, wie gern sie einander hatten. Keine von beiden hatte es eilig, weiterzureden und möglicherweise die gute Stimmung wieder zu verderben.

»Ich habe deine Sachen mitgebracht«, sagte Findabhair schließlich.

Sie zog Gwens Rucksack unter einem Strauch hervor und überreichte ihn ihr wie ein Friedensangebot.

»Danke«, murmelte Gwen. »Ich werde mich in Zukunft vor alten Damen in Acht nehmen.«

Findabhair kicherte und ließ ihre Füße wieder im Bach baumeln. Allein bei dem Gedanken an das kalte Wasser bekam Gwen eine Gänsehaut. Sie setzte sich neben ihre Cousine ans Ufer, behielt ihre Schuhe jedoch an.

»Was ist überhaupt mit diesen Typen los?«, fragte Gwen leichthin. »Ich meine, wir sind schön und intelligent, klar, aber was finden sie so toll an uns?«

Ihre Cousine lachte.

»Das Neue, meine Liebe. Sie treiben sich seit Jahrtausenden hier rum und kennen einander so gut, dass sie sich unendlich langweilen würden, wenn es uns nicht gäbe. Die Menschheit, meine ich. Kannst du dir vorstellen, tausend Jahre verheiratet zu sein? Dann multipliziere das mit noch zigtausend mehr.«

»Verstehe.« Gwen nickte. »Und, lässt du den König immer noch zappeln?«

Findabhair schlenkerte mit den Füßen, bis das Wasser schäumte.

»Ist schon komisch«, sagte sie leise. »Du hältst mich bestimmt für total eingebildet, wenn ich das sage, aber ich bin mir ziemlich sicher, dass er dabei ist, sich in mich zu verlieben.« Sie lächelte den Schaumblasen geheimnisvoll zu.

»Das war aber nicht der Plan, glaube ich. Anscheinend hat er nicht damit gerechnet.«

Gwen schüttelte ärgerlich den Kopf. »Soll das hier ein Traum oder ein Albtraum sein, oder was?«

Sie hatte kaum ausgesprochen, als ein Windstoß die Bäume ringsherum schüttelte. Die Elfen waren da. Wie eine Bande von Vagabunden standen sie in grüne und braune Lumpen gehüllt, mit Zweigen im Haar vor ihnen und lächelten sie an. Gwen suchte Midir, aber er war nicht dabei. Der König trat vor und nahm Findabhairs Hand. Gwen bemerkte den flammenden Blick, den er ihrer Cousine zuwarf.

Jetzt wandte er sich mit einer höflichen Verneigung an Gwen. Sein Gesichtsausdruck war kühl, der Blick reserviert, aber die Stimme war voll und dunkel wie die Nacht.

»Ihr könnt in dieser Sache nach eigenem Gutdünken handeln und Ihr könnt es nicht. Der Tod ist eine mögliche Strafe für jene, die ungebeten zu uns kommen. Doch wir schenken Euch das Leben. Unser Leben. In einem Elfenhügel zu schlafen, bedeutet, sich der Herrschaft der Elfen zu unterwerfen. Doch wir waren freundlich und beugten uns Eurem Wunsch, nicht zu uns zu stoßen. Ihr verfolgtet uns und seid in unseren Hof eingedrungen. Aus Neugier, als Herausforderung führten wir Euch in Versuchung. Ihr habt die Warnung vernommen, unsere Speisen nicht anzurühren, und doch habt Ihr gegessen. Das Urteil ist gerecht. Die Entscheidung liegt bei Euch. Nehmt unseren gerechten Anspruch auf Euch an oder seid als wandelndes Gespenst verbannt in Eure eigene Welt.

Wie lautet Eure Antwort?«

SIEBZEHN

Gwens Gedanken überschlugen sich. Wie sollte sie da wieder rauskommen? Sie musste zugeben, dass vieles gegen sie sprach. Ihre Cousine sah sie flehend an.

»Ich sage nicht Ja und ich sage nicht Nein.« Das war schon mal ein Anfang.

Die Miene des Königs verfinsterte sich. Rasch redete Gwen weiter.

»Ich muss darüber nachdenken. Wenn Ihr über die Ewigkeit gebietet, könnt Ihr mir doch ein wenig Zeit gönnen?«

Seiner Natur gemäß verrauchte Finvarras Zorn im Nu und ein leises anerkennendes Lächeln umspielte seine Lippen.

»Ihr wollt das Spiel noch weiter treiben?«

Gwen nickte. Sie hielt den Atem an, während er über ihren Vorschlag nachdachte.

»So weit war der Wettstreit wohl gelungen.« Eine königliche Handbewegung begleitete seinen Beschluss. »Gewährt. Ein wenig Zeit. Höchstens einen Tag nach Eurer Zeitrechnung. Wir begeben uns in unser Königreich im Norden, am See der Schatten. Morgen Abend werdet Ihr dort entweder eine von uns oder Ihr stürzt Euch ins Verhängnis.«

»Wo?«, fragte Gwen, die sich über diese Gnadenfrist freute, auch wenn sie noch so kurz war.

Findabhair wollte antworten, aber der König schnitt ihr das Wort ab.

»In Eurer Welt heißt es ...« Er machte eine kurze, gemeine Pause. »Insel Insel.«

Die Elfen brachen in schallendes Gelächter aus. Findabhair wollte noch etwas hinzufügen, war aber im nächsten Augenblick mitsamt den anderen Elfen verschwunden.

Gwen blieb allein zurück im nächtlichen Wald. *Insel Insel.* Was sollte das bloß bedeuten? War das eine Falle? Angst schnürte ihr die Kehle zu. Finvarra war ein Meister übler Streiche. Sie würde sich anstrengen müssen, um seinen Fängen zu entkommen.

Vor allem anderen jedoch musste sie schlafen.

Gwen schaute sich nach einem Lagerplatz um, wo sie die Nacht verbringen könnte. Dann häufte sie unter einem alten Apfelbaum Blätter zu einer Matratze, legte ihre Isomatte darauf und machte es sich in ihrem Schlafsack gemütlich. Sie atmete tief den Geruch der feuchten Erde und der Pflanzen ein und lauschte den Geräuschen der Nacht – dem Knacken der Äste, dem Seufzen der Blätter und dem Krabbeln kleiner Tiere im Dickicht. Hin und wieder schrie eine Eule, rief eine Waldschnepfe. Die Dunkelheit schwappte über sie hinweg wie schwarzes Wasser. Ihr Herz flatterte ängstlich. War sie hier in Sicherheit? So ganz allein im finsteren Wald? So sehr sie sich fürchtete, wurde sie doch von Erschöpfung übermannt und schloss die Augen.

Mitten in der Nacht wachte sie auf. Als sie aus den warmen dunklen Wellen des Schlafes auftauchte, trieb sie aufwärts. Distelwolle im Aufwind? Oder war sie ein Schmetterling, frisch aus dem Kokon geschlüpft? Sie fühlte sich unfassbar winzig, wie ein Fünkchen Sternenlicht. Als auf einmal der Wind sich drehte, trudelte sie durch die Luft und wirbelte lachend im Licht eines Mondstrahls herum, während ein Strudel funkelnder Staubkörnchen sie umschwirrte.

Bin ich eine Elfe?

Da spürte sie mit einer wundersam wehen Freude, wie sich an ihren Schultern dünne, fein geäderte Flügel entfalteten.

»Gwenhyvar! Komm, tanz mit uns!«

Von überall her hörte sie Stimmen. Um sie herum waren nicht nur andere ihrer Art – winzig, geflügelt und leicht wie die Luft –, sondern alle Geschöpfe und Geister dieses Waldes. Vögel, Insekten und größere Tiere waren zu der Schar gestoßen und Elementarwesen bebten im Halbdunkel. Nymphen fielen aus der Luft, Dryaden verließen ihre Bäume und Najaden stiegen leuchtend und tropfnass aus dem Bach. Alles und jedes war in dieser Nacht hellwach, als schlüge die Natur selbst die Augen auf und spitze die Ohren.

Zum Leben erwachen wir aus dem lang vergessenen Traum, dem schönen Geheimnis. Der Geschmack des Seins ist ein Honigtropfen auf der Zunge. So blutjung und so uralt sind wir gekommen, um zu säen und mit dem Wind um die Wette zu laufen.

So tanzten Sterne, Blumen und Seelen. Gwen reihte sich in einen Reigen ein, um Teil des Ganzen zu werden. Sie wusste nicht, wie lange sie tanzte, die Zeit verzweigte sich wie ein Baum und jeder neue Trieb bedeutete eine Ewigkeit. Vor ihr zerfloss die Welt zu einem Märchen.

Wozu dient die Reiserei? Was liegt zwischen Anfang und Ende ... zwischen den Schichten jedes einzelnen Augenblicks?

Gwen fühlte sich unendlich glücklich. Wie eine versteckte kostbare Perle ruhte eine geheime Botschaft in ihrem Inneren. Im Schatten des Waldes unter dem Sternenhimmel war alles ganz einfach. Dieser Tanz hatte vor langer, langer Zeit begonnen und würde bis in alle Ewigkeit andauern. Alle Wesen, die zum Leben dazugehörten, tanzten diesen Tanz zusammen.

Obgleich sie einmal in dieser Nacht die Bedrohung spürte, die tief verborgen durch den Schatten strich – das dunkle Wesen, das jenseits der Bäume Jagd auf sie machte –, wusste Gwen, dass sie im Herzen des Tanzes sicher war. Sie wusste, sie war unsterblich.

In der Frühe erwachte Gwen von lautem Vogelgesang. Durch die Äste des Apfelbaums schien ihr die Sonne ins Gesicht. Sie fühlte sich erfrischt und gestärkt. Ihr wunderbarer Traum war mit der Nacht geschwunden, doch Gwen genoss den Nachhall jener Glückseligkeit. Sie sprang auf, zog sich aus und wusch sich im Bach. Das Wasser war so kalt, dass sie laut aufkreischte und anschließend auf dem Waldboden tanzte, damit sie trocken wurde.

»Ich werde noch zur Elfe«, lachte sie und steckte sich Blätter ins Haar.

Obwohl das Ultimatum des Elfenkönigs über ihr hing wie ein Damoklesschwert, musste Gwen sich eingestehen, dass es ihr einfach großartig ging. Der König mochte ihr noch so viele Hindernisse in den Weg legen, noch hatte er sie nicht besiegt. In einer bisher ungekannten Weise wusste sie, dass sie stark und mutig war und überdies zu allem fähig.

Als sie durch den Wald zurück zur Straße lief, erwischte sie sich dabei, wie sie ihre Umgebung anstrahlte, als begrüße sie alte Freunde. Diese blassgelben Pilze mit den winzigen Fransen – wo hatte sie die nur schon mal gesehen? Vor ihrem inneren Auge tauchte ein Bild auf: Sie selbst stand im Schatten eines goldenen Schirms und trank einen Becher Nektar mit einer Feldmaus. Sie stolperte über einen knorrigen Baumstumpf. Die verdrehte Skulptur aus Wurzeln und Holz ähnelte einer Pan-Statue. Moos zierte als grünes Fell das Bein eines Satyrs. Lugte dort ein borstiges Gesicht aus einem gebogenen Zweig? Gwen musste über ihre Einbildungskraft lächeln und eilte weiter. Hinter ihr ertönten Flötentriller.

Auf der Straße kam sie an der Stelle vorbei, wo die alte Frau sie in die Falle gelockt hatte. Fröhlich warf sie ihr Haar zurück und verbeugte sich vor dem Strauch. Auch die Ruinen der Abtei von Boyle in ihrer luftigen Pracht konnte sie furchtlos bewundern.

In Boyle bereitete sich alles auf den neuen Tag vor. Vor den Lebensmittelgeschäften, den Metzgern und Bäckern hielten Lieferwagen. Rumpelnd und klirrend rollten frische Fässer in die Keller der Pubs. Hier und dort öffneten sich die Haustüren und die Bewohner machten sich auf den Weg zur Arbeit. Verschlafene Mienen hellten sich beim Anblick der Sonne auf.

In der Hoffnung, Bernie anzutreffen, ging Gwen wieder in den Pub mit angeschlossenem Fremdenverkehrsamt. Aber so früh waren noch keine Gäste da. Der Eigentümer stand allein hinter dem Tresen und polierte Gläser.

»Entschuldigen Sie bitte«, fragte Gwen. »Gibt es im Norden einen Ort namens ›Insel Insel‹?«

Sein Blick verriet ihr, dass er sich so seine Gedanken machte. Aber dann heiterte sich seine Miene auf.

»Es geht um dieses knifflige Kreuzworträtsel in der *Irish Times*, stimmt's?«

»Ja.« Gwen hatte keinen Schimmer, wovon er redete.

Er kratzte sich konzentriert am Bart, ging dann in die Küche, um seine Frau zu fragen, und kam mit stolzgeschwellter Brust zurück.

»Es ist die Insel Inch«, verkündete er, »in der nördlichen Grafschaft Donegal. ›Inch‹ ist eine englische Ableitung von *Inis*, dem irischen Wort für ›Insel‹. Großartig, oder? Meine Frau ist wirklich clever.«

»Fantastisch, vielen Dank«, antwortete Gwen. Sie zögerte nur einen Augenblick, dann warf sie alle Bedenken über Bord und fragte den Wirt direkt: »Und wie komme ich da jetzt hin?«

ACHTZEHN

Trotz ihres seltsamen Zwischenzustandes, vor dem Findabhair sie gewarnt hatte, blieb Gwen auch während ihrer Reise nach Norden weiterhin gut gelaunt. Glücklicherweise war sie fast den ganzen Tag unterwegs. Im Bus war es kein besonders großes Problem, wenn sie von einer Welt in die andere geriet. Eine andere Sache war es allerdings, die Fahrkarte zu kaufen. Sie war sicher, dass der junge Mann, der sie ihr verkaufte, nichts von dem Spitzbogenfenster in der Steinmauer hinter sich ahnte. Sie dagegen hatte dadurch in das mit Wandteppichen ausgekleidete Gemach einer Dame geblickt. Darin stand ein hohes Bett mit einem Baldachin aus weißer Spitze, vor dem ein Kaminfeuer brannte. In einer Ecke lehnte eine goldene Harfe an der Wand. Gwen hätte gerne gewusst, wer dort wohnte.

Doch auch die Busfahrt hatte ihre Schattenseiten. Ständig störten merkwürdige Visionen ihren Blick auf die endlose Parade von grünen Hügeln, Steinmauern, neuen Bungalows und alten Häuschen. In der Ferne schimmerte der Umriss weißer Türme. Verhüllte Gestalten überquerten einen Regenbogen wie eine Brücke. Auf einem fernen Hügel fiel das Licht wie helle Speerspitzen auf einen einzelnen

Baum, in dem goldene und silberne Äpfel hingen. Manchmal hörte sie Musik, einen Flötenspieler, der so traurige Melodien spielte, dass ihr die Tränen kamen.

Allmählich fürchtete Gwen, dass diese Fahrt nie ein Ende nehmen würde. War sie in diesem Bus gefangen, dazu verdammt, für immer zu reisen? Sie war ganz sicher, dass sie diesen breiten Fluss bereits überquert hatten, und auch die Burgruine mit dem eingestürzten Torbogen kam ihr vertraut vor. Genau wusste sie es aber nicht, schließlich war sie fremd in diesem fremdartigen Land. Sie konnte weder Denkmäler noch Wegweiser einem Fleck auf der Landkarte zuordnen. Die Straße schien sich zu verschieben und zu verändern. Die meiste Zeit handelte es sich um eine moderne Autobahn, einen glatten Strich aus grauem Asphalt, der sich durch die Landschaft zog. Doch zeitweise verwandelte die Straße sich in eine ungepflasterte Folterstrecke voller Schlaglöcher, an beiden Seiten eng mit Bäumen bepflanzt, die an die Scheiben schlugen. Dann verwandelte sich das schlanke Fahrzeug mit Klimaanlage in sein altertümliches Vorgängermodell, ein klappriges, ruckendes Ding, in dem man Platzangst bekam.

Gwen hatte gerade beschlossen, bei der nächsten Gelegenheit auszusteigen, als etwas geschah, das ihre Entscheidung wieder umwarf.

Sie spürte die Vision schon, bevor sie richtig da war, denn tiefes Schweigen senkte sich wie eine schwere Decke über den Bus. Das Brummen des Motors verstummte ebenso plötzlich wie die Unterhaltungen der anderen Passagiere. Alles schien wie von Geisterhand außer Kraft gesetzt zu sein. Dann erblickte sie dort draußen vor dem Fenster eine Kutsche aus Ebenholz mit vier vorgespannten Rappen. Sie fuhr schnell und leise durch den Verkehr. Die Augen der Pferde waren hell und blind, auf dem Kutschbock saß kein Fahrer. Als das Gefährt aufholte und neben Gwen herfuhr, konnte sie die Insassen erkennen. Zwei Gestalten saßen in der Düsternis. Finvarra war ganz in Schwarz gekleidet, der königliche Stern leuchtete auf seiner Stirn. Neben ihm saß ihre schlanke Cousine ganz still, in dunkle Schleier gehüllt. Findabhairs Gesicht war bleich wie der Mond, ihr Blick in sich gekehrt. Gwen klopfte ans Fenster und rief, aber ihre Cousine antwortete nicht und sah sie nicht einmal an. Dann zog die Kutsche an und raste weiter nach Norden.

Gwen hatte keine Wahl, sie musste hinterher. Der kurze Blick hatte gereicht, um ihr ihre schlimmsten Befürchtungen vor Augen zu führen – Findabhair ließ diese Welt hinter sich. Sie warf ihre sterbliche Hülle ab.

Es war schon später Nachmittag, als Gwen in dem Ort Burnfoot ausstieg. An der einzigen Dorfstraße standen mehrere Häuser, in denen unter anderem ein kleines Gasthaus, die Post, eine Imbissbude und ein Lebensmittelgeschäft untergebracht waren. Rund um das Dorf erstreckten sich die violett blühenden Hügel von Donegal. Die Luft war feucht, es roch nach Regen und dem nahen Meer.

Im Lebensmittelgeschäft fragte sie nach dem Weg.

»Nein, ein Boot braucht man nicht, um nach Inch zu kommen«, lautete die Auskunft. »Der Damm zwischen der Insel und dem Festland wird als Straße genutzt. Allerdings musst du wahrscheinlich laufen, wenn kein Auto kommt und dich mitnimmt. Erstmal raus aus dem Dorf, dann die erste links, der kurvenreichen Straße folgen, dann wieder links, und schon bist du am Ufer.«

»Kann man auf der Insel irgendwo übernachten?«

»Oh, aye. Im Clan-Haus der O'Dohertys gibt es Gäste-zimmer. Es wird von der Familie bewirtschaftet und hat das ganze Jahr über geöffnet.«

Am Ortsausgang traf Gwen einen kleinen Jungen auf einem Dreirad. Er hatte einen schwarzen Lockenschopf und schelmisch funkelnde Augen. Grinsend hielt er ihr einen dunkelrot glänzenden Apfel hin.

»Oh, danke schön!«, rief Gwen freudig. »Das ist aber lieb von dir!«

Sie hatte große Lust, diesen Apfel zu essen. Es war das erste Mal seit einer Ewigkeit, dass sie Appetit auf etwas Essbares verspürte. Doch kaum hatte sie in die knackige Schale gebissen, als das Kind vor Freude krähte: »Heute Abend wirst du mit mir im *Magh Abhlach,* dem Land der Apfelbäume, spielen!«

Gwen ließ den Apfel fallen, als hätte sie auf einen Wurm gebissen. »Was hast du gesagt?«

Der Junge raste bereits davon und trat mit kindlicher Ver-bissenheit in die Pedale. Verwirrt sah sie ihm nach. War das ein Kleinkind, das von einem Obstgarten faselte? Oder ein Elfenkind, das sie reinlegen sollte? Der Zusammenprall der Welten forderte seinen Tribut. Wie sollte sie sich je wieder einer Sache sicher sein? Alles und jedes geriet in Verdacht.

Oder litt sie unter Verfolgungswahn?

Aber es war tatsächlich etwas geschehen.

Gwen merkte es, als sie die Straße entlangtrottete. Die dichten Weißdornhecken kamen immer näher und von dem erstickend süßlichen Duft der Blüten musste sie hus-ten. Ein Mückenschwarm umkreiste ihren Kopf. Als sie wegzulaufen versuchte, konnte sie sich nur wie in Zeitlupe dahinschleppen. Als watete sie durch Wasser, als wäre ihr

Rucksack voller Ziegelsteine. Sie musste regelrecht darum kämpfen, einen Fuß vor den anderen zu setzen, aber sie schaffte es bis zum Ufer.

Beim ersten Schritt auf den Damm ging es ihr sofort besser. Eine gesunde Brise wehte vom Wasser her, auf dessen glatter Oberfläche Enten und Gänse schwammen. Hinter ihr erstreckte sich das Gebirge, das den Lough Swilly vom Lough Foyle trennte. Ihr Blick ruhte auf der Burgruine, die einen hohen Hügel krönte. Es war die alte steinerne Festung namens Grianán von Aileach. Früher hätte sie große Lust darauf gehabt, sie zu erforschen, aber jetzt erbebte sie beim Anblick der zerklüfteten Ruine. Würde hinter diesen Mauern ihr letztes Stündlein schlagen?

Sie machte sich keine Illusionen über den bevorstehenden Kampf. Obwohl noch vieles im Dunkeln lag, konnte sie aus Midirs Warnungen und ihren eigenen Vorahnungen nur eines schließen: Das Leben ihrer Cousine und ihr eigenes hingen an einem seidenen Faden.

Gwen war auf ihrer Reise nach Norden zwar vielfach abgelenkt worden, aber in der Zwischenzeit hatte sie sich eine Taktik überlegt, mit der sie gegen die Elfen angehen wollte. Am wenigsten Aussicht hatte wohl eine verzweifelte Predigt über die Freiheit, mit der sie an das Gute in ihnen appellieren könnte. Größeren Erfolg versprach sie sich davon, eine Art Teilzeit vorzuschlagen, wie sie in vielen Geschichten vorkam. Findabhair und sie könnten einen Teil des Jahres – beispielsweise die Ferien – im Elfenland verbringen und den Rest der Zeit in ihrer eigenen Welt leben.

Worauf lief es also hinaus? Sie war entschlossen zu kämpfen. Der eigentliche Plan, auf den sie die meiste Hoffnung setzte, zielte auf eine gewagte Flucht, bei der sie Findabhair im Zweifelsfall gegen ihren Willen hinter sich herzerren würde. Gwen verließ sich darauf, dass Midir ihnen aus dem Elfenland heraushelfen oder zumindest etwaige Verfolger aufhalten würde. Es gab noch etwas, worauf sie vertraute, ihre Geheimwaffe. Eine Schwäche, die sie bei ihrem Feind entdeckt hatte. Findabhair hatte bei ihrem letzten Treffen davon gesprochen und Gwen hatte es selbst in dem leidenschaftlichen Blick des Königs gesehen. *Ich bin mir ziemlich sicher, dass er dabei ist, sich in mich zu verlieben. Das war aber nicht der Plan, glaube ich. Anscheinend hat er nicht damit gerechnet.* Der König hatte Gwens Liebe zum Essen gegen sie gerichtet, nun hoffte sie, ihn mit einer ähnlichen Waffe zu schlagen – seiner Liebe zu ihrer Cousine. Ein solch empfindlicher Punkt verschaffte immer einen kleinen taktischen Vorteil.

Ich schaffe das, versicherte sie sich selbst, während sie strammen Schrittes den Damm überquerte. Doch kaum war sie drüben, wurde sie wieder schrecklich träge. Hatten die Elfen sie verhext? Sie blickte auf den Damm zurück, über den sie gerade gekommen war. Seewasser schwappte ans Ufer. Na klar! Hatte Findabhair nicht gesagt, dass Elfen am Wasser weniger Macht hätten? Aber sie konnte nicht einfach stehen bleiben. Sie musste weitergehen.

Doch weit kam Gwen auf der Inselstraße nicht. Nachdem es ihr kurz wieder richtig gut gegangen war, fühlte sich die Schwerfälligkeit noch schlimmer an. Ihre Füße waren die reinsten Zementblöcke. Obwohl sie sich redlich mühte, voranzukommen, knickten ihr schließlich die Beine weg. Sie konnte nicht verhindern, dass sie auf die Straße fiel.

Während sie vergeblich versuchte aufzustehen, kam ein Fahrradfahrer um die Kurve gerast. Er bremste auf der Stelle, aber es war zu spät. Er kam ins Schleudern, verlor die Kontrolle über sein Rad und krachte mit lautem Geschepper auf die Straße.

»Jesus, Maria und Josef! Was zum …« Unter lautem Fluchen befreite er sich aus dem Gewirr von Reifen und Griffen. Dann bemerkte er, dass Gwen immer noch auf der Straße lag. »Um Himmels willen, habe ich dich getroffen?«

Gwen starrte hilflos zu dem besorgten jungen Mann hinauf. Sein nussbraunes Haar umrahmte ein markantes, hübsches Gesicht. Die unglaublich grünen Augen hatten etwas ausgesprochen Freundliches. In seiner Stimme lag Panik.

»Bist du verletzt? Hast du Schmerzen?«

Sie wollte antworten, brachte aber keinen Ton heraus. Er schaffte es, sie auf die Füße zu stellen, aber ihre Beine gaben nach und sie fiel wieder um. Hektisch suchte er nach einer verborgenen Verletzung.

Die Situation war so absurd, dass Gwen am liebsten gelacht hätte – wenn sie es denn gekonnt hätte. Ihr Verstand war klar, aber sie hatte keinerlei Macht über ihren Körper. Sie fühlte sich wie eine schlaffe Marionette – und das vor diesem gut aussehenden Jungen, der nicht viel älter war als sie und sich gerade vor Sorge um sie verzehrte.

»Ich bringe dich zu Granny«, beschloss er. »Sie weiß bestimmt, was zu tun ist.«

Er nahm Gwen den Rucksack ab und versteckte ihn mitsamt seinem Fahrrad im Gestrüpp. Dann legte er sie wie ein Feuerwehrmann über die Schulter und lief los.

Gwens Sicht war auf den Kopf gestellt. Hecken mit Fuchsien säumten die kurvenreiche Straße. Ihre Blüten sahen aus wie dicke rote und lila Bienen. Durch Lücken in der Hecke entdeckte sie grüne Felder, die bis zur Küste reichten. Sie fühlte sich wie ein Sack Kartoffeln und sorgte sich um den Rücken des jungen Mannes. Aber seinen breiten Schultern schien ihr Gewicht nichts auszumachen.

Als sie an ein weiß getünchtes Häuschen mit einem ordentlichen Reetdach kamen, setzte er sie ab. Ein gewundener Weg schlängelte sich durch einen üppigen Blumen- und Gemüsegarten. In Blumenkästen an den Fenstersimsen wuchsen Kräuter und Torf lagerte in Stapeln an der Hauswand. Über der angelehnten Tür rankte gelbes Scharbockskraut. Auf der Türschwelle stand eine alte Dame, die ihre ausgeblichene Latzhose mit viel Würde trug. Sie war groß und hatte ihr graues Haar zurückgebunden. Ihre aufgekrempelte Bluse enthüllte starke braune Arme. Außer einem Claddagh-Ring an der linken Hand trug sie keinen Schmuck. Ihre Augen waren so meergrün wie die des Jungen, nur eine Spur heller. Sie wurden schmal, als sie Gwens schlimmen Zustand in Augenschein nahm.

»Was hast du denn da mitgebracht, Dara?«, fragte Granny ruhig.

Gemeinsam brachten sie Gwen ins Haus und legten sie in der Küche auf eine Liege. Dara beschrieb seinen Fahrradunfall und bestand darauf, sie nicht getroffen zu haben. Granny untersuchte sie und verkündete, es sei nichts gebrochen. Dann blickte sie eine Weile in die Augen des Mädchens.

»Es ist eine Art Schock«, sagte Dara und fuhr sich mit der Hand durchs Haar. »Eine Touristin, würde ich sagen. Sie hat einen Schlafsack und eine Isomatte. Ich habe ihr Gepäck mit meinem Rad im Graben versteckt. Ich gehe zurück und hole es. Vielleicht finden wir ja einen Ausweis.«

Gwen fühlte sich allmählich richtig schrecklich. So sehr sie es versuchte, sie konnte sich nicht mit ihnen verständigen.

Granny erkannte ihre Angst und legte ihr eine kühle Hand auf die Stirn. »Bald geht's dir besser, Kleines. Bei uns bist du in Sicherheit.«

Dara sah Granny stirnrunzelnd an.

»Wäre es nicht besser, wir holen einen Arzt? Wenn sie Ausländerin ist, lässt du besser die Finger von ihr. Das könnte noch übel enden.«

Granny schüttelte den Kopf. »Egal, wo sie herkommt, Medizin kann ihr nicht helfen. Jedenfalls nicht die Schulmedizin. Auf ihr lastet ein *pisreog,* da bin ich mir ganz sicher. Nicht du hast sie getroffen, sondern ein Elfenpfeil.«

Dara schien erstaunt, hielt aber nicht dagegen. Offenbar hatte er großen Respekt vor der Meinung der alten Frau.

Nach einem kurzen Moment des Nachdenkens sagte die alte Frau schroff: »Hol ihre Sachen und dein Fahrrad. Auf dem Rückweg bringst du Zweige von Esche und Weißdorn mit, die am Fargan Knowe wachsen. Pass auf, wenn du an dem einzelnen Busch auf dem Hügel bei der Mulde vorbei kommst. Das ist ein *skeog.* Wenn die Elfen da sind, wollen sie dich vielleicht aufhalten.«

»Ich bin der Inselkönig. Sie werden sich nicht mit mir anlegen.«

»Vielleicht nicht. Aber dein Königtum wird heute Nacht mit Sicherheit auf den Prüfstein gelegt. So wie es aussieht, werden sie bald kommen, um sie zu holen.«

Gwen fragte sich allmählich, ob sie unter Wahnvorstellungen litt. Legte sie ihnen die Worte in den Mund, damit sie zu ihrer Zwangslage passten? Die alte Dame sah aus wie eine pensionierte Lehrerin oder Bibliothekarin. Hatte sie den Jungen wirklich als König bezeichnet? So was gab es im heutigen Irland doch bestimmt nicht, von seiner Jeans und dem Thin-Lizzy-T-Shirt ganz abgesehen. Hatten die Elfen sie endgültig in den Wahnsinn getrieben?

Als Dara gegangen war, beugte Granny sich über Gwen. Ihr Gesichtsausdruck war streng und freundlich zugleich.

»Ich könnte einen modernen Arzt kommen lassen, mein Kind, aber es würde dir nichts nützen. Ohne ein Missgeschick mit dem Kleinen Volk kannst du nicht in diese schlimme Lage geraten sein. Ich heiße Grania Harte und bin Elfenheilerin. Ich gehe nicht davon aus, dass du von diesem Beruf gehört hast, da in diesen Zeiten nur noch wenige diese Kunst beherrschen. Wenn ich dir nicht helfen kann, ist Hopfen und Malz verloren.«

Wer hätte das gedacht?, überlegte Gwen. Sie ist eine Hexe.

NEUNZEHN

Granny Hartes Küche war in ihrer verwirrenden Mischung aus Normalität und Schrägheit ein Abbild ihrer selbst. An der einen Wand stand ein mächtiger Ofen mit einem schwarzen Kessel. Gegenüber standen ein Elektroherd und ein Kühlschrank. Der Fußboden prangte in einem Schachbrettmuster aus roten und schwarzen Steinplatten. Getrocknete Kräuterbüschel und Zwiebel- und Knoblauchzöpfe hingen an den Holzbalken. Ein tragbarer Fernseher stand eingezwängt zwischen Porzellangefäßen mit handgeschriebenen Etiketten: *Natternzunge, Teufelskirsche, Schierling, Türkenbund-Lilie, Odermennig, Augentrost, Weinrose.* Stand hinter dem Toaster etwa ein Sternhöhenmesser? Aus der Emaillespüle lugte eine große gefleckte Kröte und hinter der Tür lehnte ein alter Reisigbesen. Darüber hing ein Kalender der Irischen Bank.

Ruhig und bestimmt arbeitete Granny in ihrer Küche. Sie hatte etwas von einem Wolf – die grauen Haare, die drahtige Figur, die spitzen Gesichtszüge. Obwohl sie allem Anschein nach mit Hausarbeit beschäftigt war, handelte sie so, als verfügte sie über geheime Kräfte. Sie zündete mit Zeitungen und Streichhölzern ein Feuer im Kamin an. Als sie eine Kräutermischung in die Flammen warf, qualmte süßlich duftender Rauch in die Küche. Auf dem Herd braute sie einen großen Topf mit einem Zaubertrunk an, der stark und sauer roch.

Obwohl Gwen sich nicht rühren konnte und zum Zuschauen verdammt war, wuchs ihre Zuversicht. Grannys autoritäre Ausstrahlung flößte ihr Vertrauen ein. Als Granny ihr eine Tasse an die Lippen setzte, tat sie ihr Möglichstes, um zu schlucken. Die trübe Flüssigkeit schmeckte nicht schlecht, da Pfefferminze und Honig die herbere Note überdeckten.

»Das Wesentliche dieses Zaubertranks«, erklärte die alte Frau, »liegt in der Holunderwurzel, die mit der Wurzel eines Apfelbaums, der rote Früchte trägt, gekocht wird. Der Trunk wird alle feindlichen Geister vertreiben. Du wirst Fieber bekommen, aber hab keine Angst, es wird dir helfen, die Macht der Elfen zu brechen.«

Der Zaubertrank raste wie flüssiges Feuer durch Gwens Adern. Auf der Stelle begann ihr Körper zu zucken, es juckte und kribbelte überall. Dann kamen die Schmerzen. Als es immer schlimmer wurde, wimmerte Gwen vor sich hin. Sie wusste, die Schmerzen dienten ihrer Heilung. Sie gab sich große Mühe, sie auszuhalten, und doch rannen ihr die Tränen über die Wangen. Sie sehnte sich danach, zu Hause in ihrem eigenen Bett zu liegen und von ihrer Mutter gepflegt zu werden, statt hilflos bei Fremden zu leiden.

Als Dara zurückkam, stand er neben ihrem Bett und sah sie mitleidig an.

»Armes Mädchen«, sagte er. »Ich würde es gern auf mich nehmen, wenn ich könnte.«

Die meergrünen Augen blickten sie warm und freundlich an. Während sie stumm zurückstarrte, fühlte sie sich langsam besser. Ja, sie war bei Fremden, aber es waren gute Menschen.

»Hast du die Zweige?«, fragte Granny.

»Massenhaft, auf dem Gepäckträger.«

»Winde sie über die Tür und die Fenster. Dann streue diesen Sack Schlüsselblumen auf die Türschwelle und die Fenstersimse. Sie wurden in der Walpurgisnacht gesammelt, deshalb sind sie sehr mächtig. Das wird das Kleine Volk abhalten. Ich befürchte nur, dass sie ein älteres und gefährlicheres Wesen heraufbeschwören.«

Dara drückte den Rücken durch. Seine Stimme war fest. »Nur selten habe ich Gelegenheit, mein Königtum nützlich einzusetzen. Ich bin bereit, sie zu verteidigen.«

»Hast du dein Zepter?«

Er nickte. »Ich werde es bei mir tragen.«

Es war schon dunkel, als sie endlich mit den Vorbereitungen fertig wurden, und Granny erledigte in aller Eile die letzten Details. Alle vier Ecken von Gwens Bett wurden mit einer brennenden Kerze, einem Glas Wasser, einem Schüsselchen Salz und einer Schale Erde versehen. Dann stellte sie sich an das Feuer, das zu rot glühender Asche heruntergebrannt war. Sie warf nacheinander drei Steine in die Glut und rief jeweils: »Der erste Stein, den ich werfe, ist für den Kopf im fiebrigen Wahn. Der zweite Stein, den ich werfe, ist für das Herz im fiebrigen Wahn. Der dritte Stein, den ich werfe, ist für den Rücken im fiebrigen Wahn. Lass den Verstand, die Seele und den Willen frei.«

Gwen wurde von einer Hitze ergriffen. Sie spürte, wie sie ins Delirium glitt. Dara und Granny saßen besorgt an ihrem Bett. Die Luft knisterte vor Spannung. Welch schreckliches Wesen würde kommen, um sie zu holen?

»Sei frohen Mutes!«, sagte Granny fest, »du musst das nicht allein durchstehen. Der König und ich sind bei dir.«

Das Warten war schon Folter genug, und als die ersten Geräusche zu hören waren, machte sich beinahe Erleichterung breit. Was immer kommen mochte, jetzt ging es los.

Etwas scharrte mit den Füßen, als wäre dort draußen ein Hund. Der Türknauf knarrte. Unterdrücktes Wutgeschrei. Was auch immer dort draußen war, huschte jetzt seitwärts ums Haus zum Fenster. Klopfte an die Scheibe. Wieder ärgerliches Geflüster.

Dara und Granny rührten sich nicht. Gwen zitterte unkontrolliert.

Jetzt umkreiste ein unsichtbarer Feind das Häuschen. Dabei machte er einen Höllenlärm. Es knirschte wie bei einem gegliederten Gegenstand und anscheinend zog es etwas Schweres hinter sich her. Hin und wieder heulte es laut, sodass ihnen das Blut in den Adern gefror. Doch trotz des Krachs kam niemand ins Haus. Der Weg war versperrt. Nach einer endlos erscheinenden Weile hörten die Geräusche auf.

Dara seufzte tief und wollte aufstehen, aber Granny schüttelte den Kopf. Es war noch nicht vorbei. Gwens rasselnder Atem raute die Stille auf.

Plötzlich erschütterte ein heftiger Stoß die Haustür. Die drei Wartenden zuckten zusammen. Nach dem Stoß wurde wie mit einer Riesenfaust lange und heftig an die Tür gedonnert.

Eine Stimme schrie entsetzlich und fürchterlich.

»Aufmachen! Aufmachen!«

»Wer ist da?«, fragte Granny. »Heute Nacht wünschen wir keinen Besuch!«

Die Tür sprang auf. Kalter Wind brauste herein, das Geschirr klirrte im Küchenschrank. Die Vorhänge flatterten wie wild. Das Feuer im Kamin erwachte brüllend zum Leben.

Eine Riesin trat in die Küche. Die große, bedrohliche Gestalt trug einen schwarzen Umhang. Ihre Augen glühten wie rotschwarze Kohlen, aber das Grausigste war das Einhorn auf ihrer Stirn. Es war dick und krumm wie ein Säbel. Ihr Unheil verkündender Blick schweifte durch den Raum.

»Wer seid Ihr?«, fragte Granny.

»Ich bin die Hexe mit dem Einhorn.«

Die grausige Gestalt wandte sich ab und hockte sich an den Kamin. Sie holte ein Knäuel bleichen Garns aus ihrem Umhang und warf ihn gewaltsam von einer Hand in die andere. Dann hielt sie inne und schrie: »Wo sind meine Schwestern?«

Sofort betrat eine weitere Riesin die Küche. Auch sie sah schrecklich abstoßend aus. Sie war genauso gekleidet wie die erste, hatte aber zwei Hörner auf dem Kopf. An ihrem Kinn sprossen Schnurrhaare wie ein Bart.

»Macht Platz!«, kreischte sie. »Ich bin die Hexe mit den zwei Hörnern.«

Kaum hatte es sich die zweite Hexe neben der ersten bequem gemacht, als auch schon eine dritte herein kam. Ihre Haut war gefleckt mit pochenden Malen. Ihre drei Hörner trug sie wie eine scheußliche Krone. Auch sie ging neben ihren Schwestern in die Hocke.

180

Sie wanden und sie schüttelten sich zu einer unhörbaren Melodie. So begann ihr finsteres Ritual.

Die erste, die das Knäuel aufrollte, wand den Faden um ihr Horn und gab ihn an die zweite weiter. Die band wiederum den Strang um ihre beiden Hörner und reichte ihn der dritten. Diese Schwester verhielt sich genau so und gab das Garn der ersten.

Wieder und immer wieder spannen sie den Faden um ihre Hörner, immer schneller, immer schneller! Im Schein der roten Glut tanzten ihre Schatten grotesk und unheimlich über die Wände.

Gwen durchlitt den schlimmsten Alptraum ihres Lebens. Wenn die Hexen am Garn zogen und zerrten, verkrampfte sich alles in ihr. Ihre Lebenskraft wurde wie auf einer Folterbank gestreckt und auf die Hörner der schrecklichen Schwestern gespießt. Sie öffnete den Mund, um zu schreien, aber kein Laut kam heraus.

Immer abwechselnd stimmten die Hexen einen grässlichen Singsang an.

»Sie wurde in diese Welt hineingeboren.«

»Sie wird in eine andere gerufen.«

»Teile den Faden auf beide auf.«

»Er ist zu dünn.«

»Er wird reißen.«

»Dann schneide ihn ab.«

»Und lass sie verfallen.«

»Dem, der sie haben will.«

In diesem Augenblick gab Granny Dara ein Zeichen und sie stürmten zum Feuer. Bevor die Hexen etwas unternehmen konnten, hatten sie den Kreis erweitert und den Faden in die Hände genommen.

Auf der Liege verspürte Gwen eine kurze Erleichterung, als die Spannung, die sie zu zerreißen drohte, ein wenig nachließ.

Mit ruhiger, hoher Stimme rief Granny: »Ich, Grania Harte, die Heilerin von Inch, fordere diesen Faden für mich und mein Heim.«

Als Nächster sprach Dara mit fester, mächtiger Stimme: »Ich, Dara McCroy, König von Inch, fordere diesen Faden für mein Land und mein Reich.«

Jetzt war der Kampf eröffnet, ein Krieg der Willenskraft, den die alte Frau und der junge Mann gegen die drei Hexen ausfochten. Gwens Leben, der umstrittene Faden, hing in der Schwebe.

Der Wettstreit war quälend. Während sie miteinander kämpften, litt Gwen noch mehr, aber anscheinend teilte sie ihre Schmerzen nun. Granny wurde grau im Gesicht, als wäre sie krank, und Dara verdrehte die Augen. Sein Kiefer bebte vor Anstrengung, als er krampfhaft die Zähne zusammenbiss. Dann kam der Moment, in dem Gwen die Wahrheit erkannte. Sie waren dabei, die Schlacht zu verlieren. Sie konnte spüren, wie sehr die Anstrengung ihre Helfer schwächte. Sie verloren den Halt. Der Faden wurde ihnen langsam aus den Fingern gezogen.

Sie fühlte den Ärger der Besiegten, ihre Verzweiflung. Doch dann spürte sie zu ihrer Überraschung noch etwas anderes – ihre wilde Entschlossenheit, weiterzukämpfen. Sie würden nicht aufgeben, und wenn es sie umbrachte. Sie waren bereit, ihr Leben für sie zu opfern.

Diese heroische Haltung gab Gwen so viel Kraft, dass sie neuen Mut schöpfte. Während sie die beiden noch drängte, loszulassen und sich zu retten, kam ihr ein Gedanke. Dara und Granny waren am Verlieren, weil die Hexen in der Überzahl waren. Zwei gegen drei. Doch ein Dritter könnte für einen Ausgleich sorgen. Wenn sie mitkämpfen könnte, hätten sie vielleicht eine Chance.

Jetzt tauchte Gwen in ihrem tiefsten Inneren nach dem letzten Restchen Kraft, das sie noch aufbringen konnte. Es ging nicht nur um sie, sondern auch um ihre Mitstreiter. *Ich schaffe das,* schwor sie sich. Für einen kurzen Augenblick lag sie nicht mehr im Bett, sondern stand mitten auf dem hart umkämpften Schlachtfeld. Mit gesteigerter Willenskraft hob sie ihr Schwert.

Kaum hatten die beiden anderen ihre Anwesenheit bemerkt, als sie mit neuer Kraft zuschlugen. Nun kämpften drei Willen gegen drei Hexen. Das Blatt hatte sich gewendet. Langsam aber sicher verloren die drei Schwestern Land. Bald konnten Granny und Dara den Faden von ihren Hörnern befreien. Als die Hexen fürchterlich kreischten, lösten sie draußen wütendes Geheul aus. Die drei flohen noch immer schreiend und klagend aus dem Haus, bis ihr Geheul sich in weiter Ferne im Wind verlor.

Dara und Granny standen mit dem Lebensfaden am Feuer. Er war noch immer um ihre Finger geschlungen, als sie ihn unendlich vorsichtig zu Gwen brachten, die sich in den letzten Fieberkrämpfen wand. Als sie den Faden sanft auf sie legten, löste er sich in Nebel auf und das Fieber wich. Von Frieden durchdrungen, sank sie in einen tiefen Schlaf.

Als Gwen später in dieser Nacht mit flatternden Lidern die Augen öffnete, entdeckte sie dunkle Gestalten vor dem Feuer. Nach dem ersten Schreck erkannte sie Dara und Granny, die zusammen Tee tranken und sich leise unterhielten.

»Was sollen wir ihr sagen? Sie versteht doch bestimmt nichts von diesen Dingen.«

»Sie weiß etwas, Dara. Sie hat unter ihnen geweilt, da bin ich mir absolut sicher. Die eigentliche Frage aber ist: Warum hat man die Gehörnten gerufen, um sie zu fordern? Sie verdient unseren Respekt. Nur wenige wandeln unter uns, die eine solche Nacht überleben können. Wir müssen ihr gegenüber ehrlich sein, wir wollen nicht so tun, als wäre nichts geschehen.«

Gwen versuchte, wach zu werden, wollte zu ihnen gehen und über die jüngsten Ereignisse reden. Sie wusste, dass sie endlich von den Elfen befreit und in diesem Haus in Sicherheit war. Sie war aber zu schwach und erschöpft von den erlittenen Qualen und schlief wieder ein, während sie noch dachte: Und was ist mit Findabhair?

ZWANZIG

Der Duft gebratener Würstchen weckte Gwen und ihren Appetit. So hungrig war sie schon ewig nicht mehr gewesen. In der Küche war es strahlend hell, die Fenster standen offen und ließen frische Luft und Sonnenschein herein. Granny Harte stand in einer Blümchenschürze am Herd.

Es war so gemütlich und normal, dass Gwen einen Augenblick daran zweifelte, ob sie die Schrecken der Nacht nicht doch im Zuge ihrer fiebrigen Erkrankung geträumt hatte. Aber Gwen wusste zu viel über die Wirklichkeit auf der anderen Seite, als dass sie sie hätte leugnen können.

Als Granny nach ihr sehen wollte, sagte Gwen vorbehaltlos: »Danke, dass Sie mein Leben gerettet haben.«

Die alte Frau blinzelte, erstaunt über ihre Offenheit, und lächelte dann breit. »Bitte sehr, mein Liebes. Ich habe nur meine Arbeit getan. Wenn du dich vor dem Frühstück waschen willst, nimm das Badezimmer links vom Flur. Deine Anziehsachen hängen im Schrank. Ich habe sie aus deinem Rucksack geholt.«

Im Badezimmer staunte Gwen über die hellgelbe Einrichtung und die flauschigen Handtücher. Sie kicherte in sich hinein. Was hatte sie von einer Elfenheilerin erwartet? Getrocknete Käfer und eingemachte Schnecken? Nach dem Duschen zog sie eine saubere Jeans und ein pinkes T-Shirt an. Beim Kämmen summte sie vor sich hin. Sie fühlte sich wunderbar gesund.

»Was dich nicht umbringt, macht dich stark«, sagte sie zu ihrem Spiegelbild.

Als sie in die Küche zurückkehrte, stellte Granny ihr einen großen Teller hin, auf dem sich Speckstreifen, Würstchen, Eier und gebratene Pilze häuften. Dazu gab es selbst gebackenes Brot und eine Kanne starken Tee. Gwen aß mit viel Appetit.

»Ich heiße Gwen Woods«, sagte sie zwischen zwei Bissen. »Ich glaube, ich schulde Ihnen eine Erklärung.«

»Iss erstmal, dann können wir uns unterhalten. Dara holt Seetang für meinen Garten und wird gleich zurück sein.«

Als Dara die Küche betrat, wurde Gwen auf einmal schüchtern. Der junge Mann lehnte sich an den Türrahmen, um seine Gummistiefel auszuziehen. Dann krempelte er die Hemdsärmel auf, um sich am Spülbecken die Hände zu waschen. Sie hatte nicht damit gerechnet, dass er so gut aussah. Die braunen Haare fielen locker um sein fein geschnittenes Gesicht. Aus meergrünen Augen sah er sie offen und freundlich an.

»Du siehst gut aus«, sagte er mit einem schiefen Grinsen und setzte sich an den Tisch.

Granny reichte ihm sein Frühstück. Gwen war froh, dass sie schon fertig war. Vor seinen Augen zu essen, wäre ihr schwergefallen.

»So, Liebes«, sagte Granny, als sie sich zu ihr setzte und frischen Tee eingoss. »Willst du uns erzählen, wie es gekommen ist, dass du verhext auf der Insel Inch gelandet bist?«

Nach all dem, was sie für sie getan hatten, fühlte Gwen sich verpflichtet, ihnen ihre Geschichte von Anfang bis Ende zu erzählen. Obwohl sie sich an gewissen Stellen schämte, ließ sie nichts aus und erzählte von dem Busunfall und dem Gnom, von Findabhairs Entführung aus Tara und ihren einsamen Fahrten durch Irland. Sie ließ weder die Prüfungen und Proben aus, denen sie unterzogen wurde, noch den Höhepunkt ihres Versagens, als sie Elfenspeisen gegessen hatte …

Beim Erzählen fühlte sich Gwen immer unbehaglicher. Sie war so unvorsichtig und dumm gewesen, hatte so viele Regeln gebrochen und so viele Fehler gemacht. Am Ende hatte sie ihnen ihre Probleme ins Haus geschleppt und ihr Leben gefährdet. Was sollten sie von ihr denken? Was würden sie sagen?

Granny nickte nachdenklich. »Genau, wie ich es mir gedacht habe. In dem Apfel, den der Junge dir gegeben hat, steckte ein Elfenpfeil. Finvarra wollte nicht riskieren, dass du stark genug bist, zu kämpfen. Du hattest dich bis dahin nämlich wirklich gut gehalten.«

Das Kompliment war nicht zu überhören. In Daras Augen las sie die gleiche Bewunderung mit einem Anflug von Neid.

»Was für Abenteuer du erlebt hast! Du hast dich wirklich tapfer geschlagen, unter diesen Bedingungen! Du bist wirklich ein tolles Mädchen!«

Das Kompliment ließ sie erröten, und sie musste sich

eingestehen, dass sie ganz froh war, Findabhair nicht dabeizuhaben.

»Hat deine Cousine sich entschieden, im Elfenland zu bleiben?«

Irgendwas in Grannys Frage ließ Gwen aufhorchen.

»Sie findet es toll, aber darum geht es nicht. Sie kann nicht dableiben. Sie ist ein Mensch, keine Elfe. Ich bin wild entschlossen, sie da rauszuholen, ob sie will oder nicht.«

Dara und Granny tauschten Blicke.

»So einfach geht das nicht«, sagte Dara. »Es gibt Regeln und Bräuche für den Umgang mit dem Elfenvolk. Man kann nicht einfach nach Belieben kommen und gehen.«

»Heißt das, sie ist ihre Gefangene? Sie lassen sie nicht gehen?«

Granny seufzte. »Wie Dara schon sagte, so einfach ist das nicht. Für Besuche im Elfenland, ob freiwillig oder nicht, gelten gewisse Regeln. Die häufigste Besuchsdauer beläuft sich auf sieben Jahre. Entführte müssen mindestens ein Jahr und einen Tag bleiben, so lange dauert es der Tradition zufolge, um einen Fluch oder einen Zauber aufzuheben. Viele von uns sind aus freien Stücken ins Elfenland gegangen, aber es sind noch mehr entführt worden – geschickte Männer, die bei irgendeinem sportlichen Wettkampf aushelfen sollten, junge Mütter zum Ammespielen, schöne Mädchen für den Elfenkönig ...«

Der Blick der alten Frau verschleierte sich einen Augenblick lang, bevor sie weiterredete.

»Die Elfen segnen alle, die unter ihnen weilen, mit besonderen Gaben. Manch ein berühmter irischer Musiker ist ›ins Ausland gegangen‹ und mit den traurigen Melodien der Elfen wiedergekommen. Andere Besucher bekamen wunderbare Sagen geschenkt, mit denen sie in dieser Welt für Unterhaltung sorgten, oder empfingen die Gabe der Heilkunde mit Hilfe von Kräutern und Pflanzen. Wenn bei dem Besuch jedoch etwas schiefgeht, wenn ein Mensch versucht, die Elfen zu betrügen oder ihre Schätze zu stehlen, kann er sehr krank werden und viel Pech im Leben haben – ja sogar sterben.«

Je mehr sie hörte, umso mehr Angst bekam Gwen. »Wollen Sie damit sagen, dass Findabhair mindestens ein Jahr und einen Tag dort bleibt?«

»So schrecklich ist das gar nicht«, sagte Granny leise. »Ich habe selbst ein Weilchen im Elfenland gelebt. So habe ich meine Kenntnisse und Künste erworben. Seitdem darf ich mich als ›Heilerin‹ bezeichnen.«

Gwen grübelte über ihre Worte nach. Sie wurde das Gefühl nicht los, dass die alte Dame mit etwas hinter dem Berg hielt.

»Meine Cousine verändert sich«, sagte sie zögerlich. »Bei jedem Treffen kommt sie mir mehr wie eine Elfe vor. Weniger menschlich.«

Jetzt fiel ihr auch ein, was sie noch im Hinterkopf hatte, ein Bild, das sie mit Schrecken erfüllte – die schwarze Kutsche mit der stillen Findabhair darin, in Schleier gehüllt, bleich wie der Mond.

Während sie Granny und Dara ihre Vision beschrieb, beobachtete sie ihre Gesichter. Ihre Mienen bestätigten ihren Verdacht. Sie konnten die Wahrheit nicht vor ihr verbergen, dafür hatte sie zu viele Geschichten gelesen.

»Das war die Todeskutsche, stimmt's?« Gwens Stimme klang gelassen, als bräuchte sie diese Frage gar nicht mehr zu stellen.

Dara wirkte traurig und konnte ihr nicht in die Augen sehen.

»Einige Menschen entscheiden sich, für immer im Elfenland zu bleiben«, sagte die Heilerin sanft. Sie hielt inne, bevor sie weitersprach. »Will man in der einen Welt leben, muss man in der anderen sterben.«

Gwen wurde kreidebleich. Sie spürte, wie der Schock ihre Entschlossenheit zersiebte, aber sie verdrängte ihn. »Ich lasse sie nicht sterben! Ich bleibe bei meinem Plan. Ich hole sie da raus!«

»Und wir kommen mit!«, versprach Dara. Lächelnd fragte er Granny: »Stimmt doch, oder?«

Als die alte Frau nicht sofort antwortete, ergriff Gwen wieder das Wort. »Das braucht ihr nicht. Ehrlich, ich schaffe das auch allein. Ihr habt schon so viel für mich getan –«

Granny hob die Hand und ließ Gwen nicht ausreden.

»Wo Engel sich scheuen, stürmen Narren blind drauflos. Solche Entscheidungen darf man nicht auf die leichte Schulter nehmen. Aber ohne meine Hilfe sollst du auch nicht gehen.« Stirnrunzelnd sah sie Dara an. »Wir müssen die Meister der Trickserei reinlegen.«

Er nickte. »Hast du schon etwas über den Jäger …?«

Granny unterbrach ihn. »Darüber reden wir, wenn es so weit ist. Wir haben so schon alle Hände voll zu tun und müssen unsere Sorgen nicht noch unnötig erhöhen. Ich werde heute den Elfenkalender befragen. Wie wär's, wenn ihr beiden einen Spaziergang über die Insel macht? Nehmt alles für ein Picknick mit und lasst mich eine Weile in Ruhe. Zeig Gwen den Muschelstrand, Dara, und das alte Fort und den Steinhügel. Haltet gehörigen Abstand zur Elfenfestung von Dunfinn. Wenn Finvarra auf Inch ist, wird er sich dort aufhalten. Macht es euch schön, bevor wir uns dem Unausweichlichen stellen müssen. Irgendwie habe ich das Gefühl, dass wir mit unseren Problemen gerade erst am Anfang stehen.«

EINUNDZWANZIG

Die schmale Straße verlief entlang der Küstenlinie von Inch und schmiegte sich an die Steigungen und Neigungen der Hügellandschaft. Felder mit Heidekraut und wildem Ginster blühten bis hinunter zu den sandigen Buchten und zum Kiesstrand. Die Insel lag in der Biegung des Lough Swilly, eines schlanken Meeresarms der Nordsee. Die Berge auf dem Festland von Inishowen erhoben sich graublau vor Wolken und Nebel am Horizont.

»Das ist Gollan Hill«, erklärte Dara, »und der dunkle dahinter heißt Scalp. Die Insulaner sagen: ›Wenn der Scalp sein Nachtkäppchen aufsetzt, muss Inch sich in Acht nehmen.‹«

»Soll heißen?«, fragte Gwen.

»Sturmwolken auf dem Gipfel kündigen schlechtes Wetter an.«

Während sie mit ihrem Picknickkorb und einer aufgerollten Decke auf der sonnigen Straße dahinspazierten, zeigte Dara Gwen die Sehenswürdigkeiten.

»Dieser Weg durchs Grüne führt nach Dunfinn, der Elfenfestung auf dieser Insel. Siehst du, wie er links vom Ginster und Weißdorn verläuft? Der ›sinistre‹, der linke

Pfad ist der Weg ins Elfenland. Die Anhöhe vor uns mit den Bäumen heißt Fargan Knowe, der windigste Fleck auf der Insel. Alles auf Inch hat einen Namen, es ist sehr gut erforscht und wird von seinen Bewohnern sehr geliebt.«

Dara hatte eine lockere Art. Schüchtern oder zurückhaltend war er jedenfalls nicht. Unterwegs pflückte er ein Gänseblümchen und steckte es ihr hinters Ohr. Er war so nett und sah so gut aus, dass Gwen sich ständig verhaspelte. Falls Dara bemerkte, welche Wirkung er auf sie hatte, behielt er es für sich. Offenbar machte es ihm Spaß, für ihre Unterhaltung zu sorgen, und er freute sich, wenn er sie zum Lachen brachte.

Als sie an eine Aussichtsplattform gelangten, bewunderte Gwen die beigefarbene Villa, die sich elegant in die Landschaft einfügte.

»Gehört das einem Adligen?«

Dara brach in schallendes Gelächter aus. »Nö, das gehört dem Milchmann.«

»Eins zu null für das moderne Irland«, sagte sie und lachte mit.

»Ich mag dein Lachen.«

Jetzt ging es steil abwärts zu einem kleinen Bootsanleger, an dem Fischerboote ankerten. Die Kutter stupsten wie Delfine sanft an den Kai. Ein Haufen Fischernetze trocknete in der Sonne. Sie liefen zum nächsten Strand und zogen Schuhe und Socken aus. Überall lagen Muscheln, Treibholz und Knäuel von Seetang. Vogelspuren zierten den Sand wie winzige Hieroglyphen. Das Wasser schwappte über ihre nackten Füße.

»Warum habe ich bloß keinen Badeanzug mitgebracht?«, stöhnte Gwen.

»Wasserscheu?«

Er war zu schnell, Gwen hatte keine Chance. Bevor sie ihn hätte aufhalten können, hatte er sie ins Wasser geworfen und tauchte sie unter. Die Kälte raubte ihr den Atem. Sie bekam etwas in Mund und Nase und kam hustend und krächzend wieder hoch.

»Alles in Ordnung?«, fragte er, auf einmal doch etwas zerknirscht.

Gwens Schüchternheit war verflogen, jetzt ging es um die Ehre. Das war der falsche Zeitpunkt, das zarte Blümchen zu spielen. Als er sich besorgt über sie lehnte, nahm sie ihn in den Schwitzkasten und drückte ihn unter die Wellen. Als er sich wieder erholt hatte, kreischte sie immer noch vor Lachen. Sie tobten und planschten, bis es ihnen zu kalt wurde. Tropfnass wie Seetang wateten sie an Land und warfen sich in den warmen Sand.

Gwen aalte sich mit geschlossenen Augen in der Sonne. Ihre Sachen klebten an ihr, während sie an der heißen Luft trockneten. Sie grinste vor sich hin. Noch nie hatte sie sich so wohl gefühlt. Als Dara wegging, setzte sie sich hin.

Er lief am Strand entlang, als würde er etwas suchen. Dann nahm er einen Stein in die Hand und malte etwas in den Sand. Sie wollte gerade zu ihm gehen, als ihr etwas ins Auge fiel – ein dunkles Etwas, das vom Lough aufstieg. Sie blinzelte gegen die blendende Sonne an, um besser sehen zu können, aber es war verschwunden. War es ein Vogel oder etwa eine Robbe? Sie spürte ein unangenehmes Kribbeln. Sie wollte es Dara erzählen, vergaß es aber, kaum dass sie bei ihm angekommen war.

Er hatte ihre Namen in den Sand geschrieben. »Soll ich ein Herz drumrum malen?«

Er klang freundlich, aber sein strahlender Blick verriet seine Lust am Unfug. Gwen wusste nicht zu sagen, ob er es ernst meinte oder sie nur neckte. Also hob sie die Schultern und warf ihm einen langen Blick zu. Seine Klamotten waren klitschnass, aber es schien ihm nichts auszumachen. Eine Krone aus Seetang saß schief auf seinem Kopf, die glatten Fäden glänzten dunkel wie seine braunen Haare und die meergrünen Augen.

»Bist du wirklich ein König?«

Er erwiderte ihren Blick, ohne zu blinzeln. »Ich bin König dieser Insel.«

Langsam zeichnete er ein Herz um ihre Namen und sprach dabei weiter. »In Irland gibt es viele Könige wie mich, zum Beispiel auf Tory, Aran und anderen Inseln. Offiziell hat es nichts zu bedeuten, wenngleich wir an einigen Orten gewisse Sonderrechte oder Pflichten genießen, wie die Verteilung der Post vom Postboot oder die feierliche Eröffnung von Regatten und andere wichtige Dinge.«

»Nur Könige? Keine Königinnen?«

»Nicht, dass ich wüsste, aber der Titel wird über die mütterliche Linie vererbt. Mein Onkel, der Bruder meiner Mutter, war vor mir König. Er starb bei einem Autounfall. Nach mir wird der Sohn meiner Schwester König. Wie gesagt, heutzutage hat es keine große Bedeutung mehr, aber die ältere Generation erweist mir auf ihre Art doch noch manche Ehre. Zu Weihnachten und Ostern bekomme ich Geschenke, und manchmal werde ich gebeten, zwischen zerstrittenen Nachbarn zu vermitteln.«

Er war fertig mit dem Herz, baute sich mit den Händen in den Hüften vor ihr auf und lächelte sie an. »Dem Elfenvolk sind wir nach wie vor viel wichtiger. Die Erbkönige sind die einzigen menschlichen Herrscher, die sie anerkennen. Mit dem *Taoiseach* geben sie sich nicht ab.« Er lachte und erklärte seine Worte nach einem Blick auf Gwens verwirrten Gesichtsausdruck. »Der *Taoiseach* ist unser gewählter Premierminister. Das Kleine Volk respektiert nur die alten Blutlinien.«

Mittlerweile staunte Gwen nicht mehr, wenn jemand im gleichen Atemzug von Elfen und Premierministern redete. Es fiel ihr auch nicht schwer, Dara für einen König zu halten. Trotz seiner lässigen Haltung hatte er etwas Besonderes an sich, etwas Würdevolles. Aber was sollte sie von diesem Herz im Sand halten?

»Ich kenne einen guten Platz zum Picknicken«, sagte er.

Sie holten ihren Korb und ihre Decke und gingen zum Anleger zurück. Mit Daras Hilfe kletterte Gwen über eine Steinmauer.

»Ist das nicht Privateigentum?«, fragte sie.

»Ja und nein. Es gehört zur alten Festung, der vom Militär, meine ich, im Gegensatz zum Elfenfort. Sie wurde zur Zeit Napoleons erbaut und im Ersten Weltkrieg wieder in Betrieb genommen. Heute ist die Festung Sitz einer New-Age-Kommune mit dem Namen *Meitheal*. Auf Irisch heißt das ›zusammenarbeiten‹. Die haben nichts gegen Besucher.«

Auf der anderen Seite der Steinmauer erstreckte sich eine Rasenfläche mit renovierten Ziegelbauten, Baumgruppen mit Ebereschen und Eichen sowie ein ummauerter Garten mit Apfelbäumen und gewundenen Pfaden aus Muscheln und Steinchen. Die Gebäude waren mit keltischen Mustern bemalt. Spiralen wanden sich zu Augen und Schlangen, die ihre Schwänze verschlangen. Vor den Häusern spielten nackte Kleinkinder und an den Wäscheleinen flatterte bunte Kleidung. Unter einer Art Tunnel aus durchsichtigem Plastik wurden Obst und Gemüse angebaut.

»Sie kommen aus der ganzen Welt hierher«, erklärte Dara. »Aus Australien, Italien, Deutschland, Nordamerika und natürlich auch aus Irland. Die Insulaner halten sie für Hippies, aber das stimmt eigentlich nicht. Sie glauben an alle möglichen Dinge, einschließlich Elfen, aber sie arbeiten auch mit Computern und moderner Technologie.«

Gwen schüttelte den Kopf. »Ich hätte nie gedacht, dass so viele Leute an Elfen glauben. Jetzt mal im Ernst, Dara: Meinst du, die meisten Leute glauben daran?«

Dara lachte. »Meinst du die Iren? Sie tun es und sie tun es wieder nicht. Sehen wir der Sache ins Gesicht: Was haben Elfen schon groß mit der Arbeit und der Politik zu tun, oder mit neuen Straßen und der Landwirtschaft? Noch nie zuvor lag so eine breite Kluft zwischen den beiden Welten. Und doch würdest du auf dem Land kaum jemanden finden, der Bäume in einer Elfenfestung fällen würde. Nicht für Geld und gute Worte.«

Sie waren an dem äußeren Ring um das Fort angekommen, wo grasbewachsene Ecktürme und Stollen hoch über dem Lough Swilly lagen. Die Klippen fielen steil ins kalte Wasser ab, wo die Wellen gegen die moosbewachsenen Felsen schlugen. Das schrille Kreischen der Möwen zerschnitt die Luft. Auf der anderen Seite lag die Stadt Rathmullan im Schutz einer Bergkette. Im Wind lag ein Hauch des salzigen Atlantiks dahinter. Auf dem Rasen dieser Anhöhe breiteten sie ihre Decke aus und untersuchten den Picknickkorb. Es gab Käse-Tomaten-Sandwiches aus selbst gebackenem Brot, Schinken und Putenbrust in Scheiben, ein

Glas mit eingelegten Artischocken, zwei knackige rote Äpfel und ein Körbchen Erdbeeren. Dazu tranken sie heißen Kakao aus der Thermoskanne und zwei Flaschen Limonade. Während sie so schmausten, lachten und sich festredeten, entging ihnen der Schatten, der sich über die Wasseroberfläche des Lough schob.

Gwen kaute nachdenklich an ihrem Apfel. »Mir kommt es schon seltsam vor, dass andere an Elfen glauben, außer meiner Cousine natürlich. Ich meine, das Elfenland war immer mein eigenes kleines Fantasiereich. Ich habe davon geträumt, weil ich mit der Wirklichkeit nicht zufrieden war. Mein Leben war zu normal, zu langweilig, zu … einsam.«

Dara lag ausgestreckt auf der Decke und stützte den Kopf in die Hand. »Ich mag deine Art zu denken. Die meisten Mädchen interessieren sich doch nur für Kleider und Make-up.«

Gwens Antwort kam wie aus der Pistole geschossen. »Stimmt doch gar nicht. Die Mädchen erzählen den Jungen nur nicht, worüber sie nachdenken, weil die meistens nichts davon hören wollen. Die ziehen den Schwanz ein, wenn man zu schlau ist. Also tun wir so, als wären wir es nicht.«

Dara setzte sich wieder hin. »Tust du das auch?«

Sie hielt einen Moment inne, bevor sie antwortete. »Nein, aber ich denke, dass ich unter anderem deswegen noch nie einen Freund hatte.«

Sie rupfte Gras.

Dara sah sie überrascht an. »Das fasse ich einfach nicht, dass sich noch keiner in dich verknallt haben soll!«

Gwen stieg bei diesem Kompliment die Farbe ins Gesicht. Midir fiel ihr ein. Wie rasch sich ihr Leben in diesem Sommer verändert hatte!

»Doch, einer«, gab sie zu.

»Wusste ich's doch.« Dara grinste. »Du bist nämlich sehr hübsch.«

Er betrachtete sie nachdenklich und strich ihr über die Haare, die in der Sonne glänzten.

»*Tá do ghruaig chomh fionn le ór agus do shúilè gorm chomh le loch.*«

»Was?«

»Deine Haare leuchten so hell wie Gold«, sagte er leise, »und deine Augen sind so blau wie der Lough.«

Gwen schwieg.

»Stimmt was nicht?«, fragte er.

»Findest du nicht …« Sie biss sich auf die Unterlippe, »… dass ich zu dick bin?«

Wieder wirkte er überrascht. »Du bist nicht gerade Haut und Knochen, falls du das meinst. Du siehst klasse aus. Das konnte ich eben gut erkennen, als deine Sachen nass waren.«

Gwen wurde feuerrot, freute sich aber doch.

Er beugte sich zu ihr.

»Ich habe noch nie so eine wie dich getroffen«, sagte er. »Intelligent, mutig … «

Sie lächelte und plötzlich blitzte ihr der Schalk aus den Augen.

»Vielleicht gefällst du mir ja, weil du so gut aussiehst.«

Sie wunderte sich über sich selbst. Fand sie etwa Gefallen am Flirten? Doch vor allem mochte sie ihn, weil sie so locker mit ihm reden und ihn auch ein wenig aufziehen konnte.

Er lachte laut. »Ich hoffe, du respektierst auch meine inneren Werte.«

Sie lachten zusammen und dann passierte es einfach. Sie küssten sich.

»Mach lieber zwei draus«, sagte Dara.

»Zwei Küsse?«

»Zwei Typen, die in dich verknallt sind. Und ja, auch zwei Küsse.«

ZWEIUNDZWANZIG

Als sie aus dem Fort hinaus und auf der Straße zurückgingen, nahm Dara Gwens Hand. Aufgeregt lächelte sie in sich hinein und stellte sich vor, wie sie so locker mit ihrem »Freund« aussah.

»Ich könnte Bäume ausreißen«, sagte sie.

Er drückte ihre Hand, um ihr zu zeigen, dass er wusste, was sie meinte, und dasselbe fühlte.

»Wir könnten auf den Steinhügel klettern. Gleich da geht ein Weg dahin ab.«

Inch Top, überall auf der Insel nur »Steinhügel« genannt, war der höchste Punkt der Insel. Auf den tiefer gelegenen Weiden grasten Schafe, aber der Weg wurde immer steiler und steiniger. Unter ihnen erstreckten sich weite Felder. Jenseits in der Ferne kreisten Möwen über den Felsbuchten. Wo die Sonne auf das kalte Wasser des Lough Swilly traf, lag ein feiner Nebel aus Licht und Schatten über dem See.

»Er wird auch Schattensee genannt«, erzählte Dara, »aber eigentlich ist es der Augensee. Swilly ist die englische Aussprache von Súiligh. *Súil* heißt auf Irisch ›Auge‹. Der Sage nach lebt eine Seeschlange auf dem Grund des Lough. Sie heißt Súileach – ›voller Augen‹.«

»Wie das Ungeheuer von Loch Ness!«, rief Gwen. Schaudernd sah sie in einer Vorahnung auf den See. Er war spiegelglatt, nichts regte sich. Sie wandte ihre Aufmerksamkeit wieder Dara zu. »Du weißt so viel über die Gegend. Du fühlst dich hier richtig wohl, oder?«

»Im Winter kann es ganz schön einsam werden. Wenn es windet und stürmt. Manchmal bricht der Damm weg und wir sind wieder eine Insel. Trotzdem komme ich so oft wie möglich hierher.«

»Was? Ich dachte, du wohnst hier!«

»Oh, nein. Meine Eltern sind schon vor meiner Geburt nach Galway gezogen. Wenn ich hier bin, wohne ich bei Granny und erledige die verrücktesten Dinge für sie, ansonsten treffen wir uns zu Weihnachten alle hier. Sie ist übrigens gar nicht meine Großmutter, sondern meine Großtante. Alle nennen sie Granny, obwohl sie eigentlich Grania heißt.«

»Aber ich dachte … ich meine … du als König und so. Anscheinend gehörst du doch hierhin. So wie der Berg da.«

Sie wurde rot, als ihr bewusst wurde, was für ein romantisches Bild sie da von ihm entwarf.

Er grinste sie charmant an. »Natürlich gehöre ich hierhin. Hier kommt meine Familie her, und das seit Generationen. Hier sind meine ›Wurzeln‹, wie man so schön sagt. Aber ich kann hier genauso wenig mein Auskommen finden wie meine Eltern. Ich bin kein Bauer und auch kein Fischer. Wir betreiben eine Ferienanlage in Connemara. Du weißt schon, Appartements für Touristen. Außerdem bieten wir spezielle Touren zu den archäologischen Stätten an. Ich studiere Ur- und Frühgeschichte an der Universität von Galway, um das alles unter einen Hut zu bringen.

Ich werde immer wieder nach Inch zurückkehren, und ich gehe davon aus, dass ich hier eines Tages alt werde, aber bis dahin spielt sich mein Leben woanders ab.«

Gwen konnte ihre Enttäuschung nur mühsam verbergen. »Und wie findet Granny das?«

»Super findet sie es. Ich arbeite auf etwas hin, das ich gerne tue. Der Rubel rollt mit der neuen Währung. Die Europäer sehen genau, was sie für ihr Geld bekommen. Je mehr wir uns auf die Vereinigung –«

Daras Enthusiasmus verebbte, als er Gwens Blick sah.

»Was in aller Welt hast du denn?«

Bei jedem anderen hätte sie zurückgesteckt, aber ihm wollte sie nichts vorlügen oder vortäuschen.

»Das klingt alles so ... normal.«

Sein Blick verriet Ungeduld, aber dann beherrschte er sich. »Ach, Gwen! Irland ist kein Märchen aus Wünschen und Träumen. Dies ist ein normales Land, in dem echte Menschen leben. Wir müssen genauso Geld verdienen wie alle anderen auf der Welt.«

»Und was ist mit deinem Königtum?« Gwen ließ nicht locker. »Und dem Elfenland und den alten Bräuchen und allem, was Granny so weiß?«

Er schüttelte den Kopf.

»Warum geht es immer nur um entweder-oder? Diese Welt oder jene? Körper oder Seele? Ich stecke die Dinge nicht in Schubladen, ich lebe lieber mit dem Ganzen, so wie es ist.«

Auf einmal verstand Gwen nicht nur ihn, sondern auch sich selbst. Er hatte ihr Problem mit den Elfen auf den Punkt gebracht. Entweder. Oder. Die Wirklichkeit war praktisch, das Elfenland versponnen. Es lag an ihr, dass sie die Welten gegeneinander ausspielte und dann ständig ihre Meinung änderte, wo sie lieber wäre. Dara und Granny dagegen fühlten sich mit beidem wohl, weil die beiden Welten einander aus ihrer Sicht nicht ausschlossen.

Beim Aufstieg auf den Berg unterhielten sich Gwen und Dara über ihr Leben, ihre Familien und ihre Wünsche für die Zukunft.

»Ich wollte immer schon Lehrerin werden«, sagte sie. »Das liegt mir im Blut. Meine Eltern unterrichten beide, aber das ist noch nicht alles. Ich liebe Kinder. Ich passe ständig irgendwo auf Kinder auf, nicht nur wegen des Geldes, sondern weil ich es so schön finde.«

»Und alle kleinen Jungs schwärmen für dich«, sagte er lachend.

Der Weg wurde schmaler und Stechginster überwucherte ihn von beiden Seiten. Sie mussten hintereinander gehen. Manchmal ging Dara vor, um den richtigen Weg zu finden. Er war viel fitter als Gwen, und sie hatte sich bereits geschworen, demnächst mit ihrer Mutter ins Fitnessstudio zu gehen oder mit ihrem Dad zu joggen. Sie war so außer Atem, dass sie stehen bleiben musste. Als sie ihren Blick über den Lough Swilly schweifen ließ, schlug ihr Herz plötzlich schneller. Sie legte die Hand über die Augen.

Etwas Dunkles schwebte über der Wasseroberfläche, ein langer, ausgefranster Streifen. Ein Teppich aus Seetang? Der musste schon sehr groß sein, wenn man ihn von hier oben sehen konnte. Eine Unterströmung vielleicht? Es schob sich schnell an die Insel heran. Der Schatten einer Wolke? Doch bis auf ein paar feine Federwolken war der Himmel klar.

Sie rief Dara, aber der Wind verwehte ihre Worte und

er hörte sie nicht. Rasch eilte sie hinter ihm her. Als sie stehen blieb und zurückschaute, war sie wie gelähmt vor Angst.

Das Dunkle war am Strand angelangt und glitt wie ein Ölteppich über den Sand und weiter über die Straße auf den Steinhügel zu. Es folgte ihnen! Die Furcht nahm Besitz von ihr, lähmte ihren Verstand, ließ sie erstarren. Selbst als sie die Kraft aufbrachte, es zu versuchen, konnte sie sich nicht rühren. Sie war so starr vor Schreck wie der Hase vor der Schlange.

Weiter oben auf dem Weg war Dara an einem Hindernis aus Brennnesseln stehen geblieben, um nach Gwen zu sehen. Als er die Gefahr erkannte, in der sie schwebte, hallten seine Schreie über den Berghang.

Doch sie hörte nichts. Sie konnte auch kaum erkennen, was über sie kam, da es die Sonne und das Tageslicht auslöschte. Ihre Sicht wurde trüb. Als der Schatten sie in seinen Atem hüllte, wurde ihr Körper von Eiseskälte durchbohrt wie von Nadelstichen. Sie zitterte unkontrolliert, ihr Atem ein dampfend grauer Nebel. Ihr kam der Gedanke, es habe die Sonne nie gegeben, noch Licht und Wärme. Nur Kälte und bittere Leere.

Jetzt öffnete sich das Dunkle wie ein Schlund, der sie verschlingen wollte. In seinen tiefsten Tiefen ahnte sie etwas Schlangenartiges, das Macht und Schrecken ausstrahlte. Diese Wahrnehmung hielt nur einen Augenblick, der doch ewig dauerte, ein lebloser Abgrund. Ihre Seele erzitterte in ihren Grundfesten. Gwen kämpfte gegen die Verzweiflung an, die sie zu überwältigen drohte. Mit letzter Seelenkraft klammerte sie sich an ein schwächliches Selbstgefühl, eine gefiederte Erinnerung an Licht und Hoffnung. Sie war ganz allein im Universum, niemand stand ihr bei, als sie darum kämpfte, die Dunkelheit in Schach zu halten.

Aber sie war nicht allein. Dara war sich seiner Verwandlung nicht bewusst, obwohl er in Windeseile den Weg herunterraste, den er so sorgsam hinaufgestiegen war. Es war kein Junge in Jeans, der zu Gwen rannte, sondern eine königliche Gestalt in einem prächtigen Umhang.

Kaum war er bei ihr angekommen, stellte er sich vor sie, um dem Schatten den Weg zu versperren.

»*Bi ar shiúl!*«, schrie er mit erhobener Hand. »Verlasse diese Insel! Das ist ein Befehl des Königs!«

Der Schatten türmte sich dunkler und dunkler, bis Gwen noch mehr Angst bekam, nicht nur um sich, sondern auch um Dara. Im Vergleich zu dem Schatten hätte man ihn umpusten können und seine Stimme klang dünn in der Düsternis. Sie wollte ihm helfen oder wenigstens neben ihn treten, aber es war, als hätte sie Wurzeln geschlagen. Sie konnte sich nicht bewegen.

Daras Atem dampfte, er zitterte vor Kälte. Aber er wich nicht zurück und hob die andere Hand, um mit beiden Händen das Entsetzliche abzuhalten.

»Bei *Fír Flathemon,* der Wahrheit des Herrschers, ich bin das Gesetz auf dieser Insel. Sogar du musst mir gehorchen!«

Auf einmal schien Dara nicht mehr allein zu sein. Um ihn herum standen glänzende Gestalten mit königlichem Gebaren, um die Rechte ihres Geschlechts zu verteidigen. Als er erneut die Stimme erhob, schwangen ihre Stimmen, jene seiner Vorfahren, durch die Jahrhunderte mit.

»*Gread leat!*«, donnerte er unerbittlich. »Zurück in die Tiefe! Das ist ein Befehl des Königs!«

Der Schatten zuckte heftig. Dann wich er zurück, so wie er gekommen war, und schwand wie die Dunkelheit vor der Morgendämmerung. Als er wieder an dem Meeresarm angekommen war, sah man nur noch einen Nebelfetzen, der sich über dem Wasser auflöste.

Gwen erschauerte, als der Griff des Wesens nachließ, und barg das Gesicht in den Händen. Dara drehte sich schnell zu ihr um und nahm sie in den Arm.

»Geht's wieder?«

Sie zitterte heftig, obwohl die Sonne sie wärmte. Ein feines dunkles Gewebe schien sie weiterhin einzuhüllen. Sie mühte sich, es abzuwerfen wie eine alte Haut.

»Waren das die Elfen?«

»Nein«, antwortete er kurz angebunden. »Das war etwas viel Älteres. Genau was ich befürchtet hatte. Wir müssen hier weg!«

»Aber was war das? Weißt du das?«

»Nicht hier«, drängte er und nahm ihre Hand. »Das war nur der Schatten, nicht das Ding selbst.«

Mehr brauchte er nicht zu sagen. Gwen holte ihn nicht nur ein, sondern ging voran und zog ihn mit, er sollte schneller gehen. Sie wusste nur eins, und zwar, dass das Ding hinter ihr her war. Sie wollte nie wieder etwas damit oder mit einer anderen Version dieses schrecklichen Wesens zu tun haben.

Als sie wieder auf der Straße waren, rannten sie den ganzen Weg bis zu Grannys Haus.

»Der Schatten des Jägers«, keuchte Dara zwischen zwei Atemzügen. »Er ist aus dem Lough gekommen!«

Die Heilerin nickte bereits, bevor er ausgeredet hatte. Die Überreste ihres Orakels lagen auf dem Tisch – weiße

Kerzen, Wahrsagekugel, Feder und Tinte sowie Mondkarten mit gekritzelten Berechnungen.

Die Angst in ihrer Stimme war unverkennbar.

»Der Mond des Jägers wird über uns kommen. Die Nacht des Opfers.«

DREIUNDZWANZIG

Angesichts der neuen Gefahr wurde Gwen von nackter Angst gepackt. Granny führte sie zu einem Sessel am Feuer, während Dara Torf nachlegte. Diese schlichten Handlungen trösteten sie, aber sie wusste auch, dass sie gleich schlechte Neuigkeiten hören würde. Granny übernahm die Erklärung.

»Das Elfenland ist ein wunderbarer Traum, aber alle Dinge haben ihre Schattenseiten – selbst in der Geschichte vom Paradies taucht die Schlange auf. Hinter den Toren zum Elfenland liegt ein Geheimnis in Form eines Großen Wurms. Er heißt Crom Cruac, genannt ›der Jäger‹. Zu Anbeginn der Zeiten wurde er aus dem Elfenland vertrieben. Unsterblich und unzerstörbar, wie er ist, bindet ihn eine Art Tribut an das Schicksal der Elfen. Zu bestimmten Zeiten nach dem Elfenkalender, zwischen denen nach menschlichem Ermessen Jahrhunderte liegen können, wird eine Geisel geopfert, um seinen Appetit zu befriedigen. Wäre dies nicht so, würde er sich erheben und das Elfenland verschlingen. Und wenn der Große Wurm den Tribut von den Elfen fordert, verlangen sie wiederum ihren Tribut von uns. Das Opfer, die Geisel, muss ein Mensch sein.«

»*Auch ich war der Gejagte und der Geopferte*«, murmelte Gwen.

»Es ist nie ungefährlich, ins Elfenland zu gehen«, fuhr die Heilerin fort. »Wer jedoch unglücklicherweise zur Zeit des Jägermondes ankommt, ist in höchster Gefahr. Eine Laune des Schicksals macht denjenigen zur Geisel, zum Opfer. Ich gehe davon aus, dass du weißt, was das heißt. Glaub mir, ich tue dir nur ungern weh.«

»Findabhair.«

Gwen war wie gelähmt, sie konnte kaum denken. »Aber warum war der Jäger dann hinter mir her? Weil ich ihre Cousine bin?«

Granny nahm Gwens Hand.

»Du bist über deinen Namen und dein Blut mit ihr verbunden, aber der Zwang des Elfengesetzes ist auch hier wieder stärker. Seit der Nacht im Grabhügel der Geiseln in Tara erhebt der Elfenkönig Anspruch auf euch beide. Zwei Geiseln bedeuteten doppelten Gewinn. Eine sollte seine Braut werden, die andere als sein Opfer sterben.«

»Wirklich ein übler Trickser«, sagte Gwen erbittert.

Jetzt verstand sie das alles. Finvarras Beharrlichkeit, die immer entschlossenere Jagd auf sie. Dies war der böse Plan, dem Findabhair auf die Spur gekommen war und der Midir so große Sorgen bereitet hatte – der Schatten, der über der glänzenden Welt der Elfen lag, der Wurm im Kerngehäuse des Apfels. Gwen war schlecht. Ihr Sieg über den König konnte nur eines bedeuten. Findabhair würde zu der Geisel bestimmt werden, die geopfert werden sollte.

Wie die Flammen im Kamin flackerte Gwens Zorn auf und dämpfte ihren Schock.

»Das nehme ich nicht hin. Tradition und Gesetz hin oder

her. Meine Cousine wird nicht sterben. Ich bin mehr denn je entschlossen, sie aus dem Elfenland rauszuholen.«

Granny zog die Augenbrauen hoch. Dara ließ ein Kriegsgeheul los.

»Ich komme mit! Und wenn die Welt untergeht!«

»Wie treffend«, warnte die alte Frau. »Ihr wollt euch mit den Elfen anlegen und lockt womöglich den Jäger an.«

Allein die Vorstellung jagte Gwen einen Schauer über den Rücken, aber sie blieb dabei. »Ich muss es einfach tun.«

»Komm schon, Gran«, drängte Dara. »Du weißt doch selbst, dass du mitmachst. Das Leben ist riskant, wer wüsste das besser als du?«

Seine Großtante lächelte kurz, sah aber weiterhin besorgt aus. »Jetzt kommt es wirklich dicke, denn es geht um mehr, als wir dachten. Sollte es uns nicht gelingen, den Elfen Findabhair zu entreißen, könnten wir Gwen auch noch verlieren. Ihr wisst, was das bedeutet. Dann würde sie geopfert.«

In diesem Augenblick dachte Gwen ernsthaft daran aufzugeben. Nie in ihrem Leben würde sie den Angriff des Schattens auf dem Berg vergessen. Der Gedanke, sich ihm noch einmal zu stellen – und schlimmer noch, dem Ursprung des Entsetzens –, machte ihr solche Angst, dass sie es kaum ertragen konnte. Ihr natürlicher Überlebenswille kämpfte gegen den Wunsch, ihre Cousine zu retten. Sie wollte nicht sterben.

Trotzdem sagte sie schließlich: »Ich versuche es.«

Daras Blick versprach genügend Unterstützung, aber er drückte es auch noch in Worten aus. »Wir müssen zocken, aber wir haben auch ein paar Trümpfe in der Hand«, sagte er. »Wir haben deine Künste, Granny, und mein königliches

Erbrecht. Außerdem haben wir Gwen. Sie hat sich immer gut gewehrt und alle Prüfungen des Königs bestanden. Es wäre sicher falsch, sie jetzt zu unterschätzen.«

Gwen wurde ganz heiß bei diesem Lobgesang. Hier und da hatte er sogar recht, fand sie.

»Du sprichst die Wahrheit, Dara«, stimmte auch Granny zu. »Wir drei sind stark. Obwohl Sieben die stärkste Ziffer ist, übt auch die Drei große Macht aus.« Sie lächelte Gwen und Dara zärtlich und respektvoll an. »Ach, meine Lieben, einfach wird das bestimmt nicht, und schiefgehen kann es auch, aber tief in mir drin weiß ich, dass wir das Richtige tun.«

Sie verbrachten den Nachmittag mit Vorbereitungen. Das Häuschen musste noch einmal gegen einen Angriff der Elfen wehrhaft gemacht werden. Alle Fenster, Türen und Übergänge wurden mit Girlanden aus Holunder und Ginster umwunden und mit Sträußen aus Schlüsselblumen, Heidekraut, Stechpalmen und Nesseln bestückt. Sobald das Haus gewappnet war, sorgten Granny, Gwen und Dara für ihre eigene Bewaffnung. Granny schwang einen Schwarzdornstock als Hexenbesen. Die Ogham-Runen, die in das Holz geschnitzt waren, krochen wie funkelnde Insekten darüber. Aus einer uralten Truhe, die mit Damast ausgelegt war, holte Dara ein Zepter aus Eichenholz. Es war fein geschnitzt und spitz wie ein Speer. Er schob es wie ein Taschenmesser in die hintere Hosentasche. Jetzt, da sie es wiedersah, erinnerte sich Gwen an die Rolle, die es in der Nacht mit den drei Schwestern gespielt hatte.

»Das ist meine Dienstmarke«, erklärte Dara, »die von König zu König weitergereicht wird. In unserer Welt hat sie rein zeremoniellen Wert, aber im Elfenland ist es eine starke Waffe.«

Betrübt sagte Gwen: »Ich habe überhaupt keine Magie in mir.«

»Ohne Herz und Willen ist Magie machtlos«, sagte Granny, »und davon hast du mehr als genug. Vergiss das nicht, auch wenn du das Ding benutzt, das ich dir gleich gebe.«

Es handelte sich um einen Zauberstab aus weiß geschältem Haselbusch. Gwen steckte ihn wie einen Dolch in ihren Gürtel und lauschte Grannys Erläuterungen über seine Fähigkeiten. Der heilige, mächtige Haselbusch hatte geheime Eigenschaften, die nur wenigen bekannt waren. Obwohl sie nur wenig von dem ihm innewohnenden Geist begriff, würde sie ihn nutzen können, wenn sie tapfer und wahrhaftig war.

In der Dämmerung machten sie sich auf den Weg zur Festung Dunfinn, dem Sitz der Elfen auf Inch. Sie lag auf einem hohen Vorgebirge, das man von Grannys Haus aus sehen konnte. Ein schmaler, gewundener Pfad führte durch Stechginster und Brombeergestrüpp bergauf. Je höher sie gelangten, umso schwieriger wurde es. Als sie in ein Meer aus wogenden mannshohen Farnen gerieten, übernahm Granny die Spitze und bahnte sich mit ihrem Stock den Weg. Protestierend rückten gewaltige Mückenschwärme aus und der Geruch nach zerdrückten Blättern und Stängeln raubte ihnen den Atem. Der Boden wurde immer matschiger, sodass ihre Stiefel tief im Schlamm einsanken. Die Natur selbst war offenbar entschlossen, ihnen den Weg zu versperren. Jedes Mal wenn sie auf ein Hindernis stießen – wilde Rosen, so spitz wie Stacheldraht, oder stechende Brennnesseln – bogen sie links ab. Sie schwiegen, in Gedanken versunken, und grübelten darüber nach, was vor ihnen liegen mochte.

Sie hatten sich einen einfachen und doch gewagten und gefährlichen Plan zurechtgelegt: einen Austausch der Geiseln. Gwen gegen Findabhair. Sobald Findabhair sicher in Grannys Häuschen angekommen wäre und dort von der Heilerin bewacht würde, sollte Gwen handeln. In der Liebe und im Krieg war bekanntlich alles erlaubt, und sie würde sämtliche Kräfte nutzen, um aus dem Elfenland zu entkommen. Sie verließ sich nicht nur auf ihren Verstand und ihren Zauberstab, sondern kalkulierte auch die Hilfe ihrer Freunde mit ein. Dara wollte sie begleiten. Als König von Inch konnte er auf das Recht pochen, sich ungehindert zwischen den Welten zu bewegen.

»Finvarra könnte es dir verbieten«, hatte Granny besorgt eingewandt.

»Von dem lasse ich mich nicht abhalten«, grollte Dara. »In einer unserer alten Sagen gräbt ein irischer König einen ganzen Elfenhügel um und rettet seine entführte Königin. Genau das tue ich auch.«

Gwen traute es ihm ohne Weiteres zu und das gab ihr Mut. Sie setzte aber auch Hoffnung in Midir, was sie ihrem Freund jedoch zunächst verschwieg. Es gab keinen Grund, die vertrackte Situation noch komplizierter zu machen. Ihre Finger schlangen sich um den Zauberstab an ihrem Gürtel. Unabhängig davon, wer ihr nun helfen würde, war sie bereit, selbst zu kämpfen.

Endlich erreichten sie Dunfinn. Die Bergspitze bestand aus einem Gehölz aus hochgeschossenem Weißdorn. In der Mitte neigte sich der Boden in eine sumpfige Mulde. Unheimlicher Nebel hing über Schilf und Binse, die still standen wie eine Wache aus bleichen Speeren. Es war ein einsamer, verlassener Ort, der eine seltsame Kühle ausstrahlte.

Gwen zitterte. So einen Ort hatte sie auf Inch bisher nicht gesehen.

»Die Inselbewohner wissen, dass dies die Elfenfestung ist, und meiden Dunfinn«, erklärte Dara. »Und doch gibt es viele Geschichten über Leute, die sich auf dem Heimweg vom Pub verlaufen haben. Wenn man auf einen *fóidín mearaí* getreten ist, ein ›Irrgras‹, kommt man hier wieder zu sich.«

»Der Palast liegt unter der Erde«, sagte Granny, »ganz tief unten in Höhlen. Wir warten, bis sie uns abholen.«

Sie standen am Rand des Gehölzes mit Blick auf die Binsen und die Festung Dunfinn. Mit wachen Sinnen lauschten sie auf ein Zeichen, das die Ankunft des Elfenvolkes ankündigen würde: einen Windstoß, singende Stimmen oder eine ferne Musik. Doch trotz der hereinbrechenden Dunkelheit und der Wolken, die hinter dem Mond hertrieben, geschah rein gar nichts.

»Wo bleiben sie denn?«, fragte Granny besorgt. »Ich habe sie von unserem Wunsch nach einer Unterredung benachrichtigt.«

»Der König traut uns nicht«, sagte Gwen.

»Egal«, wandte Dara ein, »er müsste trotzdem kommen. Das Risiko würde er auf sich nehmen. Wenn er sie wirklich liebt, wird er alles tun, damit sie am Leben bleibt.«

Bei diesen Worten hielt Dara Gwens Hand noch fester.

»Vielleicht will er uns genauso täuschen wie wir ihn«, sagte Granny unvermittelt. »Irgendwas liegt in der Luft, das spüre ich. Wollen sie Gwen etwa gewaltsam entführen?«

Auf der Stelle drängten sich die drei aneinander, Rücken an Rücken. Die Schatten zwischen den Bäumen wurden dunkler. Die Nacht kroch herbei, bereit, zuzuschlagen.

»Seid guten Mutes«, sagte Granny leise.

Sie hob ihren Stock wie einen Speer. Dara holte sein Zepter hervor und Gwen griff ihren Zauberstab. Die drei hielten die Luft an, bereit zum Angriff. Sie zuckten zusammen, als ein Ast laut knackte. Eine schlanke Gestalt trat aus den Bäumen an sie heran. Gwen schrie auf.

»Findabhair!«

Denn es war ihre Cousine, blass und still, normal gekleidet, mit dem Rucksack auf dem Rücken.

Mit einem Blick ins Gehölz versicherte Gwen sich, dass sie allein war, lief zu ihr und umarmte sie. »Gott sei Dank, dass du hier bist! Dein Leben ist in Gefahr!«

»Falls du den Jägermond meinst, Cousinchen, davon habe ich auch schon gehört.« Findabhairs Stimme klang seltsam dünn. »Finvarra hat mir höchstpersönlich davon erzählt. Er hat sich in mich verliebt und möchte mich nicht opfern.«

»Und da hat er dich freigelassen!«, rief Gwen entzückt.

Wieder einmal hatte der König den Spieß umgedreht, aber diesmal wurmte es Gwen nicht. Außer Atem vor Freude stellte sie Findabhair Dara und Granny vor und erzählte kurz, wie sie ihr geholfen hatten.

»Du bist so ungeheuer amerikanisch«, sagte Findabhair ruhig. »Habe ich dich je gebeten, mich zu retten?«

Dieser Satz überrumpelte Gwen und auch Dara sah verwirrt aus. Nur Granny verlangte in strengem Ton:

»Sag ihr die Wahrheit, Mädchen, sonst tue ich es. Ich sehe das Zeichen auf deiner Stirn.«

Findabhair sah der Heilerin in die Augen und erkannte, dass auch sie im Elfenland gelebt hatte. Sie neigte den Kopf zum Gruß und legte Gwen den Arm um die Schultern.

»Ich komme nur kurz zurück, um mich zu verabschieden. Ich bin immer noch die Geisel. Aus freiem Willen werde ich das Opfer sein.«

VIERUNDZWANZIG

Los, wir müssen hier weg«, sagte die Heilerin.
Findabhair gehorchte wortlos, Dara ging mit Gwen.
Auf dem Weg von Dunfinn bis zu Grannys Haus sagte niemand ein Wort, aber kaum waren sie drinnen in Sicherheit, ging Gwen in die Luft.

»Bist du wahnsinnig? Du bist zu jung zum Sterben! Und es geht dich nicht mal was an! Die ganze Zeit schlage ich mich jetzt schon mit deiner Egozentrik herum. Du machst dich einfach aus dem Staub, egal, was aus den anderen wird, aber das ist jetzt vorbei! Mir reicht's! Ich sage dir hier und jetzt, das tust du nicht. Hast du gehört? Ich habe NEIN gesagt!«

Dara stand als stille Stütze hinter ihr, während sie tobte und heulte. Findabhair ließ schweigend den Kopf hängen. Als Gwen fertig war und nur noch blass und zitternd dastand, scheuchte Granny sie alle zum Feuer.

»Warum hast du dich dazu entschlossen, Liebes?«, fragte sie Findabhair, die zusammengesunken auf dem Stuhl saß.

»Zum Wohl des Elfenlandes«, lautete die Antwort. Findabhair sprach so leise, dass man sie kaum verstehen konnte. »Wenn ich es nicht tue, gehen sie alle unter und das Elfenland mit. Wie die anderen Geiseln vor mir, gehe auch ich freiwillig. Kein Sterblicher wurde jemals dazu gezwungen.«

Sie beugte sich zu den Flammen vor, die sich wie Feuersäulen in ihren Augen spiegelten. Sie wirkte wie jemand, der gerade aus einem fernen Land zurückgekommen und noch nicht richtig wieder da war. Als Granny ihr eine Tasse Tee reichte, starrte sie ihn eine Weile an und nahm schließlich einen Schluck, mit dessen Geschmack sie anscheinend nicht gerechnet hatte. Irgendetwas an ihr verschob und veränderte sich ständig. Wirkte sie einen Augenblick lang majestätisch, ruhig und entschlossen, zitterte sie im nächsten Moment wie ein überfordertes junges Mädchen.

»Ich gehe nicht allein. Finvarra kommt mit. Er will seinem Thron entsagen und Midir soll sein Nachfolger werden. Wir haben uns furchtbar darüber gestritten. Er wollte an meiner Stelle gehen, aber ich habe es ihm verboten. Als das Opfer habe ich das Recht dazu. Er wollte es aus Liebe zu mir und seinem Königreich tun und ich tue es aus dem gleichen Grund. Verstehst du das nicht?« Sie wandte sich unvermittelt Gwen zu, ihre dunklen Augen brannten. »Es geht mich sehr wohl etwas an. Ich bin die Elfenkönigin.«

Gwens Zorn verrauchte im Nu. So sehr sie einerseits Findabhairs Entscheidung ablehnte, so gut verstand sie andererseits ihre Cousine. Die Rettung des Elfenlandes. All das stand schon in den alten Geschichten. Viele Sterbliche hatten alles riskiert, damit diese wunderbare Welt erhalten blieb.

Für dieses Problem gab es keine Lösung. Wie sollte sie ihre Cousine oder das Land ihrer Träume verdammen?

Findabhair tot, das Elfenland vernichtet – beides war undenkbar.

Auf einmal richtete Gwen sich auf. »Wenn die Geiseln immer aus freiem Willen geopfert wurden, bedeutet das doch, dass es noch nie einen Kampf gegeben hat. Könnten wir Crom Cruac herausfordern? Und sowohl Findabhair als auch das Elfenland retten?«

Dara pfiff leise. »Bei meinem Königtum, wir werden es versuchen!«

So einig sie sich waren, so waghalsig erschien ihnen dieser ungeheuerliche Vorschlag. Umso erstaunter waren sie, als die Heilerin ihnen auch noch beipflichtete.

»Zwischen Himmel und Erde ist alles möglich«, sagte sie leise mit einer Spur von Ehrfurcht. »Mir schwante schon, dass wir auf etwas Gewaltiges zusteuern.«

Findabhair verstand jetzt erst, worum es eigentlich ging. »Wollt ihr damit sagen, dass ihr mit Finvarra und mir da hingehen wollt? Um zu kämpfen?« Vor Aufregung röteten sich ihre Wangen. Zum ersten Mal an diesem Abend sah sie aus wie früher. »Wir brauchen einen Schlachtplan!«

»Schön, dass du wieder bei uns bist, Cousinchen«, sagte Gwen mit einem Grinsen. »Ich habe dich schon vermisst.«

Jetzt redeten alle durcheinander, bis Granny das Kommando übernahm.

»Wir brauchen eine Strategie«, stimmte sie zu. »Allerdings sollte der König dabei sein, wenn er sich schon dazu entschlossen hat, es mit Crom Cruac aufzunehmen.«

»Woher soll er wissen –«, begann Gwen.

»Er weiß Bescheid«, sagten Granny und Findabhair einstimmig.

Es war einen Augenblick lang still, als die alte Frau und das junge Mädchen einander schweigend ansahen.

»Glauben Sie, dass es schwer für Sie wird?«, fragte Findabhair leise.

»Nein, und wie ist es mit dir?«

»Ich war noch nie sonderlich eifersüchtig«, sagte die Jüngere und hob die Schultern. »Deshalb komme ich so gut mit ihnen klar.«

Erst nach Finvarras Ankunft verstanden die beiden anderen diese kurze Unterhaltung.

Als der Elfenkönig über die Schwelle trat, brachte er einen Windstoß mit, der Laub über den Boden fegte. Es kam ihnen vor, als streune ein Panther in die Küche. In seinem nachtschwarzen, sternenfunkelnden Umhang bewegte er sich mit der lässigen Anmut des Überlegenen. In dieser gemütlichen, betont menschlichen Umgebung wirkte er wilder und übernatürlicher als je zuvor.

Unwillkürlich verbeugten sich die vier Menschen vor dem König. Zu ihrer Überraschung machte er ebenfalls einen Diener.

»Ich grüße euch, Kameraden. Überglücklich komme ich zu euch. Eure heutige Entscheidung hallt durch das Elfenland wie ein Ruf zu den Waffen.«

Daraufhin ging er zuerst zu Gwen. Eine gewisse Spannung lag in der Luft, als die beiden einander ansahen. Zwei Seelen rangen in ihrer Brust. Finvarra hatte wieder einmal den Spieß umgedreht. Trotz all der Dinge, die zwischen ihnen vorgefallen waren, standen sie jetzt auf einer Seite. Doch wie sollte sie ihm trauen, nach all dem, was er ihr angetan hatte? Wie sollte sie sich dazu durchringen, ihn zu mögen?

Obwohl ein feines Lächeln die Lippen des Königs umspielte, war sein Blick ernst.

»Aus meiner kleinen Butterblume ist eine wilde Rose geworden. Eine Kriegerin mit viel Mut und Kraft. Du hast dich wacker geschlagen und wider Erwarten gewonnen. Ein gutes Gefühl, wage ich zu sagen, die Siegerin an meiner Seite zu wissen.«

Gwen stockte der Atem. Schon wieder! Sein Charme entwaffnete sie.

»Ich freue mich, dass wir keine Feinde mehr sind.« Sie meinte es ernst.

»Dann hoffe ich, dass wir Freunde werden.«

Der König wandte sich nun an Dara. Er legte dem jungen Mann die Hand auf die Schulter und sprach in formellem Ton: »Seid gegrüßt, König von Inch. Ich bin Euren Vorfahren begegnet, Ihr seid von edler Abstammung. Ich bin von Herzen froh, dass Ihr mir bei diesem gefährlichen Vorhaben zur Seite steht.«

Daras Antwort entsprach dem Zeremoniell. »Alle Könige und Prinzen beugen sich dem Hochkönig. Es ist mir Pflicht und Ehre zugleich, Euch zu begleiten, Majestät.«

Als Finvarra sich Granny zuwandte, verbeugte er sich, nahm ihre Hand und küsste sie. Er strahlte eine sanfte Wehmut aus. »Verehrtes Herz, du bist nicht vergessen. Mein Volk hat stets über dich gewacht.«

»Das weiß ich«, sagte die Heilerin. »Es hat mir viel bedeutet.«

Der Blick des Königs ruhte einen Augenblick lang auf ihrem Claddagh-Ring, der aus zwei silbernen Händen bestand, die ein gekröntes Herz hielten.

»Hast du nie geheiratet? Das tut mir leid für dich.«

»Ich wollte es so«, sagte sie fest, bevor ein mädchenhaftes Lachen ihre Miene aufhellte. »Keiner hätte Euch ersetzen können.«

In diesem Moment bekamen die anderen eine Ahnung des Vergangenen. Granny erschien ihnen plötzlich wie in ihrer Jugend – die dunkelhaarige Schönheit Grania Harte als einstige Gemahlin des Elfenkönigs. Dann verblasste das Bild und sie stand wieder gealtert und grauhaarig, doch stolz und ungebeugt vor ihnen.

Zum Schluss ging Finvarra zu Findabhair. Er neigte sich sanft zu ihr, berührte sie nicht, war doch sein Blick Zärtlichkeit genug.

»Wir brauchen keine Worte, Geliebte. Unsere Schicksale sind verwoben, bis die Sterne zur Erde fallen. Deinetwegen habe ich diesen Weg beschritten und es reut mich nicht. Ob Sterbliche oder Elfen, die Liebe bedeutet uns alles.«

Wie sehr sie seine Gefühle teilte, war deutlich erkennbar. Sie war nicht mehr das junge Mädchen, sondern eine Frau neben ihrem Geliebten, dem sie aus freiem Willen in den Tod folgte.

Bis jetzt hatte Finvarra sich wie ein Hochkönig verhalten, mit der vornehmen *courteisie* des Elfenvolks. Jetzt warf er die würdevolle Haltung ab und stand in Jeans und schwarzem T-Shirt vor ihnen. Mit seinem dunklen Zopf wäre er überall als normaler, wenngleich überaus gut aussehender junger Mann durchgekommen. Sein Blick war ernst, als er in feierlichem Ton sagte:

»Freunde, wir können nur hoffen, dass das Schicksal uns verschont. Denn niemand überlebte je des Jägers Mond.«

FÜNFUNDZWANZIG

E s war mitten in der Nacht. Das Kaminfeuer flackerte
unruhig, während die letzten Flammen zu Glut zer-
fielen. Zum Gemurmel ernster Stimmen tanzten Schatten
an den Wänden. Fünf Gestalten hockten über einem Berg
von Büchern, die sich über den Küchentisch bis auf den
Fußboden verteilten. Hohe Lederwälzer lehnten an Per-
gamentbänden, Velinhandschriften und modernen Texten
in gebundenen Werken und Taschenbüchern. Sogar Papy-
rusrollen lagen dazwischen. Die Bücher bargen Grimoires,
Bestiarien, Annalen, Fabeln, Sammlungen von Volksmär-
chen und Elfensagen, Weissagungen und Werke über Nu-
merologie sowie uralte Geschichten. Einige waren üppig
mit farbiger Tinte illustriert, andere dagegen präsentierten
sich so schlicht und schmucklos, dass sie geheime Kräfte
ahnen ließen.

»Die Schatzkiste eines jeden Zauberers«, erzählte die
Heilerin, »besteht aus seiner gesammelten Weisheit, seiner Bibliothek. Irgendwo auf diesen Seiten steht das, was
wir brauchen. Sucht nach Eintragungen über Macht und
Schlachten. Zahlen sind wichtig. Vielleicht bezieht sich
auch etwas direkt auf den Wurm.«

»*Ein Mittel gegen Windpocken*«, las Gwen laut vor. »*Schafsköttel in einem Beutel im Topf aufkochen und das Wasser trinken.*«

Sie sortierte das Buch aus.

»Ich habe auch was Schönes«, sagte Findabhair grinsend. »*Ein Mittel gegen Warzen: Sammle so viele Steine, wie du Warzen hast, und wirf die Steine nach einer Beerdigung aufs Grab. Dazu musst du ›Leiche, Leiche, Warze weiche‹ sagen.*«

»Früher hatten sie echt viel mit Warzen zu tun«, gab Dara seinen Senf dazu. »Dieses Buch ist auch voll davon. Wie wäre es damit? *Nimm so viele Steine wie Warzen, stecke sie in einen Beutel und lege sie an den Straßenrand. Wer den Beutel mitnimmt, bekommt deine Warzen.*«

»Nett«, sagte Gwen.

»Wir müssen die Spreu vom Weizen trennen«, mahnte die alte Frau milde, »wie immer im Leben.«

Gwen warf ihrer Cousine einen verzweifelten Blick zu, als Granny noch eine Bücherkiste unter der Treppe hervorholte. Sie suchten jetzt schon stundenlang und hatten noch keinen einzigen Anhaltspunkt.

Findabhair lehnte sich an Finvarra.

»Du weißt doch bestimmt mehr darüber als jedes Buch.«

Er küsste sie auf die Stirn. »Ich weiß nur das, was immer schon galt, meine Liebe. Im Grunde läuft die Geschichte zwischen unseren beiden Völkern immer auf das Gleiche hinaus: Sterbliche müssen etwas opfern, um das Elfenland zu retten. Tun sie es nicht, gehen wir unter.«

»Hier ist etwas über Zahlen«, sagte Gwen auf einmal.

Das schwere Buch war mit einem geprägten Titel aus vergoldeten Buchstaben und Metallschließen versehen.

Das Buch der Zahlen. Gwen blätterte in den handgeschriebenen Seiten, die mit Blattgold verziert waren. Die Handschrift war altmodisch, mit aufwendigen Schnörkeln, aber immerhin auf Englisch und durchaus lesbar. Für jede Zahl zwischen eins und eintausendeins gab es ein Kapitel, in dem Gedichte, Omen und Prophezeiungen standen.

»Hast du nicht gesagt, die Sieben hätte die meiste Kraft?«, fragte Gwen Granny und blätterte zu dem entsprechenden Abschnitt vor. Rasch überflog sie die Seiten und las dann mit bebender Stimme vor:

Sieben Gelübde geschworen
Sieben zu tilgen erkoren
Sieben Litaneien in Stanzen
Sieben Vögel, sieben Lanzen
Sieben bringen Untergang
Sieben für des Jägers Fang

Dara schaute ihr über die Schulter und las auf der Seite weiter. Er schrie auf. »Wahnsinn, wir haben's! Ein Zauber gegen den Großen Wurm!«

Grannys Hände zitterten, als sie das Buch nahm.

»Um den schreckenerregenden Wurm zu töten, sind sieben tapfere Engel vonnöten.«

Als keiner etwas sagte, fragte Gwen schließlich: »Und was bedeutet das jetzt?«

»Dass unser Unterfangen nicht unmöglich ist«, antwortete Finvarra nachdenklich.

Findabhair schnaubte. »Falls wir sieben Engel finden.«

»Fünf sind wir doch schon«, bemerkte Dara. »Dann sind wir eben ein bisschen unterbesetzt.«

»NEIN!« Grannys Augen blitzten. Sie schwang das Buch wie eine Waffe. »Wenn wir gegen das Universum antreten, müssen wir den alten Lehren folgen. Alles andere wäre anmaßend und würde unser Schicksal besiegeln. Wenn wir nicht noch zwei finden, gehen wir dem Untergang entgegen.«

»Noch zwei, die heutzutage an Elfen glauben?« Findabhairs Tonfall war bitter. »Und nicht nur das. Zwei, die Elfen genug lieben, um für sie ihr Leben zu riskieren? Das heißt, die Nadel im –«

Gwen schlug so laut auf den Tisch, dass die anderen zusammenzuckten. »Es gibt sie, diese beiden! Hier in Irland! Zwei Freunde von mir! Wow, ich fasse es kaum. Es ist, als ob … » Sie unterbrach sich. Ihr Gesicht glänzte vor Verwunderung. »Das soll alles genauso sein.« Sie lächelte, als die anderen sie mit offenem Mund anstarrten. »Also, ich kann es natürlich nicht mit hundertprozentiger Sicherheit sagen, bevor ich nicht mit ihnen geredet habe, aber ich bin mir ziemlich sicher, dass ich die beiden anderen gefunden habe.«

Die tiefen Furchen auf Grannys Stirn glätteten sich. Ihre Worte verrieten eine Zuversicht, die auch die anderen aufrichtete. »Sieben Tage dauerte die Erschaffung der Welt. Sieben Säulen hat das Leben. Sieben Feuer brennen zur Apokalypse. Es gibt keine bessere Zahl, um den Sturm zu überstehen. Zu siebt werden wir unser Schicksal meistern.«

Nachdem Gwen versprach, ihre Freunde herzulotsen, verschoben sie ihre weiteren Planungen auf den nächsten Tag. Das Feuer war zu Asche heruntergebrannt. Finvarra schaute unruhig aus dem Fenster.

»Ich kann nicht länger verweilen.« Er stand auf und verbeugte sich. »Auf Wiedersehen, Gefährten!«

Findabhair ging mit ihm in den Garten. Der Duft der Bäume und Blumen durchzog die Nachtluft. Das Mondlicht tüpfelte die Felder jenseits der Straße. Dahinter ragten die Schatten der Berge.

»Die Behausungen der Sterblichen sind mir zu eng«, sagte der König. Er nahm bereits wieder Elfengestalt an, verschmolz mit dem Schleier der Nacht und trieb in den sternenübersäten Himmel hinauf.

»Alles Gute, mein Liebster«, sagte Findabhair leise, »bis wir uns wiedersehen.«

Im Sturzflug kam er zu ihr zurück, um sie zu küssen, als streichele der Wind ihre Lippen, ein warmer und wilder Wind, der nach Erde, Blättern und regenfeuchter Luft schmeckte.

Als sie wieder ins Haus trat, wartete Gwen auf der Türschwelle.

»Es wird nicht klappen«, sagte Findabhair mit feuchten Augen.

Gwen umarmte sie. »Nichts ist unmöglich, Cousinchen. Nach all dem, was wir durchgemacht haben, solltest du das allmählich begriffen haben.«

Dara hatte sich auf der Liege in der Küche ausgestreckt und den beiden Mädchen sein Zimmer überlassen. Die Cousinen machten sich für die Nacht fertig, dachten aber gar nicht daran zu schlafen. Obwohl es schon so spät war, redeten sie fast bis zum Morgengrauen. Sie hatten sich so viel zu sagen. Es ging nicht nur um die Aufgabe, die vor ihnen lag, sondern auch um die Abenteuer, die sie getrennt voneinander erlebt hatten.

»Es tut mir wirklich aufrichtig leid«, sagte Findabhair, als Gwen ihre Erzählung beendet hatte. »Was war ich doch für eine dumme Kuh! Ich war so mit Finvarra beschäftigt, dass ich keinen Gedanken an dich oder irgendwas anderes verschwendet habe. Ich konnte Mädchen nie ausstehen, die ihre Freundinnen wegen eines Jungen fallen ließen. Aber mittlerweile weiß ich, wozu man fähig ist, wenn einen die Liebe richtig gepackt hat. Warst du wütend auf mich? Verstehen könnte ich es.«

»Es ist schon komisch, ich war wütend und auch wieder nicht. Als ich erstmal den Schock über das Alleinsein verwunden hatte und damit irgendwie klarkam, war es eigentlich klasse. Wärest du da gewesen, wäre ich wieder nur hinter dir hergetrottet. Und noch was«, fügte sie in einem Anfall äußerster Wahrhaftigkeit hinzu, »ich war wirklich sehr froh, dass du nicht dabei warst, als ich Dara getroffen habe.«

»Oh, verdammt wahr, so ein Süßer. Wir hätten uns seinetwegen die Haare ausgerissen.«

Sie erstickten ihr Gelächter unter der Bettdecke.

»Ist er so richtig dein Freund?«

»Ja«, sagte Gwen. »Also behalte deine Blicke und Hände bei dir.«

Noch mehr Gekicher. Dann seufzte Findabhair neidisch. »Du hast echt Glück. Wenigstens lebt er in der gleichen Welt wie du.«

Gwen verzog das Gesicht.

»Na klar, weil ich ja auch in Irland wohne, oder was? Wir müssen uns wohl beide mit dem Gedanken an eine Fernbeziehung anfreunden.«

Jetzt seufzten sie beide.

»Und überhaupt, wer weiß, was uns noch bleibt, wenn das Ganze vorbei ist?«, sagte Findabhair ernst.

Gwen schüttelte den Kopf. »Mir reicht's für heute, darüber denke ich erst morgen früh wieder nach.«

Ihre Cousine schlief irgendwann ein, aber Gwen blieb wach. Licht schimmerte durch die Vorhänge ins Zimmer und schien ein funkelndes Versprechen zu bergen. Eine unerhörte Aufregung ergriff Gwen. Sie wusste, dass etwas Wunderbares passieren würde.

Als es plötzlich ans Fenster klopfte, stand sie sofort auf. Barfuß tapste sie in ihrem langen Nacht-Shirt nach draußen. Der Morgen lag fahl im ersten nebelverhangenen Sonnenschein. Das Gras unter ihren Füßen war kühl und eine sanfte Brise zerzauste ihre Locken. Sie ging einfach weiter bis hinter das Haus, als hätte sie jemand gerufen. Grannys wilder Garten endete in einem Gehölz aus alten Eichen und Stechpalmen. Vor dem alten Wäldchen stand ein großer Vogelbeerbaum.

Ein Lachen perlte von Gwens Lippen. Ihr Kindertraum war in Erfüllung gegangen! Elfen im Garten!

Es war genau so, wie sie es sich vorgestellt hatte. Sie schmückten den Baum wie glänzende Beeren, glitzerten winzig, beflügelt in Distelwolle und Spinnweben gehüllt, mit goldenen Haaren und silbernen Augen wie Leuchtkäfer. Einige schliefen eingehüllt in Blätter. Andere flatterten in den Zweigen wie juwelenverzierte Kolibris. Einige wenige Elfen erbebten scheu unter ihrem Blick. Ihre Winzigkeit minderte nicht das Wunder ihrer Schöpfung. Ist ein Sternchen weniger schön als ein Stern? Gwen jedenfalls betrachtete die vielen Elfen mit demselben Staunen, das sie der Sternenkonstellation am Himmel entgegenbrachte. Das Geheimnis des Lebens enthüllte sich ihr in voller Pracht.

»Vielen Dank«, flüsterte sie mit Tränen in den Augen.

Sie wusste, wer ihr dieses kostbare Geschenk gemacht hatte. Nach all dem, was er ihr angetan hatte, war dies die Versöhnung mit dem Elfenkönig.

SECHSUNDZWANZIG

Katie Quirke schnallte die letzten Gepäckstücke auf ihr Motorrad. Ihre Mutter und ihre Schwestern standen daneben, um sich zu verabschieden. Sie waren sich einig, dass sie diesen Urlaub mehr als verdient hatte, und versicherten ihr immer wieder, dass der Hof eine Weile ohne sie auskam. Katie wiederholte ein letztes Mal sämtliche Anweisungen zur Pflege bestimmter Lämmer und Kälber und klammerte sich ein letztes Mal an ihre Mutter, der ebenfalls die Tränen herunterliefen.

»Jetzt ist es aber langsam gut, Mädchen«, sagte Mrs Quirke barsch. »Du hättest schon längst mal eine Pause einlegen sollen. Denk einfach gar nicht an uns und genieß es, verstanden?«

Katie rang um Selbstbeherrschung, aber sie fragte sich andauernd, ob sie ihre Familie je wiedersehen würde. Gwen hatte ihr am Telefon die Umstände dieser Mission unmissverständlich klargemacht. Sie wusste, dass sie sich auf eine gefährliche Sache einließ, die schlecht ausgehen konnte. Trotz alledem und obwohl ihr dieser Abschied schwerfiel, hätten keine zehn Pferde sie aufhalten können.

Der Himmel verdunkelte sich und kündigte einen Regenguss an. Katie zog ihren weiten gelben Regenmantel über und rückte den Helm zurecht. Wie eine zur Schlacht gegürtete Amazone stieg sie aufs Motorrad und fuhr winkend los. Ihre erste Etappe auf der Fahrt nach Norden führte sie aus dem Burren hinaus.

In dem Städtchen Kilcolgan sah sie den Mercedes zum ersten Mal. Als der große Wagen sie überholte, wurde das silbergraue Dach von einem Sonnenstrahl getroffen und erstrahlte blendend hell. Ohne nachzudenken, hob Katie die Hand zum Gruß. Nach einer guten Stunde fuhr sie gerade aus Claremorris heraus, als dasselbe Auto sie mit fröhlichem Gehupe erneut überholte. Sie hatte bereits beschlossen, in Sligo eine Mittagspause einzulegen, als sie dort den Mercedes vor einem Hotel entdeckte. Spontan parkte sie ihr Motorrad und machte sich auf die Suche nach dem Fahrer.

Das Hotel war schummrig und plüschig, ein langer Flur führte in einen weitläufigen Speisesaal. Die Polstermöbel passten zu den auf Hochglanz polierten Mahagonitischen. An den Wänden hingen Jagdszenen mit Jägern in roten Röcken, scheckigen Pferden und Hunden sowie kleinen rostfarbenen Füchsen, die um ihr Leben liefen. Von einer geschnitzten Theke wurde das Mittagessen serviert. Es duftete verführerisch nach Roastbeef und das Klappern des Bestecks mischte sich mit der Musikberieselung.

Katie ließ den Blick über die Gäste schweifen. Sie hatte zwar keine Ahnung, wie der Mercedesfahrer aussah, hoffte jedoch, dass er sie an ihrem Regenmantel und dem Helm erkennen würde, den sie unterm Arm trug. Als ihr ein stämmiger rothaariger Mann im Geschäftsanzug zuwinkte, ging sie rasch auf ihn zu.

»Entweder liege ich voll daneben«, sagte sie, »oder Sie sind Mattie O'Shea.«

»Katie Quirke, nehme ich an?«

Er streckte die Hand aus. Die beiden Rotschöpfe grinsten sich an, sie mochten einander sofort.

»Ich hatte gehofft, dass Sie meinen Wagen sehen würden, und habe uns etwas zu essen bestellt«, sagte er. »Jede Menge Sandwiches mit Roastbeef und Schinken, dazu Salat und die Tagessuppe. Können Sie damit etwas anfangen?«

»Das ist klasse! Ich habe einen Riesenhunger!« Katie zog ihren Regenmantel aus und schaute zur Theke. »Darf ich Ihnen etwas zu trinken anbieten?«, fragte sie ihn.

Er zögerte einen Augenblick.

»Sie haben das Essen …«

»Gut«, stimmte er zu. »Ein Guinness.«

Als Katie mit den beiden dunklen Bieren zurückkam, hoben sie die Gläser.

»Sláinte.«

»Auf das Leben und das Glück!«

»Gwen hatte mir gesagt, dass Sie mich auch mitnehmen würden«, sagte Katie nach einem großen Schluck. »Aber ich reise lieber mit meinem Motorrad. Außerdem brauchte ich Zeit zum Nachdenken. Sie sind doch nicht beleidigt, oder?«

»Kein bisschen«, antwortete Mattie. »So passte es doch gut. Ich musste vorher noch ein paar Dinge klären, für den Fall der Fälle.« Er hielt inne, während sich seine Miene kurz verdüsterte, aber dann hatte er sich wieder im Griff. »Wissen Sie was, als ich bei Galway an Ihnen vorbeigefahren bin, wusste ich sofort, dass Sie es sind, weil ich einen Augenblick lang jemand anderen gesehen habe. Kein Mädchen auf einem Motorrad, sondern eine Riesin auf einem Pferd!«

Er wurde rot, wie es Rothaarigen oft passiert, und wollte sich schon dafür entschuldigen, solchen Unsinn zu reden.

»Ich weiß genau, was Sie meinen«, sagte Katie eifrig. »Wissen Sie, warum ich gewunken habe? Als die Sonne auf Ihr Auto schien, sah es auf einmal aus wie ein silberner Streitwagen. Seltsame Dinge sind im Gange und wir sind mittendrin.«

Sie saßen atemlos schweigend da und versuchten zu erfassen, welch folgenschweres Unterfangen und welch großes Geheimnis sie erwartete.

»Gwen hat mir erzählt, dass Sie verheiratet sind und ein kleines Baby haben. Die Entscheidung ist Ihnen sicher schwergefallen.«

Mattie seufzte schwer. »Das stimmt, aber ich hatte ein langes Gespräch mit Miriam, und sie findet auch, dass ich es tun muss. Wir kommen beide aus Dörfern, wo die alten Sitten noch nicht völlig untergegangen sind. Es erscheint uns richtig, zu gehen, wenn man gerufen wird. Und was ist mit Ihnen?«

»Ich habe gelogen«, gab Katie betreten zu. »Offiziell mache ich Urlaub. Meine Familie hat es schon schwer genug mit meinem kranken Vater und der harten Arbeit auf dem Hof. Ich mache mir zwar Sorgen darüber, was alles passieren kann, aber das kann mich nicht davon abhalten. Ich habe das Gefühl, mein ganzes Leben war hierauf ausgerichtet. Ich habe sogar endlich aufgehört zu rauchen, um mich auf gewisse Art zu reinigen. Ist das blöd?«

»Finde ich nicht«, sagte Mattie lächelnd.

Als sie das Hotel verließen, trennten sie sich als Freunde.

»*Slán go fóill!*«

»Gute Reise bis zu unserem Treffpunkt auf Inch!«

★ ★ ★

Als der schnittige silberne Wagen vor Grannys Häuschen hielt, lief Gwen Mattie entgegen. Sein geschäftsmäßiges Auftreten verwunderte die anderen ein wenig, aber es dauerte nicht lange, bis er es sich in der Küche bequem machte und mit den anderen quatschte und lachte.

Es dauerte eine Weile, aber als sie gerade mit dem Abendessen fertig waren, kam auch Katie an. Ihr Motorrad stieß eine Wolke aus schwarzem Qualm aus, als es stotternd zum Stehen kam. Gwen lief auch ihr entgegen. Diese Wiedervereinigung war etwas weniger zurückhaltend, weil beide ihrer Wiedersehensfreude lautstark Ausdruck verliehen.

»Ich dachte schon, ich schaffe es nicht!«, rief Katie. »Diese verdammten Schlaglöcher! Der Auspuff ist kaputt, mindestens. Aber auch wenn das verflixte Teil auseinandergeflogen wäre, wäre ich trotzdem gekommen – zu Fuß, wenn es hätte sein müssen.«

Mit dem Helm unterm Arm ging sie ins Haus, wo sie Mattie herzlich begrüßte. Dann schüttelte sie Granny, Dara und Findabhair fest und ausdauernd die Hand. Die anderen waren von dieser unbändigen Energie schwer beeindruckt.

»Haben Sie Hunger, Liebes?«, fragte die alte Frau. »Ich habe Ihnen etwas warm gehalten.«

»Gott segne Sie!«

Die anderen löffelten ihren Nachtisch aus Rharbarberkompott mit Vanillesoße, während Katie ihren Teller mit Corned Beef, Weißkohl und Kartoffeln in Angriff nahm. Alle unterhielten sich lebhaft und fröhlich, als würden sie sich schon länger kennen. Diese Menschen, so schien es, hatten sich bereits zu anderen Zeiten an anderen Orten versammelt.

»Sind wir alle da?«, fragte Mattie mit einem Blick in die Runde. »Es kommt mir vor, als würde noch jemand fehlen. Wie bei einem Meeting ohne meinen besten Vertriebsmann.«

»Du auch?«, rief Katie. »Insgeheim habe ich auch gedacht, hier hat doch einer falsch gezählt.« Sie fing an zu lachen. »Einer zu wenig in der Herde.«

Gwen war froh, dass alle so gut miteinander klarkamen. Jetzt war es so weit. Sie räusperte sich. »Ich habe euch bei meinen Anrufen etwas verschwiegen. Ihr seid schon selbst darauf gekommen, dass noch jemand zu uns gehört. Ich dachte, es wäre vielleicht ein bisschen viel für euch, wenn ich die ganze Geschichte auf einmal erzählen würde.«

Katie ahnte etwas und hielt aufgeregt die Luft an. Sie wusste, Gwen würde gleich etwas Wunderbares sagen.

»Der Elfenkönig steht uns zur Seite.«

Katie stieß pfeifend die Luft aus. Mattie wirkte erschüttert.

»Klasse!«, schrie Katie. »Ich werde glücklich sterben!«

»Hoffen wir, dass es nicht so weit kommt«, warnte Findabhair.

Mattie konnte sich kaum beherrschen, auch er stand kurz vor der Erfüllung seines Kindheitstraumes. »Wann kommt er denn?«

»Er hat uns gebeten, ihn heute Abend an der Burg von Inch zu treffen«, sagte Gwen.

»Die Burg besteht aus einer verfallenen Ruine«, erklärte Dara, »aber in Häusern fühlt er sich unwohl.«

»Um Mitternacht bei Hofe?«, fragte Katie überglücklich.

»Um Kriegsrat zu halten«, lautete die ernüchternde Antwort.

SIEBENUNDZWANZIG

Kurz vor Mitternacht fuhren sie mit Matties Wagen zur Burg Inch. Granny saß auf dem Beifahrersitz und die anderen vier drängelten sich auf dem Rücksitz.

»Du musst auf meinem Schoß sitzen«, sagte Dara und zog Gwen auf seine Knie.

»Es ist genug Platz«, protestierte sie sanft.

»Gar nicht wahr.«

Er hielt sie fest und schmiegte sich an ihren Hals.

»Ich bin *curcudgellach*«, sagte er.

»Wie bitte?«

»Das ist ein altes Wort für ›verschmust‹ aus dem Donegal.«

Sie lachte. »Gefällt mir.«

Findabhair verdrehte die Augen und wandte sich zu Katie, die zurückgrinste.

»Habt ihr es bequem da hinten?«, fragte Mattie.

»Manche mehr als andere«, lautete Findabhairs Antwort.

Mattie folgte Grannys Anweisungen und fuhr zum anderen Ende der Insel. Er bog von der Hauptstraße ab und nahm eine schmale Straße, die zu einem Hof führte. Das

Sträßchen endete an einem Viehgatter, das es von einem weiten Feld trennte.

»Hier ist Schluss«, verkündete Mattie. »Jetzt wird gelaufen.«

Sie kamen mit Leichtigkeit über die Weide. Schafe hatten das Gras so abgefressen, dass es kurz und struppig im Mondschein lag. Die Wiese fiel zu einem Felsstrand ab, an den unruhig das Seewasser des Lough Swilly schwappte. Dort unten ragte die Silhouette der Burg Inch aus den Felsen.

Die Festung war seit Jahrhunderten nicht mehr bewohnt. Leer und blind starrten die Fenster über Feld und See. Efeu rankte üppig über die eingefallenen Mauern und kalter Nebel strich durch die Schutthaufen.

Während die sechs Freunde auf die Burg zugingen, erzählte Dara die spektakulärste Sage ihrer langen Geschichte.

»In den sagenhaften Zeiten der O'Doherty-Herrschaft war Inch der reichste Besitz in Inishowen. Im fünfzehnten Jahrhundert kämpften zwei Cousins namens Donnell und Rory um die Herrschaft. Der eine hielt den anderen in der Burg gefangen und zündete sie an. Das Opfer, Donnell, befreite sich irgendwie und lief auf die Festungsmauern. Rory zeltete unterhalb der Burg auf genau diesem Feld. Wahnsinnig vor Wut riss Donnell einen großen Stein aus der Zinne und schleuderte ihn seinem Cousin auf den Kopf. Selbstverständlich erhob Donnell dann Anspruch auf das Königtum.«

»Oh Gott, was für eine Geschichte«, sagte Katie. »Die Typen in den alten Zeiten waren total wild!«

Sie hatte den Satz noch nicht zu Ende gesprochen, als die Luft plötzlich von klirrendem Metall widerhallte. Die

Burg Inch geriet ins Wanken, und dann sahen alle das gleiche Schauspiel: Flammen schossen aus den Fenstern und blutrot glühte der brennende Himmel. Auf dem Feld unterhalb der Burg stand ein Pulk von Männern mit grauen, funkelnden Waffen. Hoch oben auf den Zinnen stand eine Gestalt, die, vor Wut brüllend, einen Felsbrocken über dem Kopf schwang.

»Seht weg!«, sagte Granny rasch. »Denkt nicht mehr daran! Zeit und Raum spielen verrückt, wenn das Elfenvolk in der Nähe ist.«

Sie gehorchten und das Kriegsgetöse nahm ab, die Schatten der Vergangenheit lösten sich auf wie Nebel. Doch die Burg zerfiel nicht wieder zu Ruinen, im Gegenteil – stolz stand sie da wie in ihrer Glanzzeit.

In voller Pracht, solide gebaut, mit Spitzdächern hier und da, erhoben sich die Mauern, als wollten sie gen Himmel streben. Auch die Flügel und Pfeiler, die längst in den See gefallen waren, ergänzten das Bild. Fahnen mit Quasten flatterten über den Gefechtstürmen und die Zitadelle war hell erleuchtet. Durch die Gewölbe sahen die Gefährten Kronleuchter mit Tausenden von flackernden Kerzen. Aus den hohen Bogenfenstern erklang Musik.

Sie gingen schneller, denn sie wussten, was das bedeutete. In der Burg feierten die Elfen ein Fest. Kaum hatten sie das Eichentor erreicht, schwang es vor ihnen auf. Als wilde Klänge sie empfingen, traten sie über die Schwelle in ein Märchen.

In diesem Moment wandelten sich wie von Zauberhand ihre Erscheinungen, glänzende Gewänder ersetzten ihre Kleidung. Katie sah in ihrem schulterfreien Kleid aus gelbem Musselin und dem mit goldenen Kämmen hochgesteckten Haar fantastisch aus. Granny trat als würdevolle Dame in silbergrauer Seide auf, mit einer langen weißen Schleppe, mit Diamanten gesäumt. Gwen drehte sich begeistert in einem roséfarbenen Gewand, über und über mit wilden roten Rosen bestickt. An ihren Ohren und um den Hals trug sie Rubine. Findabhairs Schönheit wurde wieder einmal von einem Kleid in ihrem geliebten Schwarz betont, glänzend wie Ebenholz und mit Perlen besetzt.

Auch die Männer sahen gut aus in ihren hellen Leinentuniken mit Umhängen, die lässig über einer Schulter hingen. Dara trug königliches Scharlachrot zu einem dunklen Mantel mit goldenem Saum. Mattie war in verschiedene Schattierungen von Waldgrün gekleidet und sein Umhang schloss mit einer Smaragdbrosche. Auf dem Kopf saß keck ein Federhut.

Der Saal lud zu Spiel und Spaß ein, die Tische bogen sich unter den köstlichen Speisen, dem Zuckerwerk, Salzgebäck und Konfekt, die ihnen den Mund wässrig machten. Aus Marmorbrunnen sprudelten gewürzte Weine. Der Champagner perlte wie eine Bergquelle. Wilde Melodien erklangen, während die Versammlung leidenschaftlich tanzte, ohne einmal Luft zu holen.

»Kriegsrat, ja?«, sagte Gwen lachend.

»Auf Elfenart«, grinste Findabhair. »Erst das Vergnügen, dann die Pflicht.«

»Das ist die richtige Reihenfolge«, erklärte Katie und schaute sich zufrieden um. »Damit ich auch weiß, wofür ich kämpfe.«

Mehr Zeit zum Reden hatten sie nicht. Das Elfenvolk kam angerannt, um sie in die Festivitäten mit einzubeziehen, und die Gefährten zerstreuten sich überall im Saal.

»Du bist es, ist es denn wahr!«, rief jemand hinter Gwen.

Sie erkannte die Stimme und wirbelte zu dem Gnom herum. Angesichts seiner Aufmachung blieb ihr der Mund offen stehen. Der Gnom hatte sich schick gemacht und trug einen grünen Frack mit Schößen und eine Weste aus Goldbrokat. Auf seinem Kopf thronte ein ungeheuer ausladender Hut mit Kleeblättern. Seine Füße steckten in praktischen schwarzen Schuhen mit silbernen Schnallen.

»Es geht doch nichts über ein perfektes Klischee«, beantwortete er ihren Blick. »Wie mir zu Ohren gekommen ist, hast du dich in meiner Abwesenheit prächtig amüsiert. Gut gekontert! Sollen wir das Tanzbein schwingen?«

Bevor sie sich wehren konnte, legte er ihr einen Arm um die Taille und zog sie auf die Tanzfläche.

»Aua!« Er hatte ihr auf die Füße getreten.

»Herrje, so ist es eben, wenn man zwei linke Füße hat!« Sie schaute nach unten, und tatsächlich, so war es. Während sie noch fieberhaft überlegte, wie sie aus der Nummer wieder rauskommen sollte, mischte Midir sich ein.

Er trug eine dunkelblaue Tunika mit einem silbernen Umhang und wirbelte einfach mit ihr davon.

»Habe ich einer Maid in Not geholfen?«

»Mein Retter«, sagte sie mit einem Lachen. »Ihr seid immer zur Stelle.«

»Es ist mir ein Vergnügen.«

Sie tanzte noch immer mit Midir, als Dara auftauchte, um mit ihr zu tanzen. Der rothaarige *Tánaiste* gab seine Tanzpartnerin nur zögernd her.

»Ich würde sagen, der ist in dich verknallt«, sagte Dara, als der Walzertakt sie davontrug.

»Ehrlich gesagt«, antwortete sie leichthin, »hast du vollkommen recht.«

Dara runzelte eifersüchtig die Stirn.

Gwen musste lachen. »Männer sind so albern. Vergessen immer das Wichtigste. Nämlich, wen ich mag.«

Dara lachte mit und zog sie näher an sich heran. »Wolltest du nicht eher sagen, wen du liebst?«

»Schon möglich.«

Ja, sie war wirklich nicht schlecht im Flirten.

»Komm, wir stürzen uns auf die Köstlichkeiten«, schlug Dara mit Blick auf die Banketttafel vor.

Gwen ließ seine Hand los. »Weißt du nicht mehr, was ich dir erzählt habe?«, sagte sie erschauernd. »Wie ich bei dieser Probe versagt habe?«

»Du und Gott weiß wie viele andere. Granny zufolge, die den Test ebenfalls nicht bestanden hat, muss man Essen *hassen,* um das zu schaffen.«

»Das hört sich nun gar nicht nach mir an«, sagte Gwen zerknirscht. Dann aber strahlte sie wieder, weil sie die eigentliche Botschaft verstanden hatte. »Und weißt du was? Ich bin gerne so, wie ich bin. Zur Hölle mit Diäten! Wo ist diese Mousse au Chocolat?«

Es dauerte eine Weile, bis Midir Katie entdeckte, aber dann flogen die beiden Rotschöpfe wild und hemmungslos über die Tanzfläche.

»So soll Leben sein!«, rief Katie, als der Saal um sie herumwirbelte.

»So könnte auch deines sein, wenn du es wünschst.«

»Mach mal halblang, du hast mich sowieso schon umgehauen!«

Mattie wollte erst nicht tanzen, obwohl ihn die schönsten Elfen wiederholt aufforderten. Er stand am Rand und schaute den Tanzenden in stiller Verzauberung zu.

Die Elfen flüsterten einander ins Ohr.

»Tanzt unser Gast etwa nicht?«

»Gleich, gleich. Sie ist auf dem Weg.«

»Hat der König nach ihr geschickt?«

»Selbstverständlich. Wirst schon sehen.«

Obwohl Mattie hörte, was sie sagten, verstand er nicht, was sie meinten. Bis er sie sah. Anmutig wie ein Schwan glitt sie durch die Menge auf ihn zu. In ihrem Kleid aus rotem Satin und mit den Diamanten im Haar sah sie wunderschön und sehr lebendig aus.

»Miriam! Was in aller Welt …?«

Mattie lief auf sie zu, wollte sie umarmen, blieb dann aber überwältigt stehen, wie damals, als er ihr erstmals den Hof machte. Schwungvoll nahm er seinen Hut ab und machte eine Verbeugung.

»Matt, ist das ein Traum? Oder sind wir wirklich im Elfenland?«

»Beides ist wohl richtig, meine Liebe. Lass uns tanzen!«

Auch Granny wurde auf die Tanzfläche gezogen, da niemand im Elfenland alt oder gebrechlich ist. Von überall her tönte es freundlich: »Grania, da bist du ja wieder!« Die Elfen begrüßten ihre frühere Königin.

Findabhair, der jetzigen Königin, erging es genauso.

Wohin immer sie ihre Schritte lenkte, kamen sie zu ihr, küssten ihr die Hand und bezeugten ihr murmelnd ihre Dankbarkeit. Sie wussten ihre Entscheidung zugunsten des Elfenlandes zu würdigen. Diese Freundlichkeiten rührten sie, aber ihr Blick schweifte durch den Saal. Sie hatte sich zwar an die Sitten der Elfen gewöhnt und wusste, dass

Finvarra erst spät kam, aber ohne ihn hatte sie keine Freude an dem Fest. Sie entfernte sich von den Tänzern und blickte allein von einer Nische aus über den Lough Swilly. Der Mond spiegelte sich im Wasser, das sich zu kleinen Wellen kräuselte. Das helle Rund war wie ein blassgoldenes Wesen, das kostbar und zerbrechlich unter der Wasseroberfläche schlief. In der Ferne wachten die dunklen Berge.

»Ich wünschte, es würde aufhören«, seufzte sie.

Sie empfand seine Abwesenheit wie ein Weh, das man nicht zu lindern vermochte. Das Essen schmeckte fade, die Musik klang öde und alles war Grau in Grau. Ohne ihn war das Leben nur ein Schatten. So hatte Findabhair nie zuvor empfunden und die Tiefe ihrer Gefühle machte ihr Angst. Sie hatte die Kontrolle verloren und konnte nichts dagegen tun.

»Mir fällt es ebenso schwer, Geliebtes«, flüsterte er hinter ihrem Rücken. Finvarra legte die Arme um sie und den Kopf auf ihre Schulter.

Findabhair drehte sich um und umarmte ihn.

Die pechschwarzen Augen des Königs ruhten glühend auf ihr. »Seit Anbeginn der Zeiten war ich frei in meiner Liebe und verlor mich nie zu sehr an eine Frau. Du hast mein Leben so sehr erschüttert wie ich das deine.«

»Soll ich mich deswegen etwa besser fühlen?«, fragte sie, obwohl genau das natürlich der Fall war.

Das sah er auch und sein Herz wurde leichter.

»Es war dein Name, der mich ursprünglich zu dir hingezogen hat, Findabhair. So ähnlich wie meiner, und du die Einzige, die ihn trug. Ich hätte eher gewarnt sein sollen, statt mich dieser Anziehungskraft hinzugeben. Man ist verloren, wenn man sein Gegenstück findet.«

Findabhair lachte. Der König umarmte sie fester, um zu zeigen, wie wenig seine Worte zu bedeuten hatten.

»Ich habe dich vermisst«, sagte sie.

»Die drei Tage, *a stór,* und bin ich nicht jede Nacht zu dir gekommen?«

»Warst du das wirklich? Ich dachte, ich hätte nur geträumt.«

»Träume sind nie ›nur‹«, rügte er sie. »Aber komm, meine Königin. Heute Nacht geht es nicht um die Liebe, sondern um den Krieg.«

Sie traten aus der Nische, ein menschliches und ein unsterbliches Wesen, gekleidet in Nachtschwarz, gehüllt in Sterne. Als sie Arm in Arm auf die Gesellschaft zuschritten, wurden Musik und Tanz unterbrochen, und Trompetenschall erklang.

»Macht den Weg frei für Ihre Majestäten! Macht den Weg frei für den König und die Königin des Elfenlandes!«

ACHTUNDZWANZIG

S ie kamen aus allen Ecken, um den König zu begrüßen.
Finvarra hieß sie herzlich willkommen, vor allem die
Neuankömmlinge, die Gwen ihm vorstellte.

»Teure Caitlín«, sagte er zu Katie und küsste ihr die
Hand. »Die beste Frau, die je in den Mauern eines Hofes
wandelte.« Sie errötete vor Freude, da er ihr zu Ehren einen Ausdruck aus dem Burren verwendet hatte. »Haben
wir Eure Mauern gut behütet? Haben wir Eure Herden
gut bewacht?«

»Euer Volk ist immer gut zu mir gewesen, Majestät.«

»Und Ihr wart uns immer eine gute Nachbarin.« Er nahm
eine lose Strähne ihres roten Haares und schob sie ihr hinters Ohr. »Wenn ich Euch sehe, muss ich an meinen *Tánaiste* denken. Wer weiß, eines Tages werdet Ihr vielleicht der
sterblichen Mühen überdrüssig und kehrt zu ihm ins Elfenland zurück.«

Katies Augenbrauen schossen hoch wie zwei Vögel, die
von einem Zweig auffliegen.

»Zumindest könnte man drüber nachdenken, wenn es
hart auf hart kommt«, flüsterte der König ihr ins Ohr.

»Ich grüße Euch, Maitiú«, sagte er zu Mattie, der seine

Frau an der Hand hielt. »Eure Familie ist mir seit Generationen bekannt. Einst stand Euer Urgroßvater vor mir, genau wie Ihr jetzt. Hat er das Goldstück bewahrt, das er mir in einer Wette über Hase und Schildkröte abgewonnen hat?«

Mattie machte große Augen. »Die alte Geschichte war wirklich wahr?! Meine Großmutter hat immer behauptet, er hätte in jener Nacht zu viel getrunken, aber niemand konnte sich die schöne Münze erklären. Ich habe sie geerbt und immer in Ehren gehalten.«

Der Elfenkönig lächelte. »Ihr habt trotz der modernen Welt den Glauben an uns bewahrt. Eine mutige Haltung für einen Geschäftsmann.«

Mattie straffte die Schultern. »Einige alte Überzeugungen halten den Fortschritt auf, aber man muss nicht gleich das Kind mit dem Bade ausschütten. Warum sollte man blindlings in die Zukunft stürmen, als hätte es die Vergangenheit nie gegeben?«

»So sprechen Sieger!«, erklärte Finvarra.

»Auch Euch wünsche ich einen guten Abend, *mo chara*«, sagte er zu Miriam, die in einem Knicks versank. »Habt Ihr das Festmahl genossen?«

»Außerordentlich, Majestät, vielen Dank«, sagte sie. Dann schwand ihr Lächeln. »Doch glaube ich zu wissen, warum Ihr mich eingeladen habt.«

Die Traurigkeit in seinem Blick bestätigte ihr dies Gefühl.

»Es war nicht einfach für Euch, dem Gatten zu erlauben, seinem Ruf zu folgen. Wir sind sehr dankbar. Ich werde alles in meiner Macht Stehende tun, damit dies kein endgültiger Abschied ist.«

Miriam erstarrte plötzlich und wandte sich an ihren Mann. »Das Baby weint, ich muss los. Du bist in guter Gesellschaft, mein Liebster. Ich kann nur hoffen und beten, dass sie dich zu mir zurückbringen.«

Mattie küsste seine Frau, die bereits verblasste und in ihr Bett zurückkehrte. Dort wachte sie auf, weil das Baby weinte.

»Nun, Freunde«, verkündete der König, »ist es Zeit für unseren Kriegsrat. Wir haben einen Raum dafür vorbereitet.«

Sie folgten ihm eine Wendeltreppe hinauf in einen strengen spartanischen Saal oben in der Burg, in dem Waffen aus allen Jahrhunderten hingen. Die Wandbehänge erzählten von vergangenen Schlachten. Im Kamin brannten dicke Holzscheite. Die Bogenfenster boten einen Ausblick über die Festungsmauern bis zu den nebligen Bergen. In der Mitte des Saals stand ein Tisch mit Stühlen – er war so rund wie der Mond.

»Wie bei König Artus!«, rief Gwen begeistert.

»Nicht zuletzt, da wir seinem Hof ebenbürtig sind«, sagte Finvarra.

Als alle Platz genommen hatten, gerieten sie in eine feierliche Stimmung. Als Älteste und Weiseste erhob sich Granny zu einer Ansprache.

»Dies ist ein Kriegsrat. Wir sind uns einig, dass wir uns Crom Cruac widersetzen wollen. Bleibt zu überlegen, wie und wann. Lasst uns mit dem Wie beginnen. Finvarra?«

»Es gibt zwei Eingänge ins Elfenland«, berichtete der König. »Sie begrenzen unser Land in der Zeit, jedoch nicht im Raum. Die Weißen Tore des Morgens bilden den Eingang ins Elfenland, die Schwarzen Tore der Nacht den Ausgang. Crom Cruac liegt in der Kluft jenseits der Tore der Nacht. In der Opfernacht geht die Geisel durch die Tore, und von diesem Zeitpunkt an wissen wir nicht, was mit ihr geschieht.«

Findabhair erschauerte, tröstete sich aber mit einem Blick auf die Gefährten.

»Crom Cruac wird ›Großer Wurm‹ genannt. Wissen wir noch mehr über ihn?«, fragte Katie. Sie wollte auch das Schlimmste wissen, damit sie sich dagegen wappnen konnte.

Wieder kam die Antwort von Finvarra.

»Ich kann mich nicht erinnern, dass es eine Zeit gegeben haben soll, in der es ihn noch nicht gab. Man muss allerdings dazu sagen, dass mein Volk in den ersten Tagen der Welt jung und unwissend war. Unsere Erinnerungen an diese Zeit sind verschwommen wie eure an die eigene Kindheit. Eines weiß ich aber genau: Nicht das Elfenvolk hat Crom Cruac hinter unsere Tore verbannt, obwohl es so in den Sagen der Sterblichen verzeichnet ist. Unseren eigenen Legenden zufolge wurde er dort nach einem großen Krieg im Empyreum, einem höheren Reich als dem unseren, von den Erzengeln angekettet.«

»Oh Gott, ich hoffe, er ist nicht das, was ich denke«, murmelte Katie. »Ich war schon ewig nicht mehr in der Kirche.«

Mattie dachte ungefähr das Gleiche wie sie. Jetzt erst wurde ihm das Wesen dieses Untiers bewusst. Er wollte zwar nicht kneifen, aber fragen musste er doch.

»Wollen wir es wagen?«

Die Heilerin sah ihn mitleidig an, aber ihre Stimme war fest.

»Die Maus darf die Kobra betrachten, der Hase den Adler. Kein Gesetz im Universum verbietet dies.«

Während die Versammlung ihre Worte verdaute, zog jeder für sich Bilanz.

»Du meinst, wir haben das Recht, bei dem Versuch zu sterben«, sagte Dara.

Alle schwiegen, bis Findabhair sprach.

»Wir müssen ja nicht sterben«, beschwor sie die anderen, »es könnte doch sein Schicksal sein, zu dieser Zeit zu sterben, und unseres, die Tat zu vollbringen.«

»Gut gesprochen, meine Königin.« Finvarra verbeugte sich vor ihr.

Aufrecht wie hohe Herren und Damen saßen sie auf den Stühlen. Die Geister vergangener Schlachten flüsterten von den Wandbehängen. Camlann. Clontarf. Die Felder von Culloden. Die Schatten verlorener ehrenvoller Schlachten. Mochte es kommen, wie es wollte, manche Kriege mussten ausgefochten werden.

»So soll es sein«, schloss Granny. »Wir gehen gemeinsam durch die Tore unserem Schicksal entgegen. Bleibt nur noch die Frage, wann.«

»Crom Cruac wählt den Zeitpunkt der Opferung«, sagte Finvarra. »Bei uns ist es Brauch, seine Aufforderung abzuwarten.«

»Danke nein, ich würde lieber nicht warten«, sagte Katie.

»Ich finde auch, wir sollten im Vorhinein angreifen«, stimmte Mattie zu. »Wenn wir ihn überraschen, ist er vielleicht nicht so stark.«

Dara nickte. »Wir verstoßen sowieso schon gegen die Regeln. Warum sollten wir uns noch an Terminvereinbarungen halten?«

Rund um den Tisch knisterte es vor Spannung, als sie alle beipflichteten.

»Meine ehemalige Feindin hat noch nichts dazu gesagt«, bemerkte Finvarra mit einem neugierigen Blick zu Gwen. »Was sagt denn die Kapitänin unserer Truppe?«

Weder Humor noch Ironie lagen in diesen Worten des Königs. Offenbar meinte er es ernst mit diesem Titel. Gwen fühlte Panik aufsteigen und kämpfte sie nieder. Es stimmte, sie hatte sie alle zusammengebracht. Von ihr stammte der Vorschlag, gegen den Jägermond anzukämpfen. Sie war die Kapitänin der Sieben Gefährten.

Während des Kriegsrats hatte sie kein Wort gesagt, hatte die anderen beobachtet, ihre Kraft und ihren Mut. Nach dem Elfenfest war die Moral wunderbar gestärkt. Wie die Krieger früherer Zeiten, die vor der Schlacht gefeiert wurden, waren sie euphorisch. Sie konnte die Macht und den Zusammenhalt in diesem Kreis spüren. So kurz wie sie zusammen waren, waren sie dennoch auf dem Höhepunkt ihrer Fähigkeiten – bevor Meinungsunterschiede ihre Einheit schwächen konnten.

Sie wusste, dass ihr nächster Vorschlag noch keinem in den Sinn gekommen war. Doch Logik und Instinkt sagten ihr, dass sie recht hatte. Sie holte tief Luft und stand auf.

»Wir gehen heute Nacht. Nicht erst später, sondern jetzt sofort.«

Es war, als hätte ein Donnerschlag den Saal erschüttert. So überraschend die Entscheidung fiel – Gwen hatte recht. Es gab keine Vorbereitungen, die getroffen werden könnten oder müssten. Es gab keinen Grund zu warten.

Die Nacht des Jägermondes war gekommen.

NEUNUNDZWANZIG

Burg Inch war wieder eine dunkle, leere Ruine. Die Sieben Gefährten standen allein vor ihren Mauern. Es herrschte finstere Nacht, der Mond schien bleich. Das kalte Wasser des Lough Swilly schwappte ans Ufer und grau kroch der Nebel über den Boden. In der Ferne bellte ein Hund. Die Menschen unter den Gefährten nahmen diesen Augenblick in sich auf, denn vielleicht würden sie diese Welt nie wiedersehen. Der Elfenglanz war verschwunden, sie standen wieder in ihrer eigenen Kleidung da. Umso verletzlicher fühlten sie sich.

»Es kommt so plötzlich«, sagte Findabhair leise. »Es ändert alles.«

»Ja«, seufzte Gwen, »mein normales altes Leben sieht von hier aus betrachtet gar nicht mehr so schlimm aus.« Sie warf Dara einen Blick zu. »Zumal gerade alles besser wurde.«

Seine Angst konnte man nur daran erkennen, dass er die Zähne zusammenbiss. Als sie sich an ihn lehnte, nahm er ihre Hand.

»Ich habe mich noch nie so wenig wie ein König gefühlt«, gab er zu. Er schaute sie eindringlich an. »Ich wünschte, wir hätten mehr Zeit miteinander verbringen können.«

»Ich auch.«

Dies war einer jener Augenblicke, in denen jeder den anderen besonders gern hat. Sie waren höflich, ja schüchtern, als sie letzte Worte und Umarmungen austauschten.

»Du bist die beste Freundin, die ich je hatte«, sagte Findabhair zu ihrer Cousine. »Entschuldige, dass ich es oft nicht richtig gezeigt habe.«

»Ach was, Cousinchen. Das weiß ich doch.«

Mattie salutierte vor Gwen und lächelte sie ermutigend an. »Oh, Kapitänin, meine Kapitänin!«

Und Katie schloss sie in eine feste Umarmung.

»Ich wusste, dass wir bis ans Ende unserer Tage befreundet sein würden. Ich wusste nur nicht, dass es so bald kommen würde.«

»Das ist nicht das Ende«, behauptete Gwen, obwohl sie sich dessen selbst nicht sicher war.

»Nur Mut, Freunde«, sagte Granny ruhig. »Wir sind nicht allein. Das Elfenland wird uns Kraft geben, bevor wir gehen. Denn wir müssen durch das Gesegnete Reich, um zu Crom Cruac zu kommen.«

Finvarra neigte zustimmend den Kopf. Er nahm Findabhair an der Hand und führte die Gefährten zu einem grünen Hügel in der Nähe der Burg. Als sie näher traten, erkannten sie die Tür im Hügel. Der Torbogen bestand aus zwei senkrechten Steinen und einem darübergelegten Türsturz, in den geheimnisvolle Muster gemeißelt waren. Einige ähnelten spiralförmigen Augen, andere Schlangen, die ihre Schwänze verschlangen.

Granny betrachtete die Reliefs eingehend. »Ouroboros?«, murmelte sie.

»Es gibt viele Eingänge ins Elfenland«, sagte Finvarra,

»aber mein Volk bevorzugt diese Grabhügel, weil sie von Natur aus wie Schwellen sind. Hier beginnt unsere Reise.«

Er trat durch den Torbogen und zog Findabhair dicht hinter sich her. Die anderen folgten im Gänsemarsch. Im nächsten Augenblick schienen die Steine immer näher zu rücken, und sie alle fühlten sich wie in einem Grab, das nach feuchter Erde stank. Dann kamen sie mit einem letzten Schritt auf der anderen Seite wieder hinaus. Es fühlte sich an wie der Übergang in das Leben – oder in den Tod.

»Wenn man eine Tür öffnet, findet man gleich die nächste«, sagte der König, als sie alle hindurchgeschritten waren.

Sie standen in einer milchigen Leere wie in einer Wolke. Vor ihnen ragte eine mächtige weiße Pforte auf. Die Gitterstäbe glänzten in blassem Alabaster, der hohe Spitzbogen war mit Elfenbeinintarsien geschmückt. Das Fallgitter, das langsam nach oben schwebte, schimmerte sanft wie Perlmutt.

»Die Perlenpforte?«, fragte Gwen überrascht.

Finvarra lächelte.

»Ein Sterblicher sah sie einst und hielt sie für die Himmelspforte, aber es sind die Weißen Tore des Morgens, die in mein Reich führen.«

Sie konnten nicht sagen, ob sie das schöne Königreich jetzt in Sekunden oder in Äonen durchquerten. Zeit hatte keinerlei Bedeutung in einem Land zwischen Morgen und Nacht, denn es wahrte die Weite der Unendlichkeit innerhalb seiner Grenzen. Sie wussten auch nicht genau, ob die Landschaft in Windeseile an ihnen vorbeirauschte oder ob sie selbst mit ungeheurer Geschwindigkeit vorankamen.

Denn es schien, als hätten sie die Beine einer Hindin, so wie sie über die Berge, die weiten Ebenen und grenzenlosen Seen sprangen. Alles leuchtete in unglaublich klarer Helligkeit wie ein ewiger Sommertag. *Denn siehe da, der Winter ist vorbei, die Blumen sprießen aus der Erde und die Zeit des Vogelsangs ist gekommen.*

Tír Tairngire. Das versprochene Land. *Magh Abhlach.* Der Garten der Apfelbäume. *Tír na nÓg.* Das Königreich der ewigen Jugend. In diesem Land kam ein jeder wieder zu Kräften, es erfreute den Geist und nährte die Seele. Im hellen Blütenmeer ohne Trauer, Krankheit oder Tod, im bunten Land der Träume und Magie. Das ferne grüne Land unter einem raschen Sonnenaufgang.

Sie segelten wie Vögel auf würzig duftenden Luftströmungen. *Indische Narde und Safran, Kalmus und Zimt, und alle Bäume von Weihrauch über Myrrhe zur Aloe.* Sie schwammen wie Wasserwesen im Land Unter den Wellen. Als sie in einem Obstgarten mit Granatapfelbäumen eine Frucht aßen, flackerten die feurigen Samen auf ihren Zungen wie kalte Flammen. Von überall her hörten sie süße Töne und Melodien, Sphärenmusik, das Lied der Ewigkeit.

Erst als sie sich dem Ende ihrer Reise näherten, wurden sie sich bewusst, welche Veränderung unterwegs mit ihnen geschehen war. Wie durch das Wasser der Wiedergeburt oder das reinigende Ritual des Tauffeuers war jeder verwandelt. Sie zeigten, wie sie sein *könnten* – nicht länger nach innen, sondern nach außen. Wie ein strahlendes Gewand trugen sie die Gestalt ihrer Seele.

In einem weißgoldenen Kleid mit eingewebten Sternzeichen spiegelte Granny die Weisheit von Jahrhunderten wider. Zwei Hörner aus Elfenbein auf ihrem Kopfschmuck hielten eine goldene Scheibe, die den Vollmond symbolisierte. Um ihren Stab ringelte sich eine silberne Schlange. Sie war die Hohepriesterin.

Dara, die gebieterische Majestät, trug eine purpurrote Tunika und einen goldgesäumten Umhang. An seiner Seite hing das uralte Schwert und auf seinem Schild prangte das Zeichen des Pendragon. Auf seine Krone waren verflochtene Eichenblätter graviert, denn er war Daire, der Eichenkönig.

Zu Daras Rechten stand Mattie, der Anführer der Kriegergruppe – der Zorn der Schlacht. Runde eiserne Beschläge prägten seinen Schild aus schwarzem Erlenholz, und er hielt eine Lanze, so lang, dass sie fast bis zum Himmel reichte. Seine Haltung verriet den unbeugsamen Stolz seiner Ahnen, er war der Streiter der Gälen.

Wie Finvarra ausgestattet war? Konnte jemand heller strahlen als der Elfenkönig? In ein Kettenhemd aus geflochtenem Licht gewandet, trug er ein goldenes Schwert und einen goldenen Speer. Aus seinen Schulterblättern entfalteten sich zwei mächtige Flügel. Diese ähnelten weniger den hauchdünnen Gebilden, die dem Elfenvolk zu eigen waren, als den starken, gefiederten, von Rippen aus eisernen Knochen und Muskeln durchzogenen Schwingen der Schwäne. Er hatte sich selbst übertroffen und stellte nun den rächenden Erzengel dar.

Die drei jungen Frauen zeigten die drei Gesichter der Göttin.

Katie, die in Waldgrün gekleidet war, hielt den großen Bogen fest in der Hand. Über der Schulter trug sie einen Köcher mit Pfeilen. Ihr flammend rotes Haar war zurückgebunden und ihr Gesicht strahlte kühle Entschlossenheit aus. Sie war die Frau, die keinen Mann brauchte, weil sie die Stärke und Tapferkeit in Person war – die Jägerin.

Findabhair strahlte in den Farben des Sonnenuntergangs, dem brennenden Leuchten der Liebesgöttin. Doch verkörperte sie weder die spielerische Seite der Liebe noch ihre heitere Gelassenheit. Sie verströmte eine Leidenschaft, die jede Ordnung erschüttert und Königreiche in die Knie zwingt. Sie trug zwei Schwerter, eins links, eins rechts, denn die Liebe kann zweischneidig und tödlich sein.

Gwen fand, dass sie selbst sich am meisten verändert hatte, obwohl ihre Freunde ihr widersprachen. Von ihren Schultern fiel ein schwerer grüner Mantel und um ihre Kehle schmiegte sich ein goldener Halsreif. Auf dem Rücken hing ein Schild, rund wie die Sonne, und in der einen Hand hielt sie einen Speer. An das andere Handgelenk klammerte sich ein verhüllter weißer Falke. Wilder Mut rauschte durch ihre Adern, denn sie war die Tapfere, die Wahrhaftige, die königliche keltische Kriegerin.

So waren die Sieben Gefährten mit den Segnungen des Elfenlandes an ihrem Bestimmungsort angekommen. Dort, wo sich ihr Schicksal erfüllen würde.

Um den schreckenerregenden Wurm zu töten, sind sieben tapfere Engel aus dem Paradies vonnöten.

Ebenso überwältigend wie die Pforte, die ihnen Eintritt gewährt hatte, drohten die Schwarzen Tore der Nacht – der endgültige Ausgang. Der dunkle Glanz von Ebenholz und Obsidian jagte ihnen einen Schauder über den Rücken. Plötzlich fürchteten sie sich, denn in den Tiefen ihrer Seele hörten sie es flüstern:

Lasst, die ihr eintretet, alle Hoffnung fahren.

DREISSIG

Nach ihrer Reise durch den ewigen Tag gerieten sie in den Abgrund der endlosen Nacht. Hier hatte nie der Mond geschienen, nie war die Sonne aufgegangen, um diese Schatten zu wärmen. Hier war es in grausamer Kälte freudlos wie unter einer dunklen Glocke. Formlose Figuren wandelten durch die Düsternis, nahmen für einen Augenblick Gestalt an, um sich sofort wieder aufzulösen. Nichts war fest oder von Dauer. Verwirrt und um Verständnis bemüht, bedachten die Gefährten die Landschaft mit Worten. Die trüben Umrisse in der Ferne: eine Gebirgskette. Der Boden unter ihren Füßen: ein steiniges Ufer? Vor ihren Augen erstreckte sich ein schwarzer Bergsee.

Alles, was sie in Gedanken mit Namen belegten, erschien und versteinerte, aber es lag keine Freude in diesem Benennen oder dem, was es erschuf. Der Mangel an Licht und Wärme war kaum zu ertragen. Die Kälte zog ihnen in die Knochen und krallte sich dort grausam fest.

Die sechs Menschen erlebten hier den schlimmsten Alptraum ihres Volkes. Als wären sie mitten in der Nacht erwacht, um dem erbarmungslosen Geheimnis zu lauschen. *Im Herzen des Lebens ist eine Leere ohne Sinn und Ver-*

stand. *Gott existiert nicht, es gibt keine Liebe. Alles ist Leere und Einsamkeit. Seit Anbeginn der Zeiten ist jeder allein und verlassen.*

Selbst Finvarra war erschüttert. Als König eines strahlenden Landes hatte er die Nacht immer als ideale Zeit für Tanz und Spiele empfunden. Aber hier gab es kein Freudenfeuer, zu dem man hätte tanzen wollen, keine Sterne, die lächelnd auf fröhliche Elfen hinabschienen, und keine Nachtwesen, die den Elfenkönig zu ihren Festen lockten. Dieses dunkle Land kannte keine Freude.

Gwen fand diesen Ort besonders verstörend. Sie erkannte die tödliche Kälte, die nach ihrem Herzen griff, den Atem des Wesens, das aus dem See gekommen war. Aber der Schatten war nirgends zu sehen, auch der schlangenartige Schrecken nicht, den sie in seinen Tiefen entdeckt hatte. Hier war nichts als Trostlosigkeit.

Ist dies schon die Schlacht?, fragte sie sich. *Erschaffen wir erst unseren Feind? Erfinden wir ihn gar?*

Grannys Gedanken gingen in die gleiche Richtung, und sie sagte laut: »Vielleicht besteht die wahre Probe darin, in der Dunkelheit den Glauben nicht zu verlieren.«

Ihre Worte brachen die Stille wie ein Stein, der in einen Brunnen fällt. Ein Beben erschütterte den glatten Spiegel des Sees, als wäre etwas Riesiges darunter erschauernd erwacht. Die ölige Wasseroberfläche kräuselte sich und sie hörten ein Gurgeln. Der See zuckte weiter, bis Wellen Unheil verheißend an das Ufer schwappten, an dem sie standen.

Als der Wasserspiegel sich aufbäumte, spürten die Gefährten den Aufruhr tief in ihrer Seele. *Etwas Böses kommt daher.*

Ein namenloses Grauen erfüllte sie, kaum wagten sie zu atmen. Die Spannung war Folter genug.

Doch lange wurde ihre Geduld nicht auf die Probe gestellt.

Wie der Krake aus der Tiefsee erhob sich der Große Wurm in einer unheimlichen Ruhe, die schlimmer war als jeder Schrei. Er war dunkler als die Nacht, aber tausend Augen starrten aus seinem Körper. Gewaltig und glitzernd wie eine Gischt aus kalten Sternen, hatte er offenbar keinen Kopf, keinen Schwanz, keinen Anfang und kein Ende – Crom Cruac, der Jäger.

Jeder einzelne Gefährte spürte den Fluch in seinem Starren. Gnadenlose Augen trafen ihr Wesen, verbrannten ihre Seelen und ließen sie zu Asche verkümmern. Er sah alles, wusste alles, löschte alles aus.

Sie spürten auch, was er mit seinen Blicken sah: Sieben Lichtfünkchen unter der Belagerung der Dunkelheit.

Obwohl der Große Wurm kein Maul hatte, hallte eine Stimme wie ein Schlag durch ihre Gedanken.

Warum seid ihr gekommen?

Überwältigt von seiner Gegenwart und der unglaublichen Wirklichkeit, die sie kaum begriffen, schwiegen sie zunächst.

Dann brachte Findabhair die Kraft zu sprechen auf. Ihre Stimme bebte dünn und blass im Dunkeln.

»Ich bin die Geisel des Jägermondes.«

Sofort schlossen sich die anderen enger um sie.

Ich habe dich nicht gerufen, aber ich nehme deine Existenz zur Kenntnis. Bist du mit der Opferung einverstanden?

Bevor Findabhair antworten konnte, riefen ihre Freunde laut:

»Nein, ist sie nicht!«

Crom Cruacs Überraschung erschütterte die Fundamente der Welt. Die Erde bebte, der dunkle Bergsee brodelte und kochte wie ein Kessel. Die fernen Berge brachen aus und spuckten Feuer und schwarzen Qualm gen Himmel.

Du wagst es, einen immerwährenden Bund zu brechen.

Sie warteten seinen Angriff nicht ab, sondern gingen instinktiv in Stellung, bereit, ihr Leben zu verteidigen.

Der kampferprobte Finvarra stürmte voran. Auf mächtigen Schwingen flog er dem Wurm entgegen und schwang sein leuchtendes Schwert. Die anderen liefen hinter ihm her und zogen im Lauf ihre Waffen.

Katie erklomm eine felsige Anhöhe und nahm Haltung an. Silberne Streifen zeichneten die Luft, als sie ihre Pfeile verschoss. Die anderen gingen mit Schwert und Speer auf den Wurm los, doch ihre Schneiden prallten ab, als wäre die Haut des Wurms gepanzert.

»Die Augen!«, schrie Mattie. »Zielt auf die Augen!«

Und wirklich, nur hier war ein Durchkommen. Speere durchbohrten, Schwerter schlugen und Pfeile trafen ihr Ziel.

Gwens erster Gedanke galt dem Vogel auf ihrem Handgelenk. Sie enthüllte seinen Kopf und ließ den Falken in Sicherheit fliegen. Erst dann entdeckte sie das volle Ausmaß der Segnungen des Elfenlandes und ihre wundersame Verwandlung.

Einen Augenblick lang, als der frohe Rausch des Fliegens einsetzte, war ihre Sicht verschwommen. Dann regnete es Bilder. Die Schlacht aus der Vogelperspektive vermengte sich mit ihrer eigenen Sicht der Dinge vom Boden aus. Sie steckte in ihrem eigenen Körper, der mit beiden Füßen auf dem Boden stand, aber auch in dem Falken, der durch die Luft schoss.

»Das bin ich!«, rief sie und stemmte den Speer.

»Das bin ich!«, krächzte sie und zielte im Sturzflug.

Der Jäger, der nicht mit der Kühnheit der Gefährten gerechnet hatte, fing sich nur langsam und konnte nicht direkt kontern. Er litt an zahllosen Wunden, und seine Aussicht verfinsterte sich, weil so viele Augen vernichtet worden waren. Er verlor allein hundert durch Katies Pfeile, bevor er auf sie niederfuhr.

Wie mit einem Peitschenhieb klatschte er sie gegen die Felsen.

Vor Schmerzen schreiend schlug sie am Boden auf. Crom Cruac holte zum vernichtenden Schlag aus.

Mattie kam Katie zu Hilfe und zog sie aus der Gefahrenzone hinter die Felsen. Ihre Beine sahen verdreht und verkehrt aus, ihre Kleidung blutdurchtränkt.

»Oh, Gott, er hat dir die Beine gebrochen!«

»Setz mich richtig hin!«, keuchte sie. »Meine Arme kann ich noch gebrauchen.«

»Du bist verletzt. Du brauchst –«

»Dafür ist keine Zeit!«, heulte sie. »Wenn wir aufhören, ist alles verloren!«

Mit Tränen in den Augen tat Mattie wie befohlen und schob ihren geschundenen Körper zwischen zwei mächtige Felsen.

Ihren Schmerzen zum Trotz bemühte sie sich um ein aufmunterndes Lächeln. »Um einen Rotschopf zu schlagen, muss man schon früher aufstehen.«

Und wieder ließ die Bogenschützin ihre Pfeile fliegen.

Mattie wandte sich aufgebracht wieder der Schlacht zu, entschlossen, Katies Verletzung zu rächen. Jeder wütende Hieb seiner Lanze traf ins Schwarze.

Die Gefährten lernten aus dem Angriff auf Katie, dass sie ihre Taktik ändern mussten. Wie in einem Todesreigen preschten sie vor und rannten davon, griffen Crom Cruac an und wichen wieder vor ihm zurück.

Außer sich vor Wut schleppte sich der Wurm aus dem See und schlang sich am Ufer zusammen. Riesig und aufgeblasen rollte er auf sie zu, um sie unter sich zu begraben.

Doch ihre Winzigkeit kam ihnen jetzt zugute. Sie flitzten in alle Richtungen und sammelten sich auf der anderen Seite zu einem erneuten Angriff.

Gwen war zwar auch zu Fuß ein ernsthafter Gegner für den Wurm, aber ihre Angriffe aus der Luft richteten den größten Schaden an. Wie bei allen Raubvögeln, so war auch hier das Weibchen am wildesten. Als Liebling aller Kaiser und Könige war es für ihre Ausdauer bekannt. Solch ein Geschöpf gab nie auf. Mit tödlicher Zielsicherheit schlugen Schnabel und Kralle ins Beutefleisch.

Dank der Stärke, die ihr das Elfenland verliehen hatte, kämpfte Granny wie eine Kriegerin. Sie hatte ihren Stab zunächst wie einen Speer gehandhabt, bevor sie zu ihrer Freude entdeckte, dass er Feuer spuckte. Auch sie trug ihren Teil zur Vernichtung des Jägers bei.

Dara wusste, wie stark seine Großtante war, aber er focht dennoch neben ihr, um sie im Ernstfall beschützen zu können. Auch Gwen hatte er immer im Blick, egal wo sie gerade kämpfte. Möglicherweise trug diese Ablenkung dazu bei, dass seine Aufmerksamkeit nachließ – mit grässlichen Folgen. Denn Grausiges musste er über sich ergehen lassen.

Nachdem er ein großes Auge, das drohend über ihm schwebte, durchbohrt hatte, zog er sich zu langsam zurück. Eine scheußliche Flüssigkeit spritzte auf seinen Arm und versengte das Fleisch bis auf den Knochen. Vor Schock und Schmerz wankte er rückwärts und brüllte den anderen eine Warnung zu.

Doch dieser Schrei kam zu spät.

Findabhair schwang zwei Schwerter gleichzeitig, sie schlug und hackte, wo sie nur konnte. Sie kämpfte entschlossen und leidenschaftlich, in dem Wissen, dass ihre Freunde um ihretwillen litten. Trotz ihrer Schnelligkeit traf sie der Wurm und warf sie zu Boden.

Sie spürte augenblicklich, dass etwas in ihr zerbrach. Sie konnte sich nicht bewegen. Als es immer dunkler wurde, sah sie das Auge, in dem sich ihr Tod spiegelte. Dann sah und hörte sie nichts mehr. Finvarra bekämpfte den Wurm aus der Luft, als er den Angriff auf Findabhair beobachtete. Er flog zu ihr, aber sie lag reglos da. Er konnte gerade noch seinen Schild über sie breiten, bevor der Wurm zum letzten tödlichen Schlag ausholte. Mit Schwert und Speer schlug Finvarra unermüdlich zu und hielt das Monster so in Schach.

Dieses stürmische Gefecht überwältigte den Wurm schließlich, zu viele Schläge hatte er einstecken müssen. Er wich vor Finvarra zurück, doch auch sein Feind sah der Vernichtung ins Auge.

In der Stellung, in der er Findabhair beschützte, konnte Finvarra dem giftigen Regen aus den Augen nicht ausweichen. Seine Flügel fingen Feuer. Er konnte nicht einmal schreien, so schwer war der Schock. Finvarra stürzte sich in die schwarzen Fluten. Als er sich wieder ans Ufer schleppte, waren die Flammen zwar gelöscht, aber seine wundervollen Schwingen hingen zerfetzt an seinem Rücken. Seine Augen waren glasig vor Schmerzen; nie zuvor in seinem unsterblichen Dasein hatte er Qualen gelitten.

»Rückzug!«, schrie Gwen aus der Luft und vom Boden. »Zu den Felsen, zu Katie! Da ist eine Höhle. Flüchtet da hinein!«

Der scharfe Blick des Falken hatte die Felsspalte entdeckt. Jetzt rief die Kapitänin den Gefährten von ihrem Aussichtspunkt weitere Befehle zu. Granny sollte den Jäger mit Feuergarben ablenken, während Katie ihre letzten Pfeile auf ihn niederregnen ließ. In dieser Deckung konnten sich die anderen zurückziehen.

Mattie lief zu Findabhair und trug sie auf seinen Armen in Sicherheit. Gwen kam gerade rechtzeitig zu Finvarra, um ihn zu stützen, als er ohnmächtig wurde. Dara lief direkt hinter ihr und umklammerte seinen versehrten Arm. Er versuchte, Katie zu helfen, die sich mit schierer Willenskraft über die Steine zu ihm hinschleppte. Nacheinander krochen die Gefährten durch den Felsspalt in die Höhle, wohin ihnen der Wurm nicht folgen konnte.

Es war feucht und dunkel, aber man konnte sich einigermaßen bewegen. Granny kam als Vorletzte und feuerte bis zum Schluss aus ihrem Stab. Als Letzter kam der königliche Falke, der den Kampf nur zögerlich aufgab. Er hockte auf einem schmalen Steinsims über Gwens Kopf.

Eine jämmerliche Stille breitete sich unter den Sieben aus, die nur vom Stöhnen der Verwundeten unterbrochen wurde. Granny riss Stofffetzen von ihren Gewändern, um

Verbände daraus zu machen. Keiner war verschont geblieben, sie alle waren ernsthaft verletzt und verbrannt. Aber eine hatte schlimmere Verletzungen erlitten als die anderen.

Sanft legte die alte Frau Findabhair die Hand auf und sah ihr prüfend in die Augen.

»Sie stirbt.«

Einunddreissig

Nein, das kann einfach nicht sein«, sagte Gwen.

Sie nahm ihre Cousine in die Arme. Findabhair war bewusstlos. Gwen weinte hemmungslos und erbebte in herzzerreißendem Schluchzen. Der Falke steckte den Kopf unter den Flügel.

Mattie stammelte verwirrt: »Das kann ... das ist nicht ... so habe ich ...«

Er brach ab. Was hatte er erwartet? Eine ruhmreiche Schlacht? Den unausweichlichen Sieg des Guten über das Böse? Alles, nur nicht den Gestank nach verbranntem Fleisch, diese verdrehten Glieder und schmerzverzerrten Gesichter, die man vor Qual kaum noch erkennen konnte. Und am wenigsten das Schlimmste – die kalte, grausame Wahrheit des Todes.

Doch machten nicht alle Soldaten im Krieg diese Erfahrung? Dass es nichts Großartiges war, nicht einmal ein Drama epischen Ausmaßes, sondern nur jämmerlich und erniedrigend?

Katie starrte blicklos vor sich hin und ballte die Fäuste gegen die Schmerzen, die wie Wellen über sie hinwegspülten. Würde sie auch sterben, hier an diesem verlassenen Ort? Und warum wurde ihr Leben in seiner Blüte beendet?

»Taten wir also Unrecht, als wir das Universum herausforderten?« Ihre Stimme klang ausdruckslos und ohne Hoffnung. »Findabhair war das Opfer, das kann doch kein Zufall sein.«

Finvarra spürte die Katastrophe und erwachte mühselig aus seiner Ohnmacht.

»Lass sie nicht sterben!«, bedrängte er Gwen.

Gwen wandte sich verzweifelt an Granny. »Du als Heilerin, kannst du sie nicht wieder gesund machen?«

»Möglich wäre es schon«, sagte die Heilerin. »Aber nicht ohne meine Kräuter. Wir müssen nach Hause. Schaffen wir es bis zu den Schwarzen Toren?«

Die Gefährten tauschten in einem Anflug von Hoffnung hektische Blicke. In ihren Augen sprühten kleine Funken. Trotz ihrer bösen Verletzungen wollten sie es versuchen.

Nach diesem Entschluss machten sie sich wie von einem einzigen Hirn gesteuert an seine Umsetzung.

»Ich trage Findabhair«, sagte Gwen. »Ich bin stark genug. Der Falke soll von oben Ausschau halten.«

»Ich trage dich«, sagte Mattie zu Katie.

»Mein Held«, scherzte sie mit einem Anflug ihres früheren Humors.

»Du kannst dich auf meinen gesunden Arm stützen«, sagte Dara zu Finvarra und nickte Granny zu. »Wir können ihn zwischen uns nehmen.«

Die Heilerin war einverstanden. »Dann habe ich eine Hand für meinen Feuerstab frei.«

»Kommt schnell, Freunde«, sagte Gwen. »Der letzte Angriff der Sieben Gefährten. Auf zu den Toren!«

»Zu den Toren!«, schallte es zurück.

Sie waren auf das Schlimmste gefasst, aber was sie außerhalb der Höhle erwartete, übertraf alles.

Am dunklen Ufer lag Crom Cruac, reglos. Aus den klaffenden Wunden, wo ehemals seine Augen waren, troff Blut. Noch war ein Hauch von Leben in ihm, aber er war schwach wie ein Schatten. Langsam glitt er zum Wasser, erbebte in heftigen Zuckungen und verschlang am Ende seinen eigenen Schwanz.

Dann rollte er in den Bergsee und versank in den Fluten.

»Wir haben gewonnen«, sagte Gwen wie betäubt. »Lasst uns die Verwundeten nach Hause bringen.«

Ihrer Prozession zu den Schwarzen Toren war der Triumph nicht anzumerken. Zu sehr litten sie unter den starken Schmerzen, waren zu schwach und entmutigt. Der Alptraum der Schlacht verdüsterte noch immer ihre Gedanken. Nur Findabhairs Notlage spornte sie an. Sie hatten die Tore beinahe erreicht, als sie erneut vor Schreck wie gelähmt innehielten.

Ein Beben erschütterte den stillen Spiegel des Sees, als wäre etwas Riesiges darunter bebend erwacht.

Der See zuckte, bis Wellen Unheil verheißend das Ufer überfluteten. Als der See sich abermals hob, spürten die Gefährten den Aufruhr tief in ihrer Seele.

Der Wurm kam vollkommen geheilt und strahlend wieder an die Oberfläche.

Sie hatten es mit einem Feind zu tun, der nicht sterben konnte.

Ihr wagt es, mich erneut herauszufordern?

Keiner konnte von ihnen erwarten, sich erneut dem

Kampf gegen einen wiedererstarkten Feind zu stellen, noch dazu einem unsterblichen. Ihre Herzen versteinerten, verwundet und verletzt hielten sich die Sieben Gefährten aneinander fest und gestanden ihre Niederlage ein.

Unterwerft ihr euch?

»Wie lautet dein Wille?«, fragte Finvarra.

Seine Stimme war fest. Obwohl er sich kaum auf den Beinen halten konnte, trat er vor die anderen.

Ebenso wie immerdar. Ich fordere das Opfer. Eine Geisel muss sich mir ergeben.

Katie schrie auf. Gwen hielt Findabhair, so fest sie konnte. Dara trat ebenfalls nach vorn, um den Jäger aufzuhalten. Mattie stand ihm zur Seite. Nur Granny und Finvarra rührten sich nicht.

»Warum?«, fragte Granny.

Crom Cruac neigte den Kopf in ihre Richtung. Seine Augen funkelten wie eine Sternengalaxie. Seine Erscheinung war weder gut noch böse. Er schaute mit dem Desinteresse des Universums auf sie hinab.

Warum Leben oder warum Tod?

Die alte Frau schüttelte den Kopf. »Diese Geheimnisse nehme ich hin, so wie sie sind. Mir geht es um die genauen Umstände. Warum du? Warum dies?«

Kennst du mich denn nicht, Heilerin von Inch?

Irgendetwas in seiner Stimme erschütterte ihr Wesen.

Ich liege zusammengerollt auf dem Baum des Lebens, der das Elfenland und eure Welt wie goldene Äpfel trägt. Zwei Sphären, zwei Monde, die einander verfinstern. Fantasie und Wirklichkeit halten einander in der Waage. Die Menschheit kann ohne ihre Träume nicht leben, aber jeder Traum fordert ein Opfer.

Grannys Mund entwich ein Seufzer. Sie hatte sich bereits dazu durchgerungen, Findabhairs Stelle einzunehmen, und die Worte des Jägers waren Labsal für sie. Da sie ein Leben zwischen Mythos und Magie geführt hatte, erschien ihr dieses Ende passend.

Nein, Heilerin, du bist es nicht, dich nehme ich nicht. Er weiß, wer mit mir geht. Die Schlacht hat mich beleidigt und nun verlange ich mehr als einen Menschen. Nur ein Unsterblicher kann nun meinen Hunger stillen.

Finvarra ging, er hatte den Willen des Wurms vorhergesehen und wusste, was seine Worte bedeuteten.

Er hatte keine Zeit für einen Abschied oder letzte zärtliche Gesten zwischen Liebenden und Freunden. Die Dunkelheit verschluckte ihn, um ihr Recht zu fordern. Er musste gehen und zwang sich mit letzter Kraft, ins Wasser zu waten. Die zerfetzten Schwingen eines gefallenen Engels zog er hinter sich her.

Seine Freunde konnten nichts für ihn tun. Der hypnotisierende Blick des Wurms zwang sie, reglos an Ort und Stelle zu verharren und hilflos zuzusehen, wie Finvarra weiterging und tiefer in die schwarzen Strudel sank.

Findabhair ahnte den Untergang ihres Geliebten und erwachte aus ihrer Ohnmacht. Sie schrie mit hoher Stimme, außer sich vor Trauer.

»Lass mich mit ihm sterben!«

Aber wie die Dunkelheit der Nacht schenkte der Jäger ihrem Flehen keinerlei Beachtung. Still versank Crom Cruac in den Wellen.

Und ebenso erging es Finvarra, dem König der Elfen.

ZWEIUNDDREISSIG

Keiner wusste, wie lange sie in dieser Unterwelt der Verzweiflung verharrten. Die Wandlung, die mit ihnen vorging, war so allmählich und unmerklich wie die einsetzende Dämmerung. Zunächst fiel ihnen auf, dass sie keine Schmerzen mehr hatten. Ihre Wunden waren geschwunden, sie waren wieder gesund. Auch waren sie wieder sie selbst. Gwen vermisste ihren Falken schmerzlich.

Als dann das Morgenlicht die Landschaft enthüllte, erkannten sie, wo sie waren. Zu ihrer Linken ragten in der Ferne die Knockalla Mountains empor. Zu ihrer Rechten lag der Scalp und vor ihnen blinkten am anderen Ufer die Lichter von Rathmullan. Sie standen am steinigen Ufer des Lough Swilly.

»Wir sind auf Inch«, stammelte Dara schließlich. »Am alten Fort.«

Granny wirkte grau und besiegt. Ihre Stimme zitterte, als sie sagte: »Die Geisel ergab sich. Das Opfer wurde dargebracht. Die Nacht des Jägermondes ist vorbei.«

Sie konnten sich nicht darüber freuen, sicher wieder in ihrer eigenen Welt anzukommen. Sie alle litten unter der tiefen Wunde, die der Verlust des Königs gerissen hatte. Ihr Bund war zerbrochen, ihr Kreis hatte eine Lücke.

Findabhair stand kalt und weiß wie eine Statue neben ihnen. Nur in ihren Augen konnten sie ihren tiefen Kummer lesen. Sie redeten ihr gut zu, konnten aber nur wenig für sie tun. Sie war untröstlich.

Still und sanft nahm Gwen ihre Hand und gemeinsam verließen sie das Fort. Vor Trauer gebeugt, gingen sie schweigend auf der Straße entlang, die zu Grannys Haus führte.

Das Morgenlicht überflutete die Insel. Amseln und Rotkehlchen sangen aus vollem Halse von den Bäumen. In einem Haus an der Straße weinte ein Baby, während die Morgenluft nach Frühstück duftete. Sie konnten nicht umhin festzustellen, dass das Leben dem Tod zum Trotz weiterging.

Als sie an Grannys Häuschen ankamen, wollte Findabhair nicht mit hineingehen. Sie winkte still ab, als die anderen sie begleiten wollten, und ging allein durch den Garten in den dahinterliegenden Wald.

»Lasst sie in Ruhe«, sagte die Heilerin. »Lasst sie auf ihre Art trauern.«

»*Selig sind die Trauernden*«, flüsterte Katie.

Tief im Wald fand Findabhair eine alte Eiche mit wilden Blumen, die büschelweise an den Wurzeln wuchsen. Sie setzte sich ins Gras, lehnte sich an den Baum und schloss die Augen. Blätter und Zweige seufzten und die Efeuranken am Stamm flüsterten ihr etwas ins Ohr. Die Bienen summten im Sonnenschein und murmelten eine geheime Botschaft zu ihrem Trost. Überall war ihr die Natur gewogen, denn alle wussten, dass die Elfenkönigin ihren König verloren hatte. Im Haus zog Dara als Zeichen dafür, dass jemand gestorben war, die Vorhänge zu. Katie stellte den Wasserkessel auf den Herd, um Tee zu kochen. Trotz des warmen Wetters zündete Mattie ein Feuer im Kamin an, da sie alle zitterten. Der Tod war in ihr Bewusstsein gedrungen und seine Wahrheit brannte schmerzhaft.

»Wir können noch nicht nach Hause fahren«, sagte Gwen zu Granny. »Das würde sie nicht schaffen, so kurz danach.«

Das hielt auch die alte Frau für unmöglich. »Ihr beide könnt so lange hierbleiben, wie ihr möchtet.«

Wie Blutsverwandte oder eine trauernde Familie wollten und mussten sie zum Trost beieinanderbleiben.

Dieser erste Tag verschwamm in dumpfem Schmerz. Es wurde gekocht, doch kaum etwas gegessen. Tränenausbrüche unterbrachen lange Stunden des Schweigens. Hin und wieder sank einer von ihnen in einen gnädigen Schlaf, aber beim Aufwachen spürten sie den Verlust umso schmerzhafter aufs Neue.

Als Findabhair zurückkam, sprach sie mit niemandem ein Wort. Sie setzte sich ans Feuer und starrte auf die gepflückten Vergissmeinnicht in ihren Händen.

In der Abenddämmerung kamen die Elfen. Die Sonne war über den Feldern und Hecken untergegangen und frühe Sterne strahlten vom Himmel. Erst hörten sie die Musik, die zitternd in der Luft hing, trübe Klänge, so klagend, dass ihnen noch weher ums Herz wurde.

Wortlos standen die sechs auf und verließen das Haus.

Bleiche Blitze zuckten im Himmel über Dunfinn. Ein goldenes Licht schlängelte sich den Hügel hinab wie eine glänzende Schlange im Gras. Als sie in Sicht kam, flanierte die

Prozession im anmutigen Gang jener, die im Traumland leben. In glänzende Gewänder gekleidet und mit Laternen in den Händen, paradierten sie zu Fuß, während silberne Banner über ihren Köpfen flatterten. Ihre Gesichter leuchteten in überirdischem Glanze – blass, traurig und schön.

Am Kopf der Kolonne schritt feierlich Midir. Sein rotgoldenes Haar fiel ihm bis auf die Schultern und der Königsstern funkelte auf seiner Stirn. Ein Umhang aus grünen Blättern wehte um seine Gestalt; mit beiden Händen trug er einen goldenen Kelch.

Obwohl sein Blick einen Moment lang auf Gwen ruhte, ging er zuerst zu Findabhair.

»Du musst nicht um unseren gefallenen König trauern. Nimm einen großen Schluck aus dem Kelch des Vergessens und sei frei von der Erinnerung an ihn.«

Findabhairs Qual war greifbar, aber ihre Antwort kam ohne Zweifel oder Zögern.

»Lieber lebe ich mit dem schmerzlichen Verlust, als dass ich ihn nie kennengelernt hätte.«

Midir bot ihnen allen den Kelch, aber alle nacheinander lehnten höflich ab. Mit einer tiefen Verbeugung nahm er ihre Entscheidung an. Dann goss er die honigfarbene Flüssigkeit in die Erde.

»Auch im Elfenland soll er nicht vergessen sein.«

Obwohl niemand den Trunk des Vergessens genossen hatte, wurde in dieser Nacht allen ein langer, heilsamer Schlaf zuteil. Am nächsten Morgen erwachten sie erfrischt und waren in der Lage, sich dem Tagewerk zu stellen.

Mattie und Katie reisten als Erste ab. Auf dem Höhepunkt des tränenreichen Abschieds vereinbarten sie ein Treffen im nächsten Jahr, um dem verstorbenen Freund ehrenvoll zu gedenken. Dieser Schwur stärkte sie so sehr, dass sie die Trennung besser ertragen konnten.

Gwen blieb mit ihrer Cousine noch viele Tage auf Inch. Findabhair wollte den Ort nicht verlassen, wo sie ihren Geliebten zuletzt gesehen hatte. Von morgens bis abends schritt sie die Ufer des Lough ab und suchte nach einem Zeichen von Finvarra. Manchmal begleiteten die anderen sie, aber lieber ging sie allein.

Zunächst konnte Gwen die verbleibende Zeit mit Dara gar nicht richtig genießen, weil Trauer und Schuldgefühle sie zu sehr bedrückten. Doch Granny machte dem ein Ende.

»Wenn du es nicht schaffst, dein Leben gut zu leben, entehrst du das Opfer unseres gefallenen Gefährten. Es ist deine Pflicht, glücklich zu sein.«

Auf diese Weise ermutigt, verbrachten Gwen und Dara die gemeinsamen Tage so fröhlich wie möglich unter dem Schatten des Verlustes und ihrer unvermeidlichen Trennung. In der Nacht vor ihrer Abreise ging Gwen mit Dara in den Garten. Der betörende Duft des Geißblatts lag in der Luft und der Mondschein warf helle Schatten über Blumen und Bäume.

»Hast du schon mal jemanden geliebt?«, fragte sie schüchtern.

Er lächelte über ihre Frage. »Meinst du, vor dir?«

Ihre Gesichter leuchteten im Halbdunkel.

»Nein«, sagte er leise. »Vor dir nicht.«

»Und jetzt?«

»Jetzt ja, dich.«

»Ich liebe dich auch.«

EPILOG

Ein Jahr später trafen sie sich auf Inch wieder, ein Jahr und einen Tag nach Finvarras Tod. Bei der Wiedervereinigung ging es laut und lebhaft zu. Katie kam mit Mattie, weil ihr Motorrad kaputtgegangen war und sie für ein neues sparen musste. Sie gab zu, die Fahrt in dem großen Mercedes sehr genossen zu haben.

»Ich habe dagesessen wie auf dem Sofa! Fehlte nur noch ein Fernseher!«

Dara fuhr durch ganz Irland, um Gwen und Findabhair in Bray abzuholen. Gwen trug den goldenen Herzanhänger, den er ihr zu Weihnachten geschickt hatte. Als sie ihm die Tür öffnete, war sie so überwältigt, dass sie beinahe die Schüchterne gespielt hätte. So weit ließ er es gar nicht erst kommen. Mit einem Freudenschrei schloss er sie in die Arme. Findabhair war im vergangenen Jahr erwachsen geworden. Ihre schlanke Schönheit hatte an Tiefe und Anmut gewonnen. Sie hatte gelernt, mit dem Tod eines geliebten Menschen zu leben.

Als sie alle im Häuschen der Heilerin versammelt waren, setzten sie sich zu einem Trauerschmaus zusammen.

»Granny und ich haben Tag und Nacht gekocht«, erklärte Dara.

Er war nicht zu Unrecht stolz darauf. Nur im Elfenland hatten die Freunde jemals so köstlich diniert. Das Abendessen wurde im traditionellen irischen Stil serviert. Festmahle bestanden aus drei Gängen, die jeweils eine eigenständige Mahlzeit darstellten. Der erste Gang begann mit der Suppe des Hauses aus Möhren, Lauch und frischen Erbsen aus dem Garten, gefolgt von Artischockenpastete, in Butter geschwenkten Rotalgen und eingelegtem Meerfenchel, gezuckerter Roter Bete und Saubohnen mit geschmolzener Butter sowie gemischtem Salat aus Sauerampfer und Wildkräutern. Dazu wurden verschiedene Brotsorten gereicht, darunter Rosinen-Scones, dreieckige Weizenfladen, kleine weiche weiße Brötchen und die Kartoffelkuchen-Spezialitäten, für die diese Region so berühmt war – Brot, Pfannkuchen, Kuchen, alles aus Kartoffeln.

Der zweite Gang bestand aus einer großen Platte mit gegrilltem Lachs und gebratener Forelle, in der Torfasche gebratenen Eiern, in der Schale gebackenen Zwiebeln, frischen, in Butter und Knoblauch gebratenen Bergpilzen, Irischem Moos, das so leicht war wie ein Schwamm, und einem Berg von weißen, mehligen Kartoffeln, die mit gehackter Petersilie und Frühlingszwiebelröllchen bestreut waren.

Der dritte Gang machte alle Leckermäuler glücklich: Mandelsahnepudding, der auf der Zunge schmolz, ein Apfel-Gerste-Flammeri, Haselnusshonigkekse, Buttergebäck mit Orangenbutter, Teekuchen mit besonders vielen Sultaninen und Früchten und eine große Schüssel mit Stachelbeeren, Erdbeeren, Himbeeren und schwarzen Johannisbeeren in Sahnenestern.

Zum Runterspülen dieser Köstlichkeiten standen flaschenweise Holunderblüten- und Brombeerwein sowie ein Krug mit schäumender Buttermilch und mehrere Kannen Schwarztee auf dem Tisch.

»Ich hätte gern von allem ein bisschen, bitte.«

Sie aßen gemächlich stundenlang und redeten und lachten zwischendurch. Am Kopf des Tisches stand ein leerer Stuhl vor einem unberührten Gedeck. Während des Festmahls erhoben sie mehrfach die Gläser, prosteten Finvarra zu und sprachen über ihn, als wäre er unter ihnen. Das entsprach der irischen Lebensweise, die den Tod nicht verdrängte, sondern im Namen des Verstorbenen feierte.

Kurz vor Einsetzen der Dämmerung machten sie sich in einer Prozession auf den Weg zum Fort Inch. In Sonntagskleider gewandet, trug jeder still und feierlich eine Kerze und eine Totengabe zu Finvarras Ehren.

Das Licht der Abenddämmerung legte sich wie Nebel über die Felder. Die Straße wand sich in einem grauen Band um die Insel und in der Ferne wachten die dunklen Berge über die Landschaft.

Als sie ans steinige Ufer des Lough Swilly kamen, zündeten sie ihre Kerzen an. Nacheinander übergaben sie ihre Geschenke den Tiefen des Bergsees.

»Nicht alles Vergangene ist für immer vergangen«, sagte Granny, als sie den silbernen Ring vom Finger streifte und ins Wasser fallen ließ.

»Alle Könige und Prinzen beugen sich dem Hochkönig«, lauteten Daras Worte. Er sah zu, wie die Krone aus Eichenblättern davonschwamm.

Katie nahm Pfeil und Bogen aus ihrem Rucksack. Sie zündete die benzingetränkte Pfeilspitze an, trat einen Schritt zurück und zielte.

»Du warst ein wunderbarer Traum«, flüsterte sie.

Der flammende Pfeil zischte in hohem Bogen über den dunklen See und fiel dann wie eine Sternschnuppe ins Wasser.

»Mein König, mein König«, sagte Mattie.

Es blitzte golden, als die Münze gen Himmel sprang, bevor sie untertauchte.

»Du warst mein Feind und dann mein Freund«, sagte Gwen ruhig. »Dir verdanke ich es, dass ich lernte, stark zu sein.«

Der Strauß Butterblumen war mit einer wilden Irischen Rose gebunden.

Jetzt war Findabhair dran. Die anderen sahen traurig zu, als sie an den Rand des öden Sees trat.

»Ich gebe dir dein Geschenk zurück«, sagte sie leise.

Als sie die Hände über den Fluten ausstreckte, waren sie leer. Dann fing sie an zu singen.

'gCluin tú mo ghlór 'tá ag cur thuairisc
Ó mhaidin go nóin is as sin go deireadh lae?
Éist, a stór, tá ceol ar an ngaoth
Is casfar le chéile sinn roimh dhul faoi don ghrian.

Hörst du meine Stimme immerzu nach dir fragen?
Von morgens bis mittags und zum Ende des Tages?
Hör meine Liebe, die Melodien im Wind.
Wir sehen uns wieder zur Dämmerung.

Ihnen kamen die Tränen. Bereits bei den ersten Tönen des schönen Liedes erkannten sie, dass Findabhair das Elfenland nicht mit leeren Händen verlassen hatte. Sie hatte das Geschenk des *ceol-sídhe*, die Kunst der Elfenmusik, empfangen.

Shiúlas i bhfad is do shamhail ní fhaca
Ba mhór e mo bhrón is ba mhinic mé faoi néal
Éist, a stór, tá ceol ar an ngaoth
Is casfar le chéile sinn roimh dhul faoi don ghrian.

Lange ging ich, sah dein Bild nicht.
Groß war mein Kummer, dunkel mein Himmel.
Hör meine Liebe, die Melodien im Wind.
Wir sehen uns wieder zur Dämmerung.

Vor ihrem Aufbruch hielten alle einen seltsamen Augenblick lang inne, als müsste noch etwas gesagt oder getan werden. Keiner sagte etwas dazu, aber die Enttäuschung hing wie ein Schatten über allem. Irgendwie hatten sie doch erwartet, dass die Elfen kommen würden. Hatte Midir nicht versprochen, sie würden den gefallenen König nicht vergessen?

Gwen legte ohne viele Worte tröstend den Arm um ihre Cousine.

»Sie sind nicht wie wir«, murmelte Findabhair.

Auf dem Rückweg zu Granny hörten sie in der Nähe der Kreuzung plötzlich Musik. Hohe Töne zitterten auf einer Luftströmung, hüpften über Berg und Feld. Ein Tänzer sprang herbei!

Eine unspielbare Melodie, gegeigt von einem Meister der Fiedel.

Als sie dann alle atemlos der Musik entgegenliefen, stand er auf einmal da auf dem grasbewachsenen Seitenstreifen. Er trug verwaschene Jeans und ein weißes T-Shirt, das in der Dunkelheit leuchtete, während er heiter und gelassen vor sich hingeigte. Seine Haut war nussbraun, er war barfuß. Sein Gesicht sah aus wie immer, markant und bezaubernd, und doch jünger und offener. In den pechschwarzen Augen blitzte ein genialer Funke.

Es war eindeutig Finvarra, kein Zweifel, aber er sah sie ohne eine Regung des Wiedererkennens an.

Findabhair ging zu ihm und starrte ihn ungläubig an. Sie war sprachlos vor Staunen.

Er ließ die Fiedel sinken und lächelte sie an.

Jetzt kam Granny auf ihn zu.

»Lieber König, geht es dir gut?« Ihre Begrüßung schien ihn zu verwirren.

»Ich glaube, er hat das Gedächtnis verloren«, brachte Findabhair schließlich hervor.

»Ich weiß, dass ihr meine Freunde seid«, sagte er und fügte schelmisch hinzu: »Und *du* liegst mir besonders am Herzen. Nicht wahr, Geliebte?«

Sie wusste nicht, ob sie lachen oder weinen sollte.

»Kommst du mit uns?«, fragte Granny sanft.

»Selbstverständlich«, antwortete er. »Wo sollte ich sonst hingehen?«

Die anderen tauschten Blicke.

»Ich bitte um Geduld, liebe Freunde«, sagte er, »aber all dies ist so neu und ungewohnt für mich. Dies ist der erste Tag meines Lebens, an den ich mich erinnern kann. Wer ich bin oder woher ich komme, das weiß ich nicht.

Wie ein neugeborenes Kind bin ich im Zwielicht erwacht,

hoch auf einem Hügel, umgeben von mannigfachen Ge-
schöpfen – Vögeln, Feldmäusen, Füchsen und Hasen. Auch
andere Wesen waren da, aber sie sahen nicht so aus wie ihr.
Ein kleiner Mann mit spitzen Ohren, eine alte Frau in einem
schwarzen Schal und ein großer Rothaariger mit einem
Stern auf der Stirn und viele schöne Frauen. Alle weinten
und klagten. Von ihrem Weinen bin ich wach geworden.

›Warum weint ihr an solch einem lieblichen Abend?‹,
fragte ich sie. ›Sind die Sterne vom Himmel gefallen? Verhüllte der Mond sein Antlitz?‹

Sie beantworteten zwar keine meiner Fragen, doch führten sie mich hierher. Mir wurde aufgetragen, zu warten,
bis Sechse kämen. Ihr wäret meine Freunde, sagten sie, die
mir den Beginn meines neuen Lebens erleichtern würden.
Dann weinten sie wieder, während sie von mir gingen.

Sie taten mir sehr leid, hatten sie doch schwer an ihrer
Trauer zu tragen. Ich küsste sie und bat sie, froh zu sein.
Denn so wie der Tag auf die Nacht folgt, kommt nach dem
Kummer das Glück zurück. Ist dies nicht die Wahrheit?«

Doch nun sah Finvarra, dass auch sie Tränen in den Augen hatten.

»Crom Cruac hat ihm die Unsterblichkeit genommen«,
flüsterte Gwen Katie zu.

»Jetzt ist er einer von uns«, stimmte sie nickend zu.

Obwohl sie alle den großen Verlust bedauerten, der den
König getroffen hatte, waren sie doch überglücklich, dass er
lebendig zu ihnen zurückgekehrt war. Findabhair ging das
Herz über, wenn sie ihn nur ansah – ihren Geliebten, von
dem sie gedacht hatte, sie würde ihn nie wiedersehen.

»Ich hoffe, ihr werdet mir dieses Geheimnis erklären?«,
fragte Finvarra an jeden Einzelnen gewandt.

Die sechs Freunde strahlten zustimmend durch den Schleier ihrer Tränen.

»Nach und nach, würde ich sagen«, sagte Granny. »Dir selbst zuliebe und den Mühen, die deine Anpassung an dieses Leben mit sich bringen wird.«

»Jetzt fängt das Abenteuer eines Lebens als Mann an«, gab Mattie ihm mit auf den Weg.

»Ist gar nicht so schlecht«, grinste Dara.

»Gibt es irgendetwas, woran du dich erinnern kannst?«, fragte Gwen.

Sie hielt Dara an der Hand. Finvarra runzelte die Stirn.

»Ich verspüre eine gewisse Zuneigung für dich. Bist du auch meine Geliebte?«

»NEIN!«, riefen gleich drei protestierend im Chor – Gwen, Dara und Findabhair.

Lachend und leichten Schrittes liefen die sieben Freunde die Straße entlang zu Granny zurück. Findabhair und Finvarra kamen einander näher und gingen schließlich Arm in Arm. Sie sahen wie ein ganz normales junges Pärchen aus, nicht anders als Gwen und Dara, die ebenfalls untergehakt liefen. Alle waren sicher, dass sie einander nie wieder aus den Augen verlieren würden. Die »älteren« sechs Menschen waren sich der Verantwortung für das ihnen anvertraute neue Leben wohl bewusst.

Als die Gefährten am Fargan Knowe vorbeigekommen waren, blies plötzlich ein kräftiger Wind durchs Gehölz. Blätter und Steinchen wirbelten im Kreis und huschten wie trippelnd über die Erde. Ein Flüstern seufzte in der Luft.

Der König war hier. Lang lebe der König.

Glossar

Aussprache und Bedeutung irischer Ausdrücke

Aengus Óg (en-gas-ohg) – Aengus der Junge, der keltische Gott der Liebe, Sohn des Dagda, des »Guten Gottes« (der nicht so genannt wurde, weil er gut war, sondern weil er alles gut konnte).

aisling (esch-ling) – Vision, Visionsgedicht

amadán (om-ah-dorn) – Narr

An Craoibhín (ohn krie-wien) – dünner Ast, Zweig

An Óige (on eu-ga) – Óige bedeutet »Jugendliche« (Plural). *An Óige* ist das Irische Jugendherbergswerk (Irish Youth Hostel Association), das 1932 gegründet wurde und in ganz Irland vierunddreißig Jugendherbergen für Einzelreisende, Familien und Gruppen betreibt.

Áras an Uachtaráin (ar-ass ohn akk-ta-rorn) – Wohnsitz des irischen Präsidenten im Dubliner Phoenix Park.

a stór (ah storr) – mein Schatz (auch wörtlich)

Banshee (bahn-schi) – anglisierte Version von Bean Sídhe (bahn-schi), wörtlich »Elfenfrau«. Im irischen Volksgut stellt die *Banshee* einen besonderen weiblichen Geist dar, üblicherweise als grünes Wesen mit langen Haaren. Die *Banshee* folgt bestimmten Familien und heult nachts vor ihrer Tür, wenn ein Mitglied der Familie kurz darauf sterben wird. Diese erschreckende Warnung gilt als freundlicher Gefallen, da die Gewarnten sich auf den Tod vorbereiten können. Hat nur den Haken, dass man nicht weiß, wer sterben wird …

Bí ar shiúl (bie örr schul) – Fort!

bodhrán (b'oh-rorn) – Handtrommel, normalerweise aus Ziegenfell und Holz, die mit einem kleinen Holzschlägel geschlagen wird. »Der Herzschlag traditioneller irischer Musik.«

Brugh na Bóinne (bruh nah beun) – Brugh ist ein poetischer Ausdruck für »Herrenhaus« oder »Gebäude« und na Bóinne bedeutet »am Boyne« und bezieht sich auf den Fluss Boyne, wo der historische Grabhügel steht. In dem Buch von Lecan aus dem 11. Jahrhundert steht: »Der Dagda baute einen großen Grabhügel für sich und seine drei Söhne Aengus, Aed und Cermaid. Über diesen vier Männern schufen die Männer von Erin das *Síd des Brúg*.«

Busáras (bess-ar-as) – der Busbahnhof in Dublin

Cáin Adamnáin (keun äd-ew-norn) – Der Kanon des Adamnán soll 697 n.Chr. verabschiedet worden sein. Es wird auch »Gesetz der Unschuldigen« genannt, weil es die Tötung von Frauen, Kindern und Klerikern in Kriegszeiten verbot. Indem es diese zu »Nichtkämpfern« erklärte, schloss es Kriegerinnen und Kriegermönche vom Kampf aus, die jeweils in den damaligen Konflikten aktiv waren.

Caitlín (kort-lin) – irische Form von Kathleen. Wenn man die irische Version eines Vornamens benutzt, ist man gleichzeitig höflich und formell und zugleich persönlich und herzlich. Eine feine Geste, die eines Königs würdig ist.

céilidh (käi-lee) – Musik – fröhliche irische Musik, die bei Konzerten oder Tanzveranstaltungen auf dem Land von *céilidh*-Bands gespielt wird. *Céilidh* kann man auch *céilí* schreiben.

ceol-sídhe (ki-jol-schi) – Elfenmusik

> *'gCluin tú mo ghlór 'tá ag cur thuairisc*
> *Ó mhaidin go nóin is as sin go deireadh lae?*
> *Éist, a stór, tá ceol ar an ngaoth*
> *Is casfar le chéile sinn roimh dhul faoi don ghrian.*

> Hörst du meine Stimme immerzu nach dir fragen?
> Von morgens bis mittags und zum Ende des Tages?
> Hör meine Liebe, die Melodien im Wind.
> Wir sehen uns wieder zur Dämmerung.

Shiúlas i bhfad is do shamhail ní fhaca
Ba mhór é mo bhrón is ba mhinic mé faoi néal
Éist, a stór, tá ceol ar an ngaoth
Is casfar le chéile sinn roimh dhul faoi don ghrian.

Lange ging ich, sah dein Bild nicht.
Groß war mein Kummer, dunkel mein Himmel.
Hör meine Liebe, die Melodien im Wind.
Wir sehen uns wieder zur Dämmerung.

Song: *Éist, A Stór* von Máire ní Breatnach

Cnoc na mBan-Laoch (ka-nock nah morn lie-ock) – Hügel
der Heldinnen

craic (kreck) – Unterhaltung, Klatsch, bedeutet mittlerweile
allgemein »Spaß«. Oft im Zusammenhang mit *ceoil* (ki-ohl),
»Musik«, wie in *craic agus ceoil* .

Críode na Boirne (kried nah born) – Mittelpunkt des Burren. *Críode* ist eine Schreibweise von *croí*, beides bedeutet
»Herz«.

curcudgellach (kör-ködsch-eh-löck) – anglisiertes Wort für
»liebevoll«, »zärtlich«, das auf der Insel Inch benutzt wird.
Stammt wahrscheinlich aus dem schottischen Gälisch.

Daire (dier-uh) – männlicher Vorname, leitet sich von *doire*
(dier-uh) ab, einer Bezeichnung für »Eichenholz«. In dieses
Wortfeld gehört auch das Wort *dair* (dier) für »Eiche«.

Feis (fesch) – Dieses Wort hat sowohl im Altirischen als auch im modernen Irisch viele Bedeutungen, darunter Unterbringung und Unterhaltung für die Nacht, gemeinsame Übernachtung, Heirat und sogar Geschlechtsverkehr. Heutzutage wird es meist in der Bedeutung von »Festival« gebraucht, was sich vom *Feis Teamhrach* (fesch-taur-öck) – dem Tara-Festival – herleitet, das ursprünglich zur Krönungsfeier des Hochkönigs veranstaltet wurde, der rituell mit der höchsten Göttin von Irland, *Eriú,* vermählt wurde.

Fír Flathemon (fir flah-heh-morn) – Altirisch für »Die Wahrheit des Prinzen« oder Wahrheit der Herrschaft.

Fóidín mearai (fcu-dschien mar-ie) – bedeutet »Verwirrungsgras« oder Irrgras, also ein Stück Erde, das einen in die Irre führt, aus dem Konzept bringt oder allgemein verwirrt.

Fulacht Fia (fu-lockt fie-ah) – Begriff für alte Kochgruben, die in verschiedenen Regionen Irlands gefunden wurden. Meistens liegt ein Steinkreis um eine Erdmulde, in der Archäologen Spuren gemeinsamer Mahle fanden, zum Beispiel verkohlte Steine und Tierknochen. Dazu gibt es die Theorie, dass die Versammlungen an solchen Orten eine rituelle Bedeutung hatten, in denen das Essen nur eine von mehreren Tätigkeiten darstellte.

girseach (gier-schöck) – junges Mädchen

Gread leat! (Grad lad) – Fort! (Wörtlich »weg mit dir«)

inis (in-iscg) – Insel

Is glas iad na cnoic ata i bhfad uainn (iss glors ie-öd nah köhnick wort u-in) – wörtlich »weit weg sind die Hügel grün«, entspricht dem Sprichwort: »Wo ich nicht bin, da ist das Glück«.

Magh Abhlach (mooh oh-w-lork) – Ebene der (vielen) Apfelbäume (eine andere Bezeichnung für das Elfenland)

Maher Buídhe (moo-hör bwie) – Die gelbe Weide. Irische Bauern geben ihren Weiden und Feldern gerne Namen und geben so ihrer persönlichen Beziehung zu ihrem Land Ausdruck. *Maher* ist eine anglisierte Fassung von *machaire* (mock-arr), was »Ebene« oder »Feld« bedeutet. *Buídhe* ist eine andere Schreibweise von *buí* – gelb.

Máire Ruadh (Meu-ra ru-a) – Die Rothaarige Mary ist eine historisch verbürgte Frau aus der Grafschaft Clare, die dreimal verheiratet war. Ihr erster Mann starb jung und ließ sie als reiche Witwe zurück, der zweite Ehemann wurde im Cromwell-Krieg getötet, und der dritte war Unteroffizier in der englischen Armee. Während der letzten Ehe sicherte sie das Erbe ihres ältesten Sohnes. *Ruadh* ist eine andere Schreibweise von *rua*, rothaarig. *Máire,* das irische Wort für »Mary«, wurde häufig in Maura anglisiert. Im Irischen hat Maria, die Muttergottes, einen eigenen Namen: *Muire* (mörr-ah), der nur für sie benutzt wird.

Maitiú (Mor-t'ju) – Irisch für Matthew (siehe oben unter Caitlín).

Manaigh Liath (morna lie-ah) – Die Grauen Mönche, auch

Weiße Mönche genannt, sind Mitglieder des Zisterzienster-ordens, die wegen der gräulichen Farbe ihrer Kutten aus ungebleichter Wolle so genannt wurden. Gwens Ängsten zum Trotz hätten sie sie nicht als Hexe verbrannt. In Irland gab es nur wenige Hexenprozesse, höchstens zehn in den Jahrhunderten zwischen der ersten von 1324 bis zur letzten 1711.

Meitheal (meh-hall) – organisierte Nachbarschaftshilfe

Mná na hÉireann (mu-nor nah hier-in) – Der Ausdruck »Frauen von Irland« wurde benutzt, um auf die erste weibliche und feministische Präsidentin Irlands, Mary Robinson, anzuspielen, und wurde auf ihre Nachfolgerin, Präsidentin Mary McAleese übertragen.

Mo chara (moh har-ah) – mein / e Freund / in (das Possessivpronomen verleiht dem Ausdruck die Bedeutung von »mein / e liebe(r) Freund / in«).

Nach breá an tráthnóna é, a chailín (nork bro orn trahno-nah ei, ah hor-lien) – Ist das nicht ein schöner Nachmittag / Abend (bis zum Einbruch der Nacht), mein Mädchen?

Ochón (or-kon) – Leider!

Ochón ó (or-kon oh) – Weh mir!

pisreog (pisch-rog) oder *piseog* – Zauberspruch oder Hexerei

Ráth na Ríogh (ro'h nah rie) – Festung der Könige. Rath wird mittlerweile – ohne den Akzent – in der englischen Sprache häufig als Ausdruck für die zahlreichen frühgeschichtlichen Festungen und Grabhügel in Irland benutzt.

Rurthach (rur-hor'k) – alter irischer Name des Flusses Liffey

seisiún – (seh-schun) – Kurzfassung für seisiún ceoil (seh-schun kie-ohl), eine irische Musik-Session, die häufig spontan in Pubs stattfindet.

Sídhe (schie) – Mehrzahl, bedeutet »Elfenvolk«. Soweit bekannt, ist dieses Wort mit dem altirischen Wort *síd* verwandt, das einen Grabhügel oder eine Hügelfestung bezeichnet, wo die Elfen angeblich wohnen. *Sídhe* ist eine andere Schreibweise für *sí*.

Sídhe Gáire (schie gai-rah) – Die *Sídhe* sind das Elfenvolk und *gáire* ist das Verb »lachen«.

skeog (skie-ohg) – Anglisiertes Wort, das auf der Insel Inch für einen Elfen-Dornbusch oder -Baum benutzt wird. Der Ursprung ist ungeklärt – vielleicht kommt es von *síog* (»Elfe«)? Möglicherweise stammt es aber auch aus dem schottischen Gälisch, da diese Sprache neben dem irischen Gälisch in der Provinz Ulster viel gesprochen wurde.

Sláinte (slorn-tsche) – Gesundheit. Beim Zuprosten bedeutet es »bleib gesund«.

Slán go fóill (slorn go feul) – bis dann (wörtlich »noch sicher«).

Slievecarron (schlief-ker-ön) – »slieve« ist die anglisierte Fassung von *sliabh,* was »Berg« bedeutet, während »carron« von dem irischen Wort *carn* herrührt, was »Haufen« oder »Stoß« bedeutet. Anglisiert wird es zu »cairn« und bezieht sich auf einen Steinhügel und hin und wieder auch auf steinerne Hügelgräber mit Grabkammern.

súil (suhl) – Auge

súileach (suhl-öck) – mit Augen oder augenmäßig. Kleine Anmerkung: Sankt Columcille soll ein Monster mit mehreren hundert Augen in einem Teich in der Nähe des Flusses Swilly hinter Letterkenny in Donegal getötet haben.

Súiligh (suh-lie) – Variante von *súile,* d.h. »Auge«. In diesem Fall handelt es sich um das Wort, das zu »Swilly« anglisiert wurde.

Tá do ghruaig chomh fionn le ór agus do shúile gorm chomh le loch (tor du ru-ög Cat'hu fie-en leh orr org-ös du hu-leh görr-öm Cat'hu leh lock) – Deine Haare leuchten so hell wie Gold und deine Augen sind so blau wie der See.

Tánaiste (torn-isch-ta) – Tanist, Vize-Kommandeur, mutmaßlicher Erbe; im zeitgenössischen Irland ist dies der Titel des Stellvertretenden Premierministers.

Taoiseach (tie-schork) – Führer, Herrscher; im zeitgenössischen Irland ist dies der Titel des Premierministers.

Teach Míodchuarta (tschaak mie-öd-hört-ah) – Bankettsaal (wörtlich »mittleres Rundhaus«).

Teamhair na Ríogh (tauer nah rie) – Tara der Könige. *Teamhair* bedeutet »ein Ort mit weiter Aussicht«. *Ríogh* ist eine andere Schreibweise von *ri*, dem Wort für »König«. Anmerkung der Autorin: Obwohl Tara seit über zweitausend Jahren der heilige Mittelpunkt Irlands ist, gibt es Pläne, eine Autobahn hindurchzubauen. Nähere Informationen unter www.protect-tara.org.

Tír na nÓg (tier nah nook) – das Land der ewigen Jugend (das Paradies oder das Elfenland)

Tír Tairngire (tier torn-giera) – das versprochene Land (das Paradies oder das Elfenland)

Anmerkung zur irischen Sprache

Die historische Sprache des irischen Volkes ist eine goidelische Sprache aus dem Zweig der keltischen Sprachen, die als Gälisch, Irisch-Gälisch (zur Abgrenzung vom schottischen Gälischen) bezeichnet wird. In Irland nennt man diese Sprache einfach Irische Sprache oder »Irisch«. Über zweitausend Jahre lang war Irisch – das archaische, das klassische und das moderne – die Sprache Irlands, bis sie nach der Eroberung durch die Engländer beinahe vom Englischen verdrängt wurde. Heute ist Irisch die Hauptamtssprache der Irischen Republik. Erst kürzlich erlangte sie durch das Karfreitag-Abkommen in den sechs Grafschaften (Countys) von Nordirland offiziellen Status. Seit 2007 führt die Europäische Union Irisch als eine ihrer Amtssprachen.

Nur in wenigen begrenzten Gegenden namens *Gaelachtaí*, die hauptsächlich an der Westküste liegen, ist Irisch heute noch Muttersprache. Leider nehmen auch diese Gruppen aus wirtschaftlichen Gründen immer mehr ab. Auch die Landflucht, die Auflösung sozialer Strukturen, Heiraten mit Nicht-Muttersprachlern, Reibereien sowie die Einwanderung und Besiedelung durch Nicht-Muttersprachler tragen ebenfalls dazu bei. Einigen Prognosen zufolge überdauern die *Gaelachtaí* nur noch wenige Generationen. Das wäre ein unermesslicher Verlust für die irische Kultur und die irische Gesellschaft. Allerdings muss erwähnt werden, dass die Muttersprachler diesen Gerüchten mit charakteristischer Nachsicht begegnen.

Mittlerweile nehmen Kenntnis und Gebrauch der irischen Sprache unter der Englisch sprechenden Bevölkerung der Insel zu. In der jüngsten Erhebung von 2002 (vorläufige Ergebnisse) behaupten über eine Million Menschen in der Republik Irland und 140 000 in Nordirland, die Sprache einigermaßen gut zu können. Anderen Erhebungen zufolge sprechen immer mehr Iren Irisch. Weltweit sind irische Lerngruppen und Sprachkurse nicht nur bei irischen Auswanderern und ihren Nachkommen beliebt, sondern auch bei Völkern, die mit dem Irischen auf den ersten Blick wenig zu tun haben, wie bei den Japanern, Dänen, Franzosen und Deutschen. In den Vereinigten Staaten (*Na Stáit Aontaithe*) kann man landesweit Sprachkurse belegen, und auch im Internet finden sich zahllose Seiten, die Irisch lehren oder zum Erlernen dieser Sprache ermutigen.

In Irland wiederum ist die Bürgerbewegung *Gaelscoileanna* weit verbreitet, die für Grundschulen und weiterführende Schulen sorgt, an denen Irisch gelehrt wird. Immer mehr Menschen schließen sich trotz des stillschweigenden Widerstands mehrerer aufeinanderfolgender Regierungen dieser Bewegung an. Diese Schulen sorgen für weitere Generationen, die des Irischen als zweiter Sprache mächtig sind. Der langjährige irischsprachige Radiosender *Raidió na Gaeltachta* sendet weiterhin aus der Perspektive der Muttersprachler, während der neue Fernsehsender *Teilifís na Gaeilge* (TG4) sowohl Muttersprachler bedient als auch solche, die Irisch als zweite Sprache erlernten. Sowohl private als auch öffentliche Einrichtungen – stellvertretend sei die ehrwürdige *Conradh na Gaeilge (www.cnag.ie)* genannt – setzen sich für die irische Sprache ein.

Die irische Sprache weist mehrere Dialekte auf, die regionale Unterschiede zwischen den Provinzen von Munster, Leinster, Connaught und Ulster hervorheben. Dazu kommt Shelta, die Geheimsprache des irischen fahrenden Volkes (Nomaden, die in Wohnwagen leben), wozu Roma-Wörter mit Irisch-Gälisch vermengt werden.

Möge die Sprache überleben, egal in welcher Form.

Gaeilge abú!

Danksagung

Ich bedanke mich herzlich für ihre Unterstützung bei:
meiner Tochter Findabhair; meiner Mutter Georgie und der Familie Whelan; John Duff und Brian Levy (meinen lieben Freunden aus New York); Rachel Gallagher (meiner Kollegin im Spaziergehen und Schreiben); Michael Scott; Joe Murray; Dr. Nena Hardie; Frank Golden und Eve Golden-Woods; Charles de Lint; Breege and Paddy McCrory von der Insel Inch; dem Arbuckle-Brady-Clan (früher *Meitheal*); Sheila Delaney-Herceg; Maureen Galligan, Professor Dáibhí O'Cróinín samt Clan; Piers Dillon-Scott (Webmaster); den Agenten Lynn und David Bennett von Transatlantic Literary Inc.; dem Tyrone Guthrie Center in Annaghmakerrig; allen Mitarbeitern des Verlags Abrams, vor allem meiner Lektorin Susan Van Metre; und last but not least, *Na Daoine Maithe* für die Bewilligung und die Hilfsbereitschaft. *Go raibh míle maith agaibh.*

Jenny Mai Nuyen

Nijura – Das Erbe der Elfenkrone

512 Seiten   ISBN-10:   3-570-13058-4
ISBN-13: 978-3-570-13058-2

Ein unglaubliches Vergehen erschüttert den Frieden der Welt:
Elrysjar, die magische Halbkrone der Moorelfen, wird von einem
machtbesessenen Menschen gestohlen. Er schwingt sich auf zum
neuen König, um die Welt mit seiner Schreckensherrschaft zu
überziehen. Nur eine Waffe kann das Elfenvolk retten – das
magische Messer der Freien Elfen. Das Messer braucht eine
Trägerin. Alle Hoffnungen ruhen auf der jungen Halbelfe Nill.
Sie ist die Auserwählte – sie ist Nijura.

6213

www.cbj-verlag.de

Jenny-Mai Nuyen
Nocturna
Die Nacht der gestohlenen Schatten

544 Seiten   ISBN 978-3-570-13337-8

Seit ewigen Zeiten herrschen die Nocturna über die Stadt:
Sie rauben den Menschen ihre Vergangenheit, um daraus Bücher
von magischer Schönheit zu schaffen. Zurück bleiben seltsam
blasse Wesen, die nicht altern und nicht sterben können.
Menschen wie Vampa. Als Vampa auf der Suche nach seiner
Geschichte auf die selbstbewusste Apolonia und den Klein-
ganoven Tigwid trifft, werden die drei hineingezogen in den
gefährlichen Machtkampf, der unter den Nocturna entbrannt ist.

www.cbj-verlag.de

Monika Felten
Das Erbe der Runen –
Die Nebelsängerin

464 Seiten   ISBN-10:   3-570-30359-4
ISBN-13: 978-3-570-30359-7

Ajana lebt mit ihrer Familie ein ganz normales Leben zwischen
Schule, Freunden und Musik. An ihrem sechzehnten Geburtstag
gerät ihre vertraute Welt jedoch aus den Fugen: Sie erbt ein
geheimnisvolles Runenamulett, das sie fort reißt in ein anderes,
völlig fremdes Land – Nymath. Dort tobt ein gnadenloser Krieg
zwischen dem finsteren Volk der Uzoma und den Vereinten
Stämmen der Menschen. Die letzte Hoffnung der Menschen ist
die Rückkehr der sagenumwobenen Nebelsängerin …

cbt

www.cbj-verlag.de